O CASAMENTO

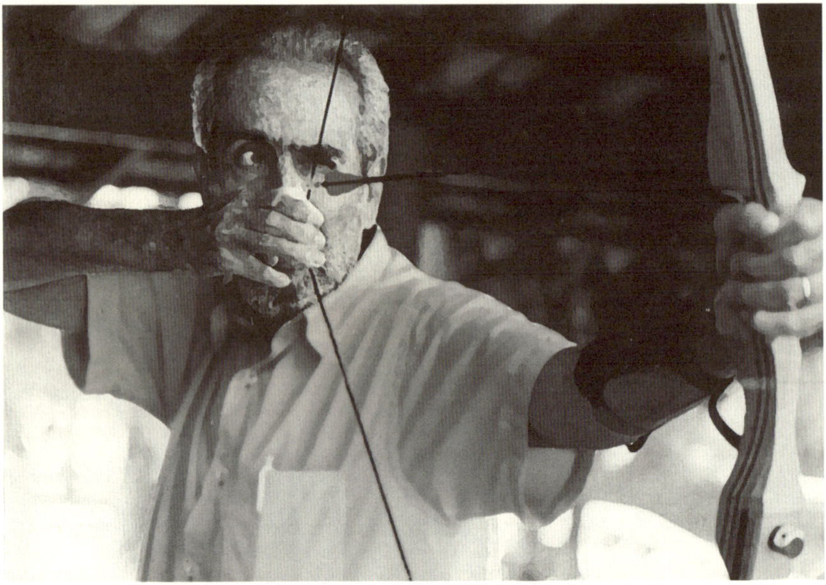

O ARQUEIRO

Geraldo Jordão Pereira (1938-2008) começou sua carreira aos 17 anos, quando foi trabalhar com seu pai, o célebre editor José Olympio, publicando obras marcantes como *O menino do dedo verde*, de Maurice Druon, e *Minha vida*, de Charles Chaplin.

Em 1976, fundou a Editora Salamandra com o propósito de formar uma nova geração de leitores e acabou criando um dos catálogos infantis mais premiados do Brasil. Em 1992, fugindo de sua linha editorial, lançou *Muitas vidas, muitos mestres*, de Brian Weiss, livro que deu origem à Editora Sextante.

Fã de histórias de suspense, Geraldo descobriu *O Código Da Vinci* antes mesmo de ele ser lançado nos Estados Unidos. A aposta em ficção, que não era o foco da Sextante, foi certeira: o título se transformou em um dos maiores fenômenos editoriais de todos os tempos.

Mas não foi só aos livros que se dedicou. Com seu desejo de ajudar o próximo, Geraldo desenvolveu diversos projetos sociais que se tornaram sua grande paixão.

Com a missão de publicar histórias empolgantes, tornar os livros cada vez mais acessíveis e despertar o amor pela leitura, a Editora Arqueiro é uma homenagem a esta figura extraordinária, capaz de enxergar mais além, mirar nas coisas verdadeiramente importantes e não perder o idealismo e a esperança diante dos desafios e contratempos da vida.

NICHOLAS SPARKS

O CASAMENTO

ARQUEIRO

tradução: Fernanda Abreu

preparo de originais: Taís Monteiro

revisão: Ana Kronemberger, Ana Lúcia Machado
e Caroline Mori

diagramação: Natali Nabekura

capa: © 2016 Hachette Book Group, Inc.

imagem de capa: narvikk/ Getty Images

adaptação de capa: Ana Paula Daudt Brandão

impressão e acabamento: Associação Religiosa Imprensa da Fé

CIP-BRASIL. CATALOGAÇÃO NA PUBLICAÇÃO
SINDICATO NACIONAL DOS EDITORES DE LIVROS, RJ

S726c Sparks, Nicholas
O casamento / Nicholas Sparks [tradução de Fernanda Abreu]; São Paulo: Arqueiro, 2017.
192 p.; 14 x 21 cm; ed. popular

Tradução de: The wedding
ISBN 978-85-8041-259-8

1. Ficção americana. I. Abreu, Fernanda. II. Título.

14-09175 CDD: 813
CDU: 821.111(73)-3

Editora Arqueiro Ltda.
Rua Funchal, 538 – conjuntos 52 e 54 – Vila Olímpia
04551-060 – São Paulo – SP
Tel.: (11) 3868-4492 – Fax: (11) 3862-5818
E-mail: atendimento@editoraarqueiro.com.br
www.editoraarqueiro.com.br

Para Cathy,
que fez de mim o homem mais
sortudo do mundo quando aceitou
ser minha mulher.

Agradecimentos

Agradecer é sempre legal
E algo que gosto de fazer.
Mas me desculpem, eu não sou poeta,
E as rimas podem não bater.
Obrigado primeiro a meus filhos,
A quem amo sem exceção:
Miles, Ryan, Landon, Lexie e Savannah são demais
E com eles minha vida é uma constante diversão.
Theresa vive me ajudando e Jamie está sempre presente.
Sorte a minha trabalhar com eles, e espero que seja assim sempre.
Obrigado a Denise, que fez filmes dos meus livros,
A Richard e Howie, que negociaram os acordos,
E a Scotty, que elaborou os contratos.
São todos amigos, não duvidem desse fato.
Obrigado a Larry, chefe e cara legal,
E a Maureen, que não dá bobeira.
Também a Emi, Jennifer e Edna,
Craques em vender livros, todos eles de primeira.
Há outros, também, que fazem dos meus dias
Uma aventura incrível e sensacional.
Então, obrigado a todos os amigos e parentes:
Graças a vocês, minha vida é fenomenal.

Prólogo

Será possível um homem mudar de verdade? Ou será que o temperamento e os hábitos constituem as fronteiras imutáveis de nossa vida?

Estamos em meados de outubro de 2003 e reflito sobre essas questões enquanto observo uma mariposa se chocar furiosamente contra a lâmpada da varanda. Encontro-me sozinho aqui fora. Minha mulher, Jane, está dormindo no andar de cima e nem se mexeu quando saí da cama. Já é tarde – passa da meia-noite – e o ar gelado promete um inverno precoce. Estou usando um pesado robe de algodão e, embora tenha pensado que ele seria grosso o suficiente para me proteger do frio, percebo que minhas mãos estão tremendo antes de enfiá-las nos bolsos.

Acima de mim, as estrelas parecem minúsculos pingos de tinta prateada sobre uma tela cor de carvão. Consigo ver Órion e as Plêiades, a Ursa Maior e a Coroa Boreal, e penso que o fato de estar não apenas olhando as estrelas, mas também fitando o passado, deveria ser inspirador. A luz que faz as constelações brilharem já foi emitida há uma eternidade. Espero que algo me ocorra, como palavras que um poeta poderia usar para iluminar os mistérios da vida. Mas nada acontece.

Não fico surpreso. Nunca me considerei um homem sensível e, se vocês perguntassem à minha mulher, tenho certeza de que ela iria concordar com isso. Não me emociono com filmes nem com peças de teatro, nunca fui sonhador e, se aspiro a algum tipo de domínio pleno, é àquele definido pelas regras do Imposto de Renda e codificado pela lei. A maior parte dos anos em que trabalhei como advogado especializado em direito sucessório foi passada na companhia dos que se preparam para a própria morte, e suponho que há quem ache que por isso minha vida é menos significativa. Mesmo que essas pessoas estejam certas, o que posso fazer? Inventar justificativas para mim mesmo não é do meu feitio, nunca foi, e no final desta história espero que consigam perdoar essa minha característica.

Por favor, não me levem a mal. Eu posso não ser sensível, mas não sou desprovido por completo de emoção e às vezes me vejo tomado por uma profunda sensação de maravilhamento. Em geral são as coisas mais simples as que eu considero estranhamente comoventes: estar entre as sequoias gigantes da serra Nevada, por exemplo, ou observar as ondas do mar se quebrarem no cabo Hatteras, levantando nuvens salgadas de espuma. Na semana passada, senti um nó na garganta ao ver um menininho estender a mão para segurar a do pai enquanto os dois andavam pela calçada. Há outras coisas, também: às vezes perco a noção do tempo fitando um céu repleto de nuvens varridas pelo vento e, quando ouço uma trovoada, sempre vou à janela para contemplar o raio. Quando o clarão brilhante acende o céu, muitas vezes me pego invadido por uma espécie de saudade, embora seja incapaz de lhes dizer o que sinto estar faltando na minha vida.

Meu nome é Wilson Lewis, e esta é a história de uma festa de casamento. É também a história do meu casamento, mas, apesar dos 30 anos que Jane e eu já passamos juntos, acho que eu deveria começar admitindo que há quem saiba muito mais sobre o assunto do que eu. Não sou capaz de dar nenhum conselho a respeito disso. Ao longo dessas três décadas, já fui egoísta, teimoso e burro feito uma porta, e admitir isso dói muito. No entanto, ao olhar para trás, penso que, se fiz algo certo na vida, foi amar minha mulher até hoje. Embora algumas pessoas possam pensar que isso não é nada de mais, elas precisam saber que houve uma época em que tive certeza de que minha esposa não sentia o mesmo por mim.

É claro que todos os casamentos passam por altos e baixos: acho que isso é uma consequência natural para casais que decidem permanecer juntos por muito tempo. Jane e eu passamos pela morte dos meus pais e da mãe dela e pela doença de meu sogro. Mudamos de casa quatro vezes e, apesar de eu ter sido bem-sucedido profissionalmente, muitos sacrifícios foram feitos para isso. Temos três filhos e, embora nós dois não fôssemos trocar essa experiência por nada no mundo, as noites insones e as frequentes idas ao hospital quando eles eram pequenos nos deixaram exaustos e muitas vezes sobrecarregados. Nem é preciso dizer que a adolescência dos três foi uma experiência que eu preferiria não ter que repetir.

Todos esses acontecimentos geram seus próprios estresses e quando duas pessoas vivem juntas o estresse é uma via de mão dupla. Acredito hoje que esse fato é ao mesmo tempo a bênção e a maldição do casamento. Bênção porque proporciona uma válvula de escape das dificuldades cotidianas; maldição porque essa válvula de escape é alguém com quem nos importamos profundamente.

Por que estou dizendo isso? Porque quero deixar bem claro que, ao longo de todos esses acontecimentos, eu jamais duvidei dos sentimentos que tenho por minha mulher. É óbvio que houve dias em que nem nos olhávamos à mesa do café da manhã, mas mesmo assim eu nunca deixei de acreditar em nós dois. Seria desonesto dizer que já não me perguntei como seria se houvesse me casado com outra pessoa, mas, em todos os nossos anos juntos, não lamentei nem mesmo uma única vez o fato de tê-la escolhido e de ter sido escolhido por ela também. Pensei que nosso relacionamento fosse estável, mas no final das contas descobri que estava errado. Aprendi isso pouco mais de um ano atrás – 14 meses, para ser exato –, e foi essa consciência, mais do que qualquer coisa, que acarretou tudo o que estava por vir.

Vocês devem estar se perguntando o que aconteceu.

Levando em conta quantos anos eu tenho, seria possível imaginar algum incidente provocado por uma crise de meia-idade. Um súbito desejo de mudar de vida, quem sabe, ou talvez uma infidelidade. Mas não foi nada disso. Não, o meu pecado foi uma transgressão relativamente pequena, um incidente que em outras circunstâncias talvez tivesse virado piada algum tempo depois. Mas ele a magoou, prejudicou nosso casamento e, portanto, é por ele que inicio a minha história.

Era o dia 23 de agosto de 2002. Levantei-me da cama, tomei café e fui para o escritório, como sempre fazia. O trabalho não teve qualquer influência no que aconteceu mais tarde. Para ser sincero, não me lembro de nada sobre esse dia, a não ser que não teve nada de excepcional. Voltei para casa no horário habitual e fiquei agradavelmente surpreso ao ver Jane na cozinha preparando meu prato preferido. Quando ela se virou para me cumprimentar, pensei tê-la visto olhar de relance para baixo, como para verificar se eu estava segurando outra coisa que não minha pasta, mas eu não levara nada. Uma hora depois, jantamos, e, quando Jane começou a recolher a louça da mesa, peguei alguns documentos do trabalho que precisava revisar. Sentei-me no escritório e lia a primeira página quando reparei nela em pé na soleira da porta. Ela secava as mãos com um pano de prato e estampava no rosto a decepção que eu ao longo dos anos havia aprendido a reconhecer, mesmo que não a compreendesse inteiramente.

– Você não tem nada para me dizer? – começou ela após alguns instantes.

Hesitei, consciente de que havia mais nessa pergunta do que sua aparente inocência indicava. Pensei que ela talvez estivesse se referindo a um corte de cabelo novo, mas olhei-a com atenção e nada nela me parecia diferente. Com a convivência, eu me habituara a reparar nesse tipo de coisa. Continuei sem entender e, enquanto estávamos ali um de frente para o outro, soube que precisava dizer alguma coisa.

– Como foi o seu dia? – perguntei, por fim.

A resposta dela foi um estranho meio sorriso antes de me dar as costas e ir embora.

Hoje, é claro, sei o que ela estava esperando, mas na ocasião dei de ombros e voltei ao trabalho, interpretando aquilo como mais um exemplo dos mistérios femininos.

Mais tarde, eu estava me acomodando na cama quando ouvi Jane dar um único arquejo rápido. Ela estava deitada de costas para mim, e, ao ver que seus ombros tremiam, me dei conta de que ela chorava. Desconcertado, imaginei que Jane fosse me dizer o que a deixara tão chateada, mas, em vez de falar, ela deu outra série de fungadas rascantes, como se tentasse respirar em meio às próprias lágrimas. Senti um nó na garganta e fui ficando assustado. Tentei não ter medo.

Tentei não pensar que alguma coisa ruim tivesse acontecido com o pai dela ou com nossos filhos, ou que ela tivesse recebido uma notícia terrível do médico. Tentei não pensar que talvez fosse um problema que eu seria incapaz de resolver e pus a mão em suas costas, esperando reconfortá-la de alguma forma.

– O que houve? – perguntei.

Ela demorou alguns instantes para responder. Ouvi-a suspirar enquanto puxava a coberta até os ombros.

– Feliz aniversário de casamento – sussurrou ela.

Vinte e nove anos, lembrei-me então, tarde demais, e no canto do quarto vi os presentes que ela havia comprado para mim, embrulhados com capricho e dispostos em cima da cômoda.

⚜

Eu simplesmente tinha esquecido.

Não posso inventar nenhuma justificativa para isso, nem inventaria se pudesse. De que iria adiantar? Pedi desculpas, é claro, e na manhã seguinte tornei a pedir. E mais tarde, nesse dia, ao abrir o perfume que eu tinha escolhido com esmero, auxiliado por uma jovem vendedora da loja, ela sorriu, agradeceu e afagou minha perna.

Sentado a seu lado no sofá, eu soube que ainda amava Jane tanto quanto no dia de nosso casamento. No entanto, ao olhar para ela, ao reparar pela primeira vez na forma distraída como ela relanceou os olhos para o lado e na postura inegavelmente triste de sua cabeça, de repente percebi que não tinha certeza de que ela ainda me amava.

1

É muito doloroso pensar que sua mulher talvez não o ame mais, e nessa noite, depois de Jane subir para o nosso quarto levando seu perfume novo, passei horas sentado no sofá me perguntando como a situação tinha chegado a esse ponto. A princípio, quis acreditar que ela estivesse só reagindo de forma emotiva e que eu estivesse dando ao incidente muito mais importância do que ele merecia. No entanto, quanto mais refletia sobre o assunto, mais podia sentir não apenas o desagrado dela com o cônjuge distraído, mas vestígios de uma melancolia antiga – como se o meu lapso fosse apenas a gota d'água de uma série muito, muito longa de atitudes descuidadas.

Será que o casamento tinha se revelado uma decepção para Jane? Embora eu não quisesse acreditar, sua expressão indicava outra coisa, e pensei no que essa outra coisa poderia significar para o nosso futuro. Será que ela estava questionando o fato de continuarmos juntos? Será que se sentia satisfeita por ter se casado comigo? Devo acrescentar que eram questões assustadoras de considerar – com respostas possivelmente mais assustadoras ainda –, pois até então eu sempre supusera que Jane estivesse tão realizada comigo quanto eu sempre estivera com ela.

O que teria nos levado a sentimentos tão discrepantes em relação um ao outro?

Devo começar dizendo que muita gente talvez considere a nossa vida bastante banal. Como acontece a muitos homens, coube a mim a obrigação de sustentar a família, e minha vida girava em grande parte ao redor do trabalho. Eu tinha passado os últimos 30 anos no escritório de advocacia Ambry, Saxon e Tundle, em New Bern, na Carolina do Norte, e meu salário – embora não fosse nada exorbitante – bastava para nos encaixar na classe média alta. Gosto de jogar golfe e de cuidar do jardim nos fins de semana, adoro música clássica e leio o jornal todos os dias de manhã. Jane, apesar de já ter atuado como professora do ensino fundamental, passou a maior parte da vida de casada criando nossos três filhos. Ela cuidava da casa e de nossos compromissos sociais, e seus bens mais preciosos são os álbuns de fotos que montou com capricho para construir a história visual de nossas vidas. Moramos em uma típica casa de tijolinhos, com cerca de madeira e regadores automáticos no jardim, temos dois carros e somos sócios do Rotary Club e da Câmara de Comércio. Ao longo da nossa união, poupamos dinheiro para a aposentadoria, construímos no quintal um balanço que ninguém mais usa, comparecemos a dezenas de reuniões de pais e professores, votamos regularmente e contribuímos todos os domingos para a caixinha da igreja episcopal. Tenho 56 anos, três a mais do que a minha mulher.

Apesar do que sinto por Jane, às vezes acho estranho termos passado a vida inteira juntos. Somos diferentes sob quase todos os aspectos e, embora os opostos possam se atrair e de fato se atraiam, sempre tive a sensação de que, de nós dois, quem fez a melhor escolha no dia do casamento fui eu. Afinal de contas, Jane é o tipo de pessoa que eu sonhava ser. Enquanto eu sou sério e racional, ela é extrovertida e amável, dona de uma empatia natural que a torna encantadora. Minha mulher tem o riso fácil e um grande círculo de amizades. Ao longo dos anos, percebi que muitos dos meus amigos na verdade são os maridos das amigas dela, mas acho que isso é comum para a maioria dos casais da nossa idade. No entanto, parece que Jane escolheu todas as nossas amizades pensando em mim, e sou grato por ter sempre com quem conversar nos jantares. Às vezes acho que, se ela não tivesse entrado na minha vida, eu teria acabado vivendo como um monge.

E não é só isso. O fato de Jane demonstrar suas emoções com a espontaneidade de uma criança sempre me encantou. Quando está triste, ela chora; quando está feliz, ri, e aquilo de que minha mulher mais gosta é ser surpreendida por um gesto maravilhoso. Nessas horas ela adquire um ar de inocência perene e, embora uma surpresa seja por definição algo inesperado, para Jane a simples lembrança de um acontecimento feliz é capaz de despertar, durante anos a fio, a mesma sensação de alegria experimentada da primeira vez. Quando a pego sonhando acordada, eu lhe pergunto em que ela está pensando e ela de repente começa a falar, extasiada, sobre algo de que eu havia muito já tinha me esquecido. Devo dizer que isso até hoje me impressiona.

Ainda que tenha sido abençoada com um coração de ouro, sob muitos aspectos Jane é mais forte do que eu. Como muitas mulheres do sul dos Estados Unidos, seus valores e crenças têm por base Deus e a família. Ela vê o mundo através de um prisma que separa o preto do branco, o certo do errado. Toma decisões difíceis por instinto – e quase sempre está certa –, enquanto eu sempre considero inúmeras alternativas e muitas vezes me arrependo do que escolhi. E, ao contrário de mim, minha mulher raramente sente vergonha de si mesma. Essa falta de preocupação com a opinião alheia exige uma segurança que eu nunca tive, e, entre todas as suas outras qualidades, essa é a que mais invejo.

Imagino que algumas de nossas diferenças sejam resultado da maneira como fomos educados. Enquanto Jane cresceu em uma cidade pequena, com três irmãos e pais amorosos, eu, filho único de um casal de defensores públicos, fui criado em Washington, capital dos Estados Unidos, e meus pais raramente estavam em casa antes das sete da noite. Consequentemente, passava boa parte de meu tempo livre sozinho, e até hoje é na privacidade do meu escritório em nossa casa que mais me sinto à vontade.

Como já disse, nós temos três filhos e, embora eu os ame muito, eles são sobretudo filhos da minha mulher. Foi ela quem os gerou e criou, e é na sua companhia que eles se sentem mais confortáveis. Embora eu às vezes me arrependa de não ter passado tanto tempo quanto deveria com eles, sinto-me reconfortado ao pensar que Jane mais do que compensou essa minha ausência. Parece que nossos filhos se saíram bem, apesar das minhas falhas. Hoje são adultos e já moram sozinhos, mas nós nos consideramos sortudos pelo fato de apenas um deles ter se mudado da Carolina do Norte. Nossas duas filhas ainda nos visitam com frequência, e minha mulher tem o cuidado de encher a geladeira com suas comidas preferidas para o caso de estarem com fome quando vêm à nossa casa, o que parece nunca acontecer. Sempre que elas aparecem, passam horas conversando com Jane.

Anna, de 27 anos, é a mais velha. Seus cabelos pretos e olhos escuros refletem a personalidade taciturna que tinha quando pequena. Era uma menina introspectiva, que passou a adolescência trancada no quarto ouvindo músicas depressivas e escrevendo em seu diário. Nessa época ela era uma desconhecida para mim: passavam-se dias sem que falasse uma única palavra na minha presença e eu não entendia o que poderia ter feito para causar isso. Tudo o que eu dizia parecia apenas incitá-la a dar suspiros ou a balançar a cabeça, e, quando eu queria saber qual era o problema, ela me encarava como se a pergunta fosse incompreensível. Minha mulher não parecia achar nada de estranho nesse comportamento, que atribuía a uma fase típica que todas as meninas enfrentavam, mas com ela Anna conversava. Certas vezes eu passava pelo quarto da minha filha e ouvia as duas conversando aos cochichos. Quando elas me ouviam do outro lado da porta, porém, os cochichos cessavam. Mais tarde, quando eu perguntava a Jane sobre o que haviam falado, ela dava de ombros e fazia um gesto vago com a mão, como se o seu único objetivo na vida fosse não me revelar nada.

No entanto, por ser a mais velha, Anna sempre fora a minha preferida. Não é uma confissão que eu faria a qualquer um, mas acho que ela também sabe disso, e ultimamente passei a achar que, mesmo nos anos de silêncio, gostava mais de mim do que eu pensava. Ainda me lembro de vezes em que estava examinando testamentos ou outros documentos jurídicos no escritório de casa e ela entrava. Ficava andando pelo cômodo, espiando as prateleiras e pegando vários livros, mas, se eu falasse alguma coisa, ela saía tão silenciosamente quanto havia chegado. Com o tempo, aprendi a não dizer nada e ela às vezes passava uma hora inteira lá comigo, vendo-me tomar notas em meus bloquinhos amarelos. Se eu a olhava de relance, ela me dava um sorriso cúmplice, saboreando aquele joguinho. Não o entendo hoje mais do que na época, mas essa brincadeira está gravada na minha memória como poucas outras imagens.

Anna atualmente trabalha para o jornal *Raleigh News and Observer*, mas acho que sonha em escrever romances. Na faculdade, ela se especializou em criação literária e as histórias que escrevia eram tão sombrias quanto a sua personalidade. Lembro-me de uma na qual uma jovem se prostituía para cuidar do pai doente, um homem que havia abusado dela. Quando acabei de ler, perguntei-me como deveria interpretar aquilo.

Minha filha também é uma mulher loucamente apaixonada. Sempre cuidadosa e decidida nas próprias escolhas, Anna é muito seletiva quando se trata de relacionamentos amorosos e felizmente Keith me parece ser um homem que a trata bem. Ele pretende ser ortopedista e demonstra uma segurança que só quem teve poucas decepções na vida é capaz de exibir. Jane me contou que, no primeiro encontro dos dois, Keith levou Anna para soltar pipa em uma praia perto de Fort Macon. Mais tarde na mesma semana, quando Anna o levou à nossa casa, ele apareceu de blazer, de banho recém-tomado e com um cheiro suave de água-de-colônia. Quando apertamos as mãos, ele sustentou meu olhar e me impressionou dizendo: "Prazer em conhecê-lo, Sr. Lewis."

Joseph, nosso filho do meio, é um ano mais novo do que Anna. Embora mais ninguém na nossa família costumasse chamar o pai de "papai" depois de adulto, era assim que ele continuava me tratando. Como também acontece com Anna, nós temos pouco em comum. Ele é mais alto e mais magro do que eu, usa calça jeans na maioria dos eventos sociais e, quando vem nos visitar no dia de Ação de Graças ou no Natal, só come vegetais. Quando ele era mais jovem, eu o considerava calado, mas a sua reticência, assim como a de Anna, parecia direcionada a mim em especial. As pessoas muitas vezes comentavam sobre o seu senso de humor, ainda que, para ser sincero, eu raramente tenha percebido que meu filho era bem-humorado. Quando estávamos juntos, eu quase sempre sentia que ele estava tentando formar uma opinião a meu respeito.

A exemplo de Jane, Joseph sempre teve empatia com as pessoas, mesmo quando criança. Roía as unhas de tanto se preocupar com os outros e desde os 5 anos de idade seus dedos eram só sabugos. Nem é preciso dizer que, quando sugeri que pensasse em estudar administração ou economia, ele ignorou meu conselho e optou por sociologia. Hoje trabalha em um abrigo para mulheres vítimas de violência física em Nova York, embora não nos fale muito sobre sua vida profissional. Sei que ele questiona as escolhas que fiz, da mesma forma como eu questiono as dele, mas, apesar das diferenças, é com Joseph que tenho as conversas que sempre quis ter com meus filhos quando os segurei no colo ainda bebês. Ele é muito inteligente: praticamente gabaritou as provas de conclusão do ensino médio e seus interesses vão da história da submissão dos não muçulmanos ao islã no Oriente Médio às aplicações teóricas da geometria dos fractais. Também é um rapaz sincero – às vezes, dolorosamente sincero – e é desnecessário dizer que esses aspectos de sua personalidade me deixam em desvantagem em qualquer discussão. Sua teimosia em certas ocasiões me deixa frustrado, e é nessas horas que tenho mais orgulho em chamá-lo de filho.

Leslie, nossa caçula, estuda biologia e fisiologia na Universidade de Wake Forest e quer ser veterinária. Em vez de passar os verões em casa, como a maioria dos universitários, cursa disciplinas extras para se formar mais cedo e passa as tardes trabalhando em um lugar chamado Fazenda dos Bichos. É a mais sociável de nossos três filhos e tem uma risada igualzinha à de Jane. Como a irmã, Leslie também gostava de me visitar no meu escritório em casa, embora ficasse mais contente quando eu lhe dedicava atenção total. Quando era pequena, gostava de se sentar no meu colo e puxar minhas orelhas; mais velha, passou a entrar lá para contar piadas. Minhas estantes estão abarrotadas com os presentes que ela fez para mim na infância: moldes em gesso da sua mão, desenhos de lápis de cera, um colar feito de macarrão. Sempre foi, dos três, a mais fácil de amar, sempre a primeira na fila dos abraços e beijos dos avós, e gostava muito de se aninhar no sofá para assistir a filmes românticos.

Não fiquei surpreso quando, três anos atrás, ela foi escolhida rainha do seu baile de formatura no colégio.

Além disso, Leslie é uma pessoa bondosa. Para ninguém ficar magoado, todos os alunos da sua turma eram sempre convidados para suas festas de aniversário, e certa vez, quando tinha 9 anos, ela passou uma tarde inteira na praia falando com todas as pessoas porque tinha encontrado um relógio na beira do mar e queria devolvê-lo. De todos os meus filhos, sempre foi a que menos me preocupou e, quando vem nos visitar, eu paro tudo o que esteja fazendo para ficar com ela. Sua energia é contagiante e, sempre que estamos juntos, pergunto-me como pude ser tão abençoado.

Agora que nenhum deles mora mais conosco, nossa casa mudou. Onde antes havia música resta apenas silêncio; enquanto antigamente nossa despensa costumava conter oito tipos diferentes de cereal coberto de açúcar, hoje há apenas uma única marca com alto teor de fibras. Nos quartos que nossos filhos ocupavam, os móveis continuam os mesmos, mas como os pôsteres e os quadros de cortiça foram retirados – assim como outras expressões da personalidade de cada um – nada mais distingue os cômodos uns dos outros. O que parece dominar a casa atualmente é seu caráter vazio: ela era perfeita para uma família de cinco pessoas, mas de repente passou a me parecer uma sinistra recordação da forma como as coisas deveriam ser. Lembro-me de desejar que essa mudança pudesse de alguma forma explicar o astral de Jane.

Fosse qual fosse o motivo, porém, eu não podia negar que estávamos nos afastando, e quanto mais pensava nisso, mais percebia como a distância entre nós dois tinha se alargado. Havíamos começado como um casal e em seguida nos transformamos em pais – algo que eu sempre considerara normal e inevitável –, mas agora, 29 anos depois, era como se tivéssemos nos tornado novamente dois desconhecidos. Apenas o hábito parecia nos manter unidos. Nossas vidas tinham pouca coisa em comum: acordávamos em horas diferentes, passávamos o dia em lugares diferentes e à noite seguíamos nossa própria rotina. Eu pouco sabia das atividades diurnas dela e confesso que também guardava segredo sobre parte das minhas. Não conseguia me lembrar da última vez que Jane e eu tínhamos nos falado de forma espontânea.

Entretanto, duas semanas depois de eu ter esquecido nosso aniversário de casamento, foi justamente isso que fizemos.

– Wilson – disse ela –, precisamos conversar.

Ergui os olhos para Jane. Sobre a mesa entre nós dois havia uma garrafa de vinho e já tínhamos quase acabado de jantar.

– Ah, é?

– Eu estava pensando em ir a Nova York passar um tempo com Joseph – informou ela.

– Ele não vem passar o fim de ano aqui?

– Ainda faltam dois meses. E, como ele não veio no verão, achei que seria bom ir visitá-lo, para variar.

Pensei com meus botões que uma viagem de alguns dias poderia nos fazer bem. Talvez, fosse esse, inclusive, o motivo da sugestão de Jane. Com um sorriso, estendi a mão para minha taça de vinho.

– Boa ideia – concordei. – Não vamos a Nova York desde que ele se mudou para lá.

Jane deu um sorriso passageiro antes de baixar os olhos para o prato.

– Tem mais uma coisa.

– O quê?

– Bom, é que eu sei como você anda ocupado no trabalho e como é difícil para você conseguir viajar.

– Acho que posso liberar minha agenda por uns dias – falei, já folheando mentalmente o calendário. Seria difícil, mas eu daria um jeito. – Quando você quer ir?

– Bom, é que... – disse ela.

– É que o quê?

– Wilson, por favor, me deixe terminar – continuou ela. Então respirou fundo e quando falou sequer tentou esconder o cansaço no tom de voz. – O que eu estava tentando dizer era que gostaria de ir visitar Joseph sozinha, sem você.

Passei alguns instantes sem saber o que dizer.

– Você ficou chateado, não ficou? – indagou ela.

– Não – respondi depressa. – Ele é nosso filho. Como eu poderia ficar chateado com isso? – Para enfatizar minha tranquilidade, cortei mais um pedaço de carne. – Quando você está pensando em ir? – perguntei.

– Semana que vem – respondeu ela. – Na quinta-feira.

– Quinta-feira?

– Já comprei a passagem.

Embora ainda não tivesse terminado de jantar, Jane se levantou e foi até a cozinha. Pelo jeito como evitou me encarar, desconfiei que tivesse mais alguma coisa a dizer, mas que não soubesse muito bem como formular. Fiquei sozinho à mesa. Se me virasse, poderia vê-la de perfil, em pé junto à pia.

– Vai ser divertido – falei, com um tom que torci para que soasse casual. – E sei que Joseph também vai gostar. Talvez haja alguma exposição ou outro espetáculo enquanto você estiver lá.

– Talvez – escutei-a dizer. – Acho que vai depender da agenda dele.

Ao ouvir a torneira se abrir, levantei-me da cadeira e levei minha louça para a pia. Jane não disse nada quando me aproximei.

– Vai ser um fim de semana incrível – falei.

Ela estendeu a mão para pegar meu prato e começou a lavá-lo.

– Ah, sobre isso ... – começou ela.

– Sim?

– Eu estava pensando em passar mais do que o final de semana.

Ao ouvir isso, senti meus ombros se retesarem.

– Quanto tempo está planejando ficar? – perguntei.

Jane pôs meu prato no escorredor.

– Umas duas semanas – respondeu.

⚜

É claro que eu não culpava Jane pelo rumo que nosso casamento parecia ter tomado. De alguma forma, sabia que grande parte da responsabilidade era minha, mesmo que ainda não tivesse entendido totalmente como nem por quê. Para começar, devo admitir que nunca fui de fato a pessoa que minha mulher queria que eu fosse, nem mesmo no início do nosso casamento. Sei, por exemplo, que ela gostaria que eu fosse mais romântico, como seu pai tinha sido com sua mãe. Ele era o tipo de homem que ficava segurando a mão da esposa depois do jantar e que comprava espontaneamente um buquê de flores-do-campo no caminho do trabalho para casa. Mesmo quando ainda era criança, Jane já tinha verdadeiro fascínio pelo romantismo do casamento dos pais. Ao longo dos anos, eu a tinha ouvido falar ao telefone com a irmã, Kate, e se perguntar em voz alta por que eu parecia considerar o romantismo um conceito tão complexo. Não é que eu não tenha tentado: eu simplesmente pareço não compreender o que faz o coração de outra pessoa bater mais depressa. Na casa em que fui criado, abraços e beijos não eram frequentes e demonstrações de afeto entre mim e Jane muitas vezes me deixavam pouco à vontade, sobretudo na frente dos nossos filhos. Certa vez conversei sobre isso com meu sogro e ele sugeriu que eu escrevesse uma carta para ela. "Diga que a ama", aconselhou ele, "e cite motivos específicos." Isso foi há 12 anos. Lembro-me de tentar seguir sua sugestão, mas, com a mão suspensa acima do papel, não consegui encontrar as palavras certas. No final das contas, acabei desistindo. Ao contrário do pai de Jane, nunca me senti confortável ao falar sobre sentimentos. Sou um homem firme, sim. Confiável, sem dúvida. Fiel, totalmente. Mas devo admitir que o romantismo para mim é tão desconhecido quanto o ato de dar à luz.

Às vezes me pergunto quantos homens por aí são iguaizinhos a mim.

⚜

Quando Jane estava em Nova York e eu liguei para lá, quem atendeu foi Joseph.

– E aí, papai? – disse ele apenas.

- Oi - falei. - Tudo bem?

- Tudo - respondeu ele. Após o que me pareceu um longo e sofrido intervalo, ele completou. - E você?

Transferi o peso do corpo de uma perna para a outra.

- Está tudo bastante silencioso por aqui, mas estou bem. - Fiz uma pausa. - Como está indo a visita da sua mãe?

- Bem. Eu a tenho mantido ocupada.

- Compras e atrações turísticas?

- Um pouco. Mas o que mais temos feito é conversar. Está sendo interessante.

Hesitei. Embora me perguntasse o que ele estava querendo dizer, Joseph não parecia achar necessário entrar em detalhes.

- Ah - comentei, fazendo o possível para manter a voz casual. - Ela está por aí?

- Na verdade, não. Deu um pulinho no mercado. Mas deve voltar daqui a pouco, se você quiser ligar de novo.

- Não, tudo bem - falei. - Só diga a ela que eu liguei. Devo estar em casa à noite, se ela quiser falar comigo.

- Pode deixar - disse ele. Demorou alguns instantes para tornar a falar. - Papai? Eu queria perguntar uma coisa.

- O quê?

- Você esqueceu mesmo o aniversário de casamento de vocês?

Respirei fundo.

- Esqueci - respondi.

- Como é possível?

- Não sei - falei. - Lembrei que estava para chegar, mas no dia simplesmente deixei passar. Não tenho desculpa.

- Ela ficou magoada - disse meu filho.

Eu sei.

Houve um instante de silêncio do outro lado da linha.

- Você entende por quê? - perguntou ele por fim.

⚜

Apesar de não ter respondido à pergunta de Joseph, eu achava que entendia.

Jane simplesmente não queria que terminássemos como um daqueles casais de certa idade que às vezes víamos quando íamos jantar fora e que sempre nos despertaram pena.

Devo deixar claro que esses casais em geral se tratam com educação. O marido pode puxar a cadeira ou tirar o casaco da mulher, ela pode sugerir um dos pratos do dia. E, quando o garçom aparece, eles podem completar os pedidos um do outro com a experiência acumulada ao longo de toda uma vida – nada de sal nos ovos, por exemplo, ou mais manteiga na torrada.

Depois que o pedido é feito, porém, os dois não dirigem mais a palavra um ao outro. Ficam tomando golinhos de suas bebidas e olhando pela janela, aguardando em silêncio a comida chegar. Quando os pedidos vêm, podem até trocar algumas palavras com o garçom – para pedir mais café, por exemplo –, mas, assim que ele vai embora, recolhem-se outra vez a seus próprios mundinhos. Passarão a refeição inteira sentados como dois desconhecidos que por acaso estejam dividindo uma mesa, como se julgassem que aproveitar a companhia um do outro exige mais esforço do que vale a pena despender.

Talvez eu esteja exagerando ao pensar que a vida desses casais é realmente assim, mas de vez em quando eu me perguntava o que os teria feito chegar a esse ponto.

Enquanto Jane estava em Nova York, porém, ocorreu-me de repente que podia ser que nós também estivéssemos caminhando para isso.

Quando fui buscar Jane no aeroporto, lembro que me senti estranhamente nervoso. Era uma sensação esquisita e me senti aliviado ao ver um sorriso atravessar o rosto de minha mulher quando ela cruzou o portão de saída e veio na minha direção. Quando se aproximou, estendi o braço para pegar sua mala de mão.

– Como foi a viagem? – perguntei.

– Boa – respondeu ela. – Não entendo por que Joseph gosta tanto de morar naquela cidade. É tudo tão agitado, tão barulhento o tempo todo... Eu não conseguiria.

– Então está feliz em voltar para casa?

– Estou – respondeu ela. – Estou, sim. Feliz mas cansada.

– Imagino. Viajar sempre cansa.

Ambos ficamos alguns instantes sem dizer nada. Passei sua mala de mão para o outro braço.

– Como está Joseph? – perguntei.

– Bem. Acho que engordou um pouco desde a última vez em que esteve aqui.

– Alguma novidade em relação a ele que você não tenha dito ao telefone?

– Na verdade, não – falou ela. – Ele trabalha demais, mas é só isso.

Detectei certa tristeza em sua voz, algo que não entendi muito bem. Enquanto pensava no assunto, vi um jovem casal enlaçado, abraçando-se como se houvesse muitos anos que não se viam.

– Estou feliz por você ter voltado – falei.

Ela me olhou de relance, sustentou meu olhar e então se virou lentamente para a esteira de bagagem.

– Eu sei que está.

Era nesse pé que as coisas estavam um ano atrás.

Eu adoraria dizer que tudo melhorou logo nas semanas que se seguiram à temporada de Jane em Nova York, mas não foi assim. Pelo contrário, nossa vida continuou como antes: seguimos cumprindo nossas rotinas em separado, e os dias se sucediam sem nada digno de nota. Jane não estava exatamente brava comigo, mas tampouco parecia feliz e, por mais que eu tentasse, não sabia o que fazer para contornar essa situação. Um muro de indiferença parecia ter se erguido entre nós sem que eu percebesse. No final do outono, três meses depois de esquecer nossos 29 anos de casados, eu estava tão preocupado com nossa relação que sabia que tinha de falar com meu sogro.

O pai de Jane se chama Noah Calhoun e, se vocês o conhecessem, saberiam por que fui visitá-lo. Ele e a mulher, Allie, se mudaram para a casa de repouso de Creekside quando completaram 46 anos de casados, quase 11 anos antes. Embora antes eles dividissem a cama, agora Noah dormia sozinho, e não fiquei surpreso ao ver que ele não estava no quarto. Na maioria das vezes em que ia visitá-lo, encontrava-o sentado em um banco junto ao lago, e lembro que fui até a janela para me certificar de que ele estava lá.

Mesmo de longe, foi fácil reconhecê-lo: os tufos de cabelos brancos esvoaçando de leve ao vento, a postura curvada, o cardigã azul-claro que Kate tinha tricotado para ele não havia muito tempo. Viúvo, Noah tinha 87 anos, as mãos deformadas pela artrite e uma saúde frágil. Carregava sempre no bolso um vidrinho de comprimidos de nitroglicerina e sofria de câncer na próstata, mas o que mais preocupava os médicos era seu estado mental. Alguns anos antes, Jane e eu tínhamos sido chamados à casa de repouso e fomos recebidos com uma expressão preocupada. Disseram que Noah estava tendo alucinações, que elas pareciam estar se agravando. Eu não tinha tanta certeza assim. Pensava conhecê-lo melhor do que a maioria das pessoas, e sem dúvida mais do que os médicos. Com exceção de Jane, ele era o meu melhor amigo e sempre que eu via sua silhueta solitária ficava comovido ao pensar em tudo o que ele havia perdido.

O casamento de Noah chegara ao fim cinco anos antes, mas os cínicos diriam que foi muito antes disso. Nos últimos anos de vida, Allie teve mal de Alzheimer, doença que eu passara a considerar algo intrinsecamente ruim. Ela é um lento esfacelamento de tudo o que uma pessoa já foi. Afinal, o que somos nós sem nossas lembranças, nossos sonhos? Ver o avanço do quadro era como assistir em câmera lenta ao filme de uma tragédia inevitável. Achávamos difícil visitar Allie: Jane queria se lembrar da mãe como ela tinha sido, e eu nunca a forçava a ir, pois aquilo também era doloroso para mim. No entanto, ninguém sofria mais do que Noah.

Mas essa é outra história.

Saí do quarto do meu sogro e segui para o jardim. Estava fresco lá fora, mesmo para uma manhã de outono. As folhas brilhavam sob o sol oblíquo e o ar recendia a fumaça de chaminé. Lembrei que essa era a época do ano preferida de Allie e pude sentir a solidão de Noah enquanto me aproximava. Como sempre, ele estava dando comida ao cisne e, quando cheguei ao seu lado, pus uma sacola de mercado no chão. Lá dentro havia três pacotes de pão de forma. Ele sempre me pedia para comprar a mesma coisa quando eu ia visitá-lo.

– Olá, Noah – falei. Sabia que poderia chamá-lo de "pai", como Jane costumava fazer com o meu, mas nunca me sentira à vontade com isso e Noah nunca parecera ligar.

Ao ouvir minha voz, ele virou a cabeça.

– Oi, Wilson – disse ele. – Obrigado por ter vindo.

Coloquei a mão em seu ombro.

– Como você está?

– Poderia estar melhor – respondeu ele. Então, com um sorriso maroto, completou: – Mas também poderia estar pior.

Eram as palavras que sempre trocávamos ao nos cumprimentarmos. Ele deu uns tapinhas no banco e me sentei junto dele. Fiquei olhando para a água. Folhas caídas das árvores flutuavam na superfície e o lago parecia um caleidoscópio, que também refletia o céu sem nuvens.

– Vim aqui fazer uma pergunta – falei.

– Pois não? – Enquanto falava, Noah partiu um pedaço de pão e o jogou dentro d'água. O cisne inclinou a cabeça em direção à comida e esticou o pescoço para pegá-la.

– É sobre Jane – continuei.

– Jane – repetiu ele com um murmúrio. – Como ela está?

– Bem. – Balancei a cabeça e me remexi no lugar, pouco à vontade. – Acho que ela vem mais tarde. – Era verdade. Nos últimos anos, nós visitávamos Noah com frequência, às vezes juntos, às vezes separados. Perguntei-me se eles falavam sobre mim na minha ausência.

– E os meninos?

– Bem, também. Anna agora está escrevendo matérias especiais, e Joseph finalmente encontrou um apartamento novo. Acho que fica no Queens, mas é bem pertinho do metrô. Leslie foi passar o fim de semana acampando com amigos na montanha. Ela disse que arrasou nas provas semestrais.

Sem desgrudar os olhos do cisne, ele assentiu.

– Que sorte a sua, Wilson – disse ele. – Espero que saiba como é privilegiado por seus filhos terem se tornado adultos assim tão maravilhosos.

– Eu sei – respondi.

Nós nos calamos. De perto, as rugas do rosto de Noah formavam vincos, e pude ver as veias pulsando por baixo da pele cada vez mais fina de suas mãos. Atrás de nós, o jardim estava vazio – ninguém queria sair, por causa do frio.

– Esqueci nosso aniversário de casamento – falei.

– Ah, é?

– Vinte e nove anos – acrescentei.

– Hmm.

Pude ouvir as folhas secas estalarem com a brisa.

– Estou preocupado com a gente – reconheci por fim.

Noah me olhou de relance. No início, pensei que fosse perguntar por que eu estava preocupado, mas em vez disso ele estreitou os olhos para tentar ler minha expressão. Então, virando-se para o outro lado, atirou mais um pedaço de pão para o cisne. Quando falou, sua voz saiu baixa e grave, um barítono envelhecido temperado com o sotaque do sul.

– Você se lembra de quando Allie ficou doente? De quando eu costumava ler para ela?

– Sim – respondi, sentindo a lembrança surgir na minha mente. Ele costumava ler para ela trechos de um caderno que tinha escrito antes de os dois se mudarem para Creekside. Os textos contavam a história de como eles haviam se apaixonado e às vezes, apesar da destruição provocada pelo Alzheimer, ela recobrava a lucidez por um instante depois de ouvi-lo. Isso nunca durava muito – e quando a doença se tornou mais grave, parou de acontecer –, mas, quando ocorria, a melhora de Allie era suficientemente importante para que especialistas de outros lugares fossem a Creekside, na esperança de compreender como aquilo podia acontecer. Não havia dúvida de que ler para Allie funcionava em algumas ocasiões. Por que funcionava, porém, era algo que os experts nunca tinham conseguido esclarecer.

– Sabe por que eu fazia isso? – indagou Noah.

Pousei minhas mãos no colo.

– Acho que sim – respondi. – Porque ajudava Allie. E porque ela fez você prometer que o faria.

– Sim, é verdade – disse ele. Fez uma pausa e pude ouvir o chiado de sua respiração, como o ar passando por uma sanfona velha. – Mas não foi só isso. Era também por minha causa. Muita gente não entende.

Embora ele não tenha continuado, eu sabia que não havia terminado de falar e fiquei quieto. No silêncio do lago, o cisne parou de nadar em círculos e chegou mais perto. A não ser por uma manchinha preta do tamanho de uma moeda grande em seu peito, ele era todo branco. Quando Noah retomou a palavra, ele pareceu ficar flutuando no mesmo lugar.

– Sabe o que eu mais lembro dos bons tempos? – perguntou ele.

Eu sabia que ele estava se referindo à época em que Allie ainda o reconhecia e balancei a cabeça.

– Não – falei.

– De me apaixonar – disse ele. – É disso que mais me lembro. Nos dias bons de Allie, era como se estivéssemos começando tudo outra vez.

Ele sorriu.

– Foi isso que eu quis dizer quando falei que fazia aquilo por mim. Sempre que eu lia para ela, era como se a estivesse cortejando, porque às vezes, só às vezes, ela se apaixonava por mim de novo, como tinha se apaixonado tanto tempo antes. E essa é a sensação mais maravilhosa do mundo. Quantas pessoas têm essa oportunidade? De que alguém que amam se apaixone por elas várias vezes?

Noah não parecia esperar uma resposta e não dei nenhuma.

Passamos a hora seguinte conversando sobre os netos e sobre a saúde dele. Não tornamos a falar de Jane nem de Allie. Depois que fui embora, porém, fiquei pensando no nosso encontro. Apesar das preocupações dos médicos, a mente de Noah parecia mais afiada do que nunca: percebi que ele não apenas já sabia que eu iria vê-lo, como também adivinhara o motivo da minha visita. E, à moda típica dos sulistas, tinha dado a solução para o meu problema sem eu sequer ter de perguntar diretamente.

Foi então que eu soube o que tinha de fazer.

2

Eu precisava cortejar minha mulher outra vez.

Parece simples, não é? O que poderia ser mais fácil do que isso? Afinal de contas, situações como a nossa tinham certas vantagens. Para começar, Jane e eu moramos na mesma casa e, depois de quase 30 anos juntos, não precisamos começar do zero. Podemos pular as histórias de família, as piadinhas da infância, a conversa sobre o que cada um faz da vida ou sobre nossos objetivos serem ou não compatíveis. Além do mais, as surpresas que as pessoas costumam manter escondidas nos primeiros estágios de um relacionamento já foram reveladas. Por exemplo, minha mulher já sabe que eu ronco, então não há por que esconder dela algo desse tipo. Quanto a mim, já a vi de cama, gripada, e para mim não faz diferença o estado do cabelo dela ao acordar.

Considerando essas realidades práticas, achei que reconquistar o amor de Jane seria relativamente fácil. Bastaria que eu tentasse recriar o que tínhamos em nossos primeiros anos juntos – como Noah fizera com Allie ao ler para ela.

No entanto, quando pensei um pouco mais, aos poucos percebi que eu nunca havia entendido de fato o que ela vira em mim, para começo de conversa. Embora me considere um sujeito responsável, esse não era o tipo de qualidade que as mulheres valorizavam na época. Afinal de contas, eu era um filho da explosão populacional ocorrida após a Segunda Guerra Mundial, um membro da geração da descontração e do individualismo.

Foi em 1971 que vi Jane pela primeira vez. Eu tinha 24 anos, já havia feito uma faculdade e estava cursando o segundo ano de direito na Universidade de Duke. A maioria das pessoas me consideraria um aluno sério, mesmo na graduação. Nunca dividi o quarto com a mesma pessoa por mais de um semestre, porque muitas vezes passava quase a noite inteira com a luz acesa, estudando. Grande parte dos meus ex-colegas de quarto parecia considerar a universidade um mundo de fins de semana com aulas sem graça no meio, enquanto eu encarava os estudos como uma preparação para o futuro.

Embora eu reconheça que era um rapaz sério, Jane foi a primeira a me chamar de tímido. Nós nos conhecemos em um café no centro, em um sábado de manhã. Era início de novembro e, por causa das minhas obrigações no periódico *Law Review*, as aulas estavam me parecendo especialmente difíceis. Com medo de ficar para trás nos estudos, eu tinha pegado o carro e ido até o café na esperança de encontrar um lugar onde pudesse estudar sem ser reconhecido ou interrompido.

Foi Jane quem veio até a mesa anotar meu pedido e até hoje me lembro perfeitamente desse instante. Ela estava com os cabelos escuros presos em um rabo de cavalo e seus olhos cor de chocolate eram realçados pelo leve tom moreno de sua pele. Usava um avental azul-escuro sobre um vestido azul-celeste, e fiquei admirado com seu sorriso fácil, como se ela estivesse contente por eu ter decidido ocupar uma de suas mesas no café. Quando ela perguntou o que eu iria querer, ouvi o sotaque sulista característico da região leste da Carolina do Norte.

Eu não sabia que acabaríamos jantando juntos, mas me lembro de voltar ao café no dia seguinte e pedir a mesma mesa. Ela sorriu quando me sentei, e não posso negar que fiquei feliz ao ver que ela parecia se lembrar de mim. Essas visitas de fim de semana duraram mais ou menos um mês e durante todo esse tempo nós nunca puxamos papo nem perguntamos o nome um do outro, mas eu logo percebi que minha mente se distraía toda vez que ela se aproximava para me servir mais café. Por um motivo que não sei explicar muito bem, ela sempre parecia estar cheirando a canela.

Para ser sincero, quando era jovem eu não me sentia totalmente à vontade com as mulheres. No ensino médio, não era atleta nem fazia parte do grêmio, os dois grupos mais populares. No entanto, gostava bastante de xadrez e fundei um clube que acabou chegando a 11 integrantes. Infelizmente, nenhum deles era do sexo feminino. Apesar da minha falta de experiência, eu conseguira sair com umas seis meninas durante a graduação e havia gostado de estar com elas. Contudo, como tinha tomado a decisão de não namorar antes de estar financeiramente pronto para isso, não cheguei a conhecer bem nenhuma dessas moças e logo as esqueci.

Depois de sair do café, volta e meia eu me pegava pensando na garçonete do rabo de cavalo, muitas vezes quando menos esperava. Em mais de uma ocasião, comecei a pensar nela durante a aula e a imaginei andando pela sala com seu avental azul, distribuindo cardápios. Esses devaneios me constrangiam, mas mesmo assim eu não conseguia evitá-los.

Não sei em que teria dado isso tudo caso Jane não houvesse enfim tomado a iniciativa. Eu tinha passado quase a manhã inteira estudando entre as nuvens de fumaça de cigarro que emanavam das outras mesas do café quando começou a chover forte. Uma chuva fria, com vento, um temporal que vinha das montanhas. Eu, naturalmente, tinha previsto essa eventualidade e levado um guarda-chuva.

Quando Jane se aproximou da mesa, ergui os olhos imaginando que fosse me servir mais café, mas então percebi que ela trazia o avental debaixo do braço. Soltou a fita do rabo de cavalo e deixou que os cabelos cascateassem pelos ombros.

– Você poderia me acompanhar até meu carro? – pediu. – Vi que está de guarda-chuva e eu não queria me molhar.

Foi impossível recusar seu pedido, então guardei minhas coisas, segurei a porta para ela passar e, juntos, fomos pulando poças fundas como baldes. Os ombros dela roçavam nos meus e, enquanto chapinhávamos pela rua sob a chuva torrencial, ela precisou gritar para se apresentar e dizer que estudava em Meredith, uma universidade para moças. Estava cursando Letras, falou, e queria ser professora depois de se formar. Já eu não falei muita coisa, concentrado em protegê-la da chuva. Quando chegamos ao carro, imaginei que ela fosse entrar imediatamente, mas em vez disso se virou de frente para mim.

– Você é meio tímido, não é? – indagou.

Eu não soube muito bem como responder e acho que ela viu isso na minha cara, pois quase na mesma hora deu uma risada.

– Não tem problema, Wilson. Eu por acaso gosto dos tímidos.

O fato de ela ter tomado a iniciativa de descobrir meu nome deveria ter me deixado surpreso, mas não deixou. Pelo contrário: enquanto ela continuava ali em pé, na chuva, com o rímel escorrendo pelo rosto, tudo em que consegui pensar foi que nunca na vida tinha visto uma mulher tão linda.

⚜

Minha esposa continua linda.

É claro que hoje ela tem uma beleza mais suave, do tipo que se aprofundou com a idade. Sua pele é macia e tem rugas onde antes era lisa. Os quadris ficaram mais cheios, a barriga um pouco mais proeminente, mas eu ainda me sinto dominado pelo desejo quando a vejo tirar a roupa no quarto.

Nossa vida sexual nos últimos anos foi esparsa e, sempre que fizemos amor, foi sem a espontaneidade e a disposição do passado. Mas o que mais me fez falta não foi o sexo em si, e sim a expressão de desejo há tanto tempo ausente dos olhos de Jane, ou um simples toque ou gesto que deixassem claro que ela me queria tanto quanto eu a desejava. Alguma coisa, qualquer coisa, que me fizesse saber que eu ainda era especial para ela.

Mas como eu faria isso acontecer? Sim, eu sabia que tinha de cortejar Jane outra vez, mas percebi que não seria tão fácil quanto eu havia pensado. A estreita familiaridade entre nós, que eu inicialmente pensara que fosse simplificar as coisas, na verdade as tornava mais complicadas. Nossas conversas à mesa do jantar, por exemplo, estavam engessadas pela rotina. Depois de falar com Noah, por algumas semanas cheguei a passar parte de minhas tardes no escritório inventando assuntos novos para conversar com ela em casa, mas, quando os abordava, eles soavam forçados e o papo não engrenava. Como sempre, voltávamos a falar sobre nossos filhos ou sobre os clientes e os funcionários do meu escritório de advocacia.

Comecei a perceber que nossa vida juntos tinha sido estabelecida de acordo com um padrão incapaz de fazer qualquer tipo de paixão ressurgir. Havia muitos anos, tínhamos agendas separadas para cuidar de nossas tarefas, que eram sobretudo individuais. Nos primeiros anos de vida em comum, eu passava muitas horas trabalhando – inclusive à noite e nos fins de semana – para garantir que, quando chegasse a hora, os donos da firma achariam vantajoso me propor sociedade. Nunca tirava os 30 dias de férias a que tinha direito. Talvez eu tenha exagerado na minha determinação de impressionar Ambry e Saxon, mas, com a família crescendo e eu tendo que sustentá-la, não queria correr nenhum risco. Percebo agora que a busca do sucesso profissional aliada à minha discrição natural me manteve afastado da minha família, e hoje acho que sempre fui uma espécie de estranho na minha própria casa.

Enquanto eu vivia ocupado no meu mundinho, Jane dava duro para cuidar das crianças. À medida que as atividades e as exigências dos filhos foram aumentando, ela às vezes parecia ser apenas um borrão em movimento que passava chispando por mim nos corredores da casa. Houve anos, tenho de confessar, em que jantávamos separados com mais frequência do que juntos, e, embora isso de vez em quando tenha me parecido esquisito, não fiz nada para mudar a situação.

Talvez tenhamos nos acostumado com esse estilo de vida, mas, quando nossos filhos já não estavam mais lá para governar nossas vidas, parecíamos impotentes para preencher os espaços vazios que haviam surgido entre nós. E, apesar da minha preocupação com o estado de nosso relacionamento, a súbita tentativa de mudar nossas rotinas era como querer cavar um túnel em uma rocha usando uma colher.

Isso não quer dizer que eu não tenha tentado. Em janeiro, por exemplo, comprei um livro de culinária e comecei a cozinhar para nós dois nos sábados à noite. Poderia até dizer que alguns dos pratos ficaram bastante originais e deliciosos. Além da minha prática regular de golfe, passei a fazer caminhadas por nosso bairro três vezes por semana, de manhã, para perder alguns quilos. Cheguei a ir à livraria algumas vezes à tarde para xeretar a seção de autoajuda, esperando descobrir o que mais poderia fazer. Quais eram as dicas dos especialistas para melhorar um casamento? Concentrar-se nos quatro As: atenção, apreciação, afeto e atração. Lembro-me de ter pensado que isso fazia todo o sentido, então foi para aí que direcionei meus esforços. À noite, em vez de ficar trabalhando no escritório em nossa casa, eu passava mais tempo com Jane, elogiava-a com frequência e, quando ela mencionava suas atividades cotidianas, escutava com atenção e balançava a cabeça nos momentos certos para indicar que estava concentrado no que ela dizia.

Eu não tinha qualquer ilusão de que alguma dessas soluções fosse recriar a paixão de Jane por mim como num passe de mágica e tampouco achava que a situação se resolveria em pouco tempo. Se havíamos levado 29 anos para nos afastar, eu sabia que algumas semanas de esforço eram apenas o início de um longo processo de reaproximação. No entanto, ainda que as coisas estivessem melhorando um pouco, o progresso foi mais lento do que eu esperava. No final da primavera, cheguei à conclusão de que, além dessas mudanças cotidianas, eu precisava fazer alguma outra coisa, algo dramático, que mostrasse a Jane que ela ainda era e sempre seria a pessoa mais importante da minha vida. Foi quando certa noite, já bem tarde, enquanto folheava nossos álbuns de fotos, uma ideia começou a surgir na minha mente.

Acordei no dia seguinte cheio de energia e boas intenções. Sabia que meu plano teria de ser executado em segredo e de forma bem metódica, e minha primeira medida foi alugar uma caixa postal. No início, porém, meus planos não progrediram muito, porque foi mais ou menos nessa época que Noah teve um derrame.

Não era o primeiro, mas foi o mais sério. Ele passou quase dois meses no hospital, e durante esse período toda a atenção de Jane se concentrou exclusivamente nos cuidados com o pai. Ela passava todos os dias no hospital e, à noite, estava cansada e chateada demais para reparar nos meus esforços para renovar nossa relação. Noah acabou se recuperando o suficiente para voltar a Creekside e logo estava dando comida ao cisne no lago outra vez, mas acho que aquilo nos fez perceber que ele não iria durar muito mais tempo. Passei muitas horas consolando Jane em silêncio, tentando simplesmente reconfortá-la.

De tudo o que fiz nesse ano, acho que foi disso que ela mais gostou. Pode ter sido a firmeza do meu apoio, ou talvez meus esforços ao longo dos últimos meses estivessem dando resultado, mas o fato é que comecei a perceber demonstrações ocasionais de uma receptividade nova por parte de Jane. Embora elas fossem raras, eu as saboreava com sofreguidão, torcendo para que a nossa relação de alguma forma tivesse voltado aos eixos.

Felizmente, Noah continuou a melhorar e, no início de agosto, o ano do aniversário de casamento esquecido estava chegando ao fim. Eu havia perdido quase 9 quilos desde que começara a caminhar pelo bairro e tinha adquirido o hábito de passar todos os dias na agência dos correios para coletar na caixa postal objetos que tinha solicitado a outras pessoas. Para Jane não descobrir nada, eu trabalhava nesse meu projeto especial quando estava no escritório. Além do mais, tinha decidido tirar duas semanas de férias perto de nosso 30º aniversário de casamento – o período mais longo que eu já havia tirado na vida – com a intenção de passar mais tempo com ela. Levando em conta o que eu tinha feito no ano anterior, queria que essa data fosse o mais memorável possível.

Então, na noite de 15 de agosto, uma sexta-feira – meu primeiro dia de férias e exatos oito dias antes do nosso aniversário de casamento –, aconteceu uma coisa que jamais vamos esquecer.

Estávamos ambos relaxando na sala. Eu estava sentado em minha poltrona preferida lendo uma biografia de Theodore Roosevelt e Jane estava folheando um catálogo. De repente, Anna irrompeu pela porta. Na época ela ainda morava em New Bern, mas tinha acabado de acertar tudo para alugar um apartamento em Raleigh: dali a umas duas semanas ela e Keith iriam morar juntos durante o primeiro ano de residência dele na Faculdade de Medicina de Duke.

Apesar do calor, Anna estava de preto. Tinha dois furos em cada orelha e seu batom parecia pelo menos alguns tons escuro demais. A essa altura eu já tinha me acostumado com os ares góticos da sua personalidade, mas, quando ela se sentou na nossa frente, tornei a ver quanto se parecia com a mãe. Estava com o rosto corado e uniu as mãos como se estivesse tentando se acalmar.

– Mãe, pai – começou ela. – Tenho uma coisa para dizer.

Jane sentou-se mais ereta e pôs o catálogo de lado. Percebi que, pelo tom de voz de Anna, ela sabia que algo sério estava por vir. Na última vez em que Anna agira assim, fora para nos informar que iria morar com Keith.

Eu sei, eu sei. Mas ela era adulta, e o que eu podia fazer?

– O que foi, querida? – indagou Jane.

Anna olhou para ela, depois para mim, então de novo para ela antes de respirar fundo.

– Vou me casar – falou.

⚜

Hoje acredito que a maior satisfação na vida de um filho é surpreender os pais, e a notícia de Anna não foi nenhuma exceção.

Na verdade, tudo associado ao fato de ter filhos foi uma surpresa. Todo mundo reclama que o primeiro ano de casamento é o mais difícil, mas conosco não foi assim. Tampouco o sétimo ano, o suposto ano da crise, foi o mais difícil.

Não. Para nós o período mais difícil – talvez tirando os últimos tempos – foi o que se seguiu ao nascimento de nossos filhos. Parece haver uma falsa crença, sobretudo entre casais que ainda não são pais, de que o primeiro ano de vida de uma criança é igual a um comercial de fraldas descartáveis, cheio de bebês fofinhos e pais tranquilos e sorridentes.

Minha mulher, ao contrário, ainda se refere àquela época como "a era do ódio". É claro que fala assim de brincadeira, mas duvido muito que ela queira reviver aqueles anos, como eu também não quero.

O "ódio" a que Jane se refere é o seguinte: havia ocasiões em que ela odiava praticamente tudo. Odiava a própria aparência e a forma como se sentia. Odiava mulheres cujos seios não doíam e as que ainda cabiam nas roupas. Odiava o fato de sua pele ter ficado oleosa e odiava as espinhas que surgiam pela primeira vez desde a adolescência. Mas o que mais a enfurecia era a privação de sono e, consequentemente, nada a deixava mais irritada do que ouvir as histórias de outras mães cujos filhos dormiam a noite inteira semanas depois de sair do hospital. Na verdade, ela odiava *qualquer pessoa* que conseguisse dormir mais de três horas seguidas, e parecia haver ocasiões em que detestava até a mim por meu papel nisso tudo. Afinal de contas, eu não era capaz de amamentar e, por causa das longas horas de trabalho, não tinha outra escolha senão dormir no quarto de hóspedes de vez em quando para poder ser alguém no escritório no dia seguinte. Embora eu tivesse certeza de que ela compreendia a situação de um ponto de vista lógico, muitas vezes era como se não entendesse.

– Bom dia – eu às vezes dizia ao vê-la entrar cambaleando na cozinha. – O bebê dormiu bem?

Em vez de responder, ela dava um suspiro de impaciência enquanto se encaminhava para a cafeteira.

– Teve que levantar muitas vezes? – perguntava eu, hesitante.

– Você não iria aguentar nem uma semana.

Bem nessa hora, o bebê começava a chorar. Jane cerrava os dentes, batia com a xícara de café na bancada e fazia uma cara de quem estava se perguntando por que Deus parecia odiá-la tanto.

Com o tempo, aprendi que era mais sensato ficar quieto.

Há também, é claro, o fato de que ter um filho modifica o relacionamento matrimonial básico. O casal deixa de ser apenas marido e mulher e vira também pai e mãe, e toda e qualquer espontaneidade desaparece na hora. Jantar fora? Antes precisamos ver se os pais dela podem ficar com o bebê ou se conseguimos uma babá. Um filme novo estreou? Faz mais de um ano que não vamos ao cinema. Viagenzinha de fim de semana? Nem pensar. Não havia mais tempo para as coisas que tinham feito com que nos apaixonássemos – caminhar, conversar, ficar a sós –, e isso foi difícil para ambos.

Não estou querendo dizer que o primeiro ano foi totalmente horrível. Quando as pessoas me perguntam como é ter filhos, respondo que é uma das coisas mais difíceis que se pode fazer na vida, mas que, em troca, ensina o que é um amor incondicional. Aos olhos de um pai ou de uma mãe, tudo o que um bebê faz parece a coisa mais mágica que já se viu. Vou me lembrar para sempre do primeiro dia em que cada um dos meus filhos sorriu para mim. Lembro-me de bater palmas e de ver lágrimas escorrendo pelo rosto de Jane quando eles deram os primeiros passos, e não há nada no mundo que traga mais paz do que segurar uma criança adormecida no conforto de seu colo e pensar como é possível amar tanto alguém. São esses os momentos que hoje relembro com mais detalhes. As dificuldades – embora consiga falar sobre elas de forma objetiva – não passam de imagens distantes e nebulosas, mais parecidas com um sonho do que com a realidade.

Não, não existe nenhuma experiência que se compare a ter filhos. Apesar dos desafios que tivemos de enfrentar, considero-me abençoado pela família que criamos.

Só que, como eu disse, é preciso estar preparado para surpresas.

⚜

Ao ouvir o que Anna tinha dito, Jane deu um pulo do sofá soltando um gritinho e foi direto abraçá-la. Tanto ela quanto eu gostávamos muito de Keith. Quando dei os parabéns e abracei minha filha, ela reagiu com um sorriso indecifrável.

– Ah, querida – repetiu Jane. – Que maravilha... Como foi o pedido? Quando foi? Quero saber tudo... Deixe-me ver o anel...

Depois da saraivada de perguntas, pude ver a expressão de alegria de minha mulher se desfazer quando Anna começou a balançar a cabeça.

– Não vai ser esse tipo de casamento, mãe. Já estamos morando juntos e nenhum dos dois quer fazer muito alarde. Não precisamos de liquidificador, saladeira ou qualquer coisa do tipo.

Isso não me surpreendeu. Como já disse, Anna sempre fez as coisas do seu jeito.

– Ah... – disse Jane. Antes que ela conseguisse dizer qualquer outra coisa, porém, Anna segurou sua mão.

– Tem mais uma coisa, mãe. É importante.

Anna tornou a olhar com cautela para mim e depois para Jane.

– É que... bom, vocês sabem como está a saúde do vovô, não é?

Assentimos. Como todos os meus filhos, Anna sempre fora próxima de Noah.

– E com o derrame e tudo mais... bom, Keith gostou muito de conhecer melhor o vovô, e eu o amo mais do que tudo...

Ela fez uma pausa. Jane apertou sua mão, incentivando-a a prosseguir.

– Bom, nós queremos nos casar enquanto ele ainda estiver bem e ninguém sabe realmente quanto tempo ele ainda terá. Então Keith e eu começamos a conversar sobre possíveis datas e, como ele vai para Duke daqui a umas duas semanas para começar a residência, e como eu também vou me mudar, e com o estado do vovô... bom, estávamos pensando o que vocês achariam de...

Ela parou de falar e seu olhar por fim se fixou em Jane.

– Sim? – sussurrou minha mulher.

Anna respirou fundo.

– Estamos pensando em nos casar no sábado que vem.

A boca de Jane formou um pequeno O. Anna continuou falando, obviamente ansiosa para dizer tudo antes de podermos interrompê-la.

– Sei que é o aniversário de casamento de vocês... e é claro que, se não concordarem, tudo bem... mas nós dois achamos que seria um jeito maravilhoso de homenageá-los. Por tudo o que fizeram um pelo outro, por tudo o que fizeram por mim. E essa parece ser a melhor forma. Queremos uma coisa simples: um juiz de paz no cartório, talvez um jantar com a família. Não queremos presentes nem nada luxuoso. O que vocês acham?

Assim que vi a expressão no rosto de Jane, eu soube qual seria a sua resposta.

3

Assim como Anna, Jane e eu não tivemos um noivado longo.

Depois de me formar em direito, comecei a trabalhar como advogado associado na Ambry e Saxon – Joshua Tundle ainda não tinha virado sócio. Ele tinha o mesmo cargo que eu e nossas salas ficavam uma de frente para a outra. Nascido em Pollocksville – pequeno povoado 20 quilômetros ao sul de New Bern –, ele havia estudado na Universidade de East Carolina e, durante meu primeiro ano no escritório, muitas vezes me perguntou como eu estava me adaptando à vida em uma cidade pequena. Confessei que não era exatamente o que eu imaginava. Mesmo quando ainda estava estudando, eu sempre pensara que fosse trabalhar em uma metrópole como meus pais, mas mesmo assim acabei aceitando um emprego no lugar em que Jane fora criada.

Tinha me mudado para lá por causa dela, mas não posso dizer que algum dia tenha me arrependido dessa decisão. New Bern pode não ter uma universidade nem um centro de pesquisas, mas o que falta em tamanho sobra em personalidade. A cidade fica pouco menos de 150 quilômetros a sudeste de Raleigh, em uma região plana e situada no nível do mar, rodeada por florestas de pinheiros e por rios largos, de correnteza vagarosa. A água salobra do rio Neuse, que banha os arredores da cidade, parece mudar de cor quase de hora em hora: cinza-chumbo ao amanhecer, azul nas tardes ensolaradas, marrom quando o sol começa a se pôr. À noite, o rio parece um redemoinho de carvão líquido.

Meu escritório fica no centro da cidade, perto do bairro antigo, e depois do almoço eu às vezes passeio entre as velhas construções. New Bern foi fundada em 1710 por colonos da Suíça e da Polônia, tornando-se a segunda cidade mais antiga da Carolina do Norte. Quando me mudei para cá, muitas das residências históricas estavam abandonadas e caindo aos pedaços. Isso mudou nos últimos 30 anos. Aos poucos, novos proprietários começaram a reformar essas casas para recuperar sua glória, e hoje em dia um passeio pela calçada dá a sensação de que a renovação é possível nas épocas e nos lugares em que menos se pode imaginar. Quem gosta de arquitetura pode admirar o vidro artesanal das janelas, os puxadores antigos das portas e os lambris feitos à mão que complementam o piso de pinho dos interiores. Graciosas varandas margeiam as ruas estreitas, resquícios de um tempo em que as pessoas se sentavam ao ar livre no início da noite para pegar um ventinho. Sombras de carvalhos e cornisos cobrem as ruas e milhares de azaleias florescem na primavera. New Bern é simplesmente um dos lugares mais lindos que eu já vi.

Jane foi criada nos arredores da cidade, em uma antiga sede de fazenda construída quase dois séculos antes. Noah restaurou o casarão logo depois da Segunda Guerra Mundial. Seu trabalho foi meticuloso e, como muitas das outras residências históricas do lugar, a casa conserva um ar de grandiosidade que o passar do tempo só fez realçar.

Eu às vezes visito o velho casarão. Passo lá depois do trabalho ou a caminho do mercado, e em algumas ocasiões vou lá só para isso. Jane não sabe desse meu segredo. Embora tenha certeza de que ela não iria se importar, sinto um prazer oculto no fato de manter essas visitas só para mim. Ir lá faz com que me sinta ao mesmo tempo diferente e igual aos outros, pois sei que todo mundo tem segredos, inclusive minha mulher. Quando admiro o casarão em que Jane cresceu, muitas vezes me pergunto quais serão os dela.

Uma única pessoa sabe sobre essas minhas visitas. Seu nome é Harvey Wellington, e ele é um senhor negro mais ou menos da minha idade que mora em uma casinha de madeira no terreno vizinho. Desde antes da virada do século, um ou mais membros da sua família sempre moraram nessa mesma casa, e sei que ele é pastor na igreja batista do bairro. Tinha sido próximo de toda a família de Jane, principalmente da própria Jane, mas, desde que Allie e Noah se mudaram para Creekside, a maior parte de nossa comunicação se resume aos cartões de Natal que trocamos todo ano. Muitas vezes já o vi em pé na varanda meio afundada de sua casa quando vou visitar o casarão, mas, por causa da distância, é impossível saber o que ele pensa quando me vê.

Quase nunca entro na casa de Noah. Ela está vazia desde que ele e Allie se mudaram e os móveis cobertos por panos parecem fantasmas do Dia das Bruxas. Prefiro passear pelo terreno. Percorro o caminho de cascalho, margeio a cerca tocando suas estacas e vou até os fundos, onde passa o rio. Suas margens ali são mais estreitas do que no centro da cidade e há ocasiões em que a água fica totalmente parada, como um espelho, refletindo o céu. Às vezes fico em pé na beira da varanda, admirando esse reflexo na água e escutando a brisa que balança de leve as folhas das árvores.

De vez em quando fico em pé sob o caramanchão que Noah construiu depois do casamento. Allie sempre adorou flores e meu sogro plantou um roseiral em forma de corações concêntricos ao redor de um chafariz clássico de três níveis que ela podia ver da janela do quarto. Ele também havia instalado pontos de iluminação que permitiam ver os botões das flores mesmo no escuro, e o efeito era sensacional. O caramanchão feito à mão conduzia ao roseiral e, como Allie era artista plástica, ambos haviam sido retratados em vários quadros seus – obras que, por algum motivo, sempre pareciam transmitir um pouco de tristeza, apesar da beleza. Hoje o roseiral está abandonado e o caramanchão, velho e rachado, mas ficar em pé debaixo dele ainda me deixa comovido. Assim como na obra da casa, Noah dedicou muito esforço a transformá-los em lugares únicos. Muitas vezes estendo a mão para tocar a madeira do caramanchão ou fico simplesmente fitando as rosas, na esperança, quem sabe, de absorver os talentos que sempre me faltaram.

Vou ao casarão porque ele é um lugar especial para mim. Foi ali, afinal, que percebi pela primeira vez que estava apaixonado por Jane, e, embora saiba que isso tornou minha vida melhor, devo admitir que até hoje me espanto com a forma como tudo aconteceu.

⚜

Eu evidentemente não tinha a menor intenção de me apaixonar por Jane quando a acompanhei até o carro naquele dia chuvoso de 1971. Eu mal a conhecia, mas, em pé embaixo do guarda-chuva, ao vê-la sair com o carro, de repente tive certeza de que queria me encontrar de novo com ela. Horas depois, nessa mesma noite, enquanto eu tentava estudar, o que ela tinha dito não parava de ecoar na minha cabeça:

Não tem problema, Wilson. Eu por acaso gosto dos tímidos.

Sem conseguir me concentrar, pus o livro de lado e me levantei da escrivaninha. Disse a mim mesmo que não tinha tempo nem vontade de namorar e depois de andar de um lado para outro do quarto pensando no meu horário maluco – assim como no meu desejo de independência financeira –, tomei a decisão de não voltar mais ao café. Não seria fácil, mas era o certo a fazer, ponderei, e resolvi não pensar mais no assunto.

Passei a semana seguinte estudando na biblioteca, mas estaria mentindo se dissesse que não tornei a ver Jane. Todas as noites, sem falta, eu me pegava relembrando nosso breve encontro: seus cabelos soltos cascateando pelos ombros, a cadência de sua voz, seu olhar paciente quando estávamos em pé na chuva. No entanto, quanto mais eu me esforçava para não pensar nela, mais poderosas essas imagens se tornavam. Soube então que minha força de vontade não iria durar mais uma semana e, no sábado de manhã, surpreendi a mim mesmo pegando a chave do carro.

Não fui ao café convidá-la para sair, e sim para provar a mim mesmo que aquilo não passara de uma paixonite momentânea. Disse a mim mesmo que ela era apenas uma moça normal e que quando a visse novamente iria constatar que não tinha nada de especial. Quando estacionei o carro, já quase me convencera desse fato.

O café, como sempre, estava lotado, e enquanto procurava um lugar para sentar tive que abrir caminho em meio a um grupo de homens que saía. A mesa que ocupei acabara de ser limpa e, depois de me sentar, usei um guardanapo de papel para secá-la antes de abrir meu livro.

Com a cabeça baixa, estava folheando as páginas até o capítulo certo quando percebi que ela se aproximava. Fingi não ter percebido nada até ela parar junto à mesa, mas, quando ergui a cabeça, vi que quem estava ali não era Jane, e sim uma mulher de 40 e poucos anos. Trazia um bloco de pedidos dentro do avental e uma caneta enfiada atrás da orelha.

– O senhor aceita um café? – perguntou ela. Seus gestos rápidos e eficientes sugeriam que devia fazer muitos anos que ela trabalhava ali e perguntei-me por que nunca a havia notado.

– Sim, por favor.

– Só um instante – entoou ela, deixando um cardápio sobre a mesa. Assim que virou as costas, percorri o café com os olhos e vi Jane carregando pratos da cozinha até um grupo de mesas perto dos fundos. Passei algum tempo a observá-la, perguntando-me se ela havia reparado na minha chegada, mas ela estava concentrada no serviço e não olhou para mim. De longe, não havia nada de mágico na forma como ela ficava em pé e se movia e me peguei respirando aliviado, convencido de que tinha conseguido me livrar do estranho fascínio que tanto vinha me atormentando.

Meu café chegou e fiz meu pedido. Novamente absorto no livro, tinha lido meia página quando ouvi sua voz atrás de mim.

– Oi, Wilson.

Jane sorriu quando ergui os olhos.

– Não vi você na semana passada – prosseguiu ela, calmamente. – Pensei que talvez eu o tivesse assustado.

Engoli em seco, sem saber o que dizer, pensando que ela era ainda mais bonita do que na minha lembrança. Não sei quanto tempo fiquei ali olhando para ela sem falar nada, mas foi o suficiente para seu rosto adquirir uma expressão preocupada.

– Wilson? – indagou ela. – Está tudo bem?

– Sim – respondi, mas, por estranho que parecesse, não consegui pensar em mais nada que pudesse dizer.

Depois de alguns instantes, ela balançou a cabeça, sem entender.

– Bom... então tá. Desculpe-me não ter visto você chegar. Eu o teria acomodado em uma das minhas mesas. Você é o mais próximo que tenho de um freguês regular.

– Sim – repeti. No mesmo instante em que falei, soube que a resposta não fazia sentido, mas era a única palavra que eu parecia conseguir formular na sua presença.

Ela aguardou que eu dissesse mais alguma coisa. Quando permaneci calado, pude ver uma decepção atravessar seu rosto.

– Estou vendo que está ocupado – disse ela por fim, indicando meu livro com a cabeça. – Só quis dar um oi e agradecer outra vez por você ter me acompanhado até meu carro. Bom café da manhã.

Ela estava prestes a me dar as costas quando consegui romper o feitiço que parecia ter se apoderado de mim.

– Jane? – consegui balbuciar.

– O quê?

Pigarreei.

– Talvez eu pudesse acompanhar você até o carro de novo um dia desses. Mesmo que não esteja chovendo.

Ela me estudou por alguns instantes antes de responder.

– Seria ótimo, Wilson.

– Quem sabe hoje, mais tarde?

Ela sorriu.

– Claro.

Quando ela se virou, tornei a falar.

– E, Jane?

Dessa vez ela me olhou por cima do ombro.

– O quê?

Entendendo por fim o verdadeiro motivo de minha ida ao café, pus as duas mãos sobre o livro, tentando extrair forças daquele mundo que entendia.

– Quer jantar comigo neste fim de semana?

Ela pareceu achar graça no fato de eu ter levado tanto tempo para convidá-la.

– Quero, Wilson – respondeu. – Será um prazer.

Era difícil acreditar que estivéssemos os dois ali, mais de três décadas depois, sentados com nossa filha e conversando com ela sobre o seu casamento na semana seguinte.

O pedido surpresa de Anna de um casamento simples e rápido provocou em nós dois um silêncio total. No início, Jane pareceu atônita, mas depois, voltando a si, começou a balançar a cabeça e a sussurrar com uma urgência crescente:

– Não, não, não...

Pensando bem, a reação dela não chegava a ser inesperada. Suponho que um dos momentos a que qualquer mãe mais anseie na vida seja o casamento de uma filha. Toda uma indústria foi construída em torno das festas de casamento e nada mais natural do que as mães criarem expectativas a esse respeito. Os planos de Anna eram o oposto do que Jane sempre havia desejado para as filhas e, embora o casamento fosse de Anna, Jane não era capaz de renegar as próprias crenças, da mesma forma que não podia renegar o seu passado.

O problema para ela não era Anna e Keith se casarem no dia do nosso aniversário de casamento – ela conhecia melhor do que ninguém o estado de saúde do pai, e além disso Anna e Keith iriam realmente se mudar dali a duas semanas –, mas não gostava da ideia de eles se casarem apenas no cartório. Tampouco apreciava o fato de restarem apenas oito dias para fazer os preparativos, e de Anna querer uma comemoração discreta.

Fiquei sentado sem dizer nada quando as negociações começaram, frenéticas. Jane disse:

– E os Sloan? Eles iriam ficar magoadíssimos se não fossem convidados. E John Peterson? Ele foi seu professor de piano durante anos, e sei quanto você gostava dele.

– Mas não tem nada de mais – rebateu Anna. – Keith e eu já moramos juntos. A maioria das pessoas já age mesmo como se fôssemos casados...

– Mas e o fotógrafo? Sem dúvida você vai querer fotos.

– Tenho certeza de que várias pessoas vão levar câmeras. Ou você mesma poderia ficar encarregada disso. Já tirou milhares de fotos na vida.

Ao ouvir isso, Jane balançou a cabeça e deu início a um inflamado discurso sobre como aquele seria o dia mais importante da sua vida, ao que Anna respondeu que, mesmo sem qualquer decoração, o casamento continuaria sendo um casamento. Não foi uma conversa hostil, mas ficou claro que as duas haviam chegado a um impasse.

Tenho por hábito acatar as decisões de Jane em relação à maioria das questões desse gênero, sobretudo quando dizem respeito às meninas, mas percebi que nesse caso tinha algo a acrescentar e empertiguei-me mais um pouco no sofá.

– Talvez haja um meio-termo possível – falei.

Anna e Jane se viraram para mim.

– Sei que você quer que o casamento seja no fim de semana que vem – falei para Anna –, mas o que você acha de convidarmos mais algumas pessoas além da família? Podemos ajudar com os preparativos.

– Não sei se dá tempo para isso... – começou Anna.

– Mas podemos tentar?

A partir daí, as negociações ainda prosseguiram por uma hora, mas, no final das contas, chegamos a alguns acordos. Depois que eu me intrometi, Anna demonstrou uma boa vontade surpreendente. Ela conhecia um pastor e estava certa de que ele concordaria em celebrar a cerimônia no fim de semana seguinte. Quando os primeiros planos foram tomando forma, Jane pareceu feliz e aliviada.

Enquanto isso, eu estava pensando não apenas na festa da minha filha, mas também no nosso aniversário de casamento. Agora os nossos 30 anos de matrimônio – que eu esperava tornar memoráveis – e uma festa de casamento iriam acontecer no mesmo dia e entendi qual dos dois acontecimentos era mais importante.

⚜

A casa em que moro com Jane fica às margens do rio Trent e nosso quintal tem quase um quilômetro de extensão. À noite, eu às vezes fico sentado na varanda vendo as ondas suaves refletirem o luar. Dependendo do clima, há horas em que a água parece ter vida própria.

Ao contrário da casa de Noah, a nossa não tem uma varanda ao redor dela toda. Foi construída em uma época em que o ar-condicionado e a TV mantinham as pessoas dentro de casa. Na primeira vez em que entramos ali, Jane olhou pelas janelas dos fundos e decidiu que, se não podia ter uma varanda como a dos pais, pelo menos teria uma na frente da casa. Essa foi a primeira de uma série de pequenas reformas que acabaram transformando a casa em algo que podíamos chamar confortavelmente de lar.

Depois que Anna foi embora, Jane ficou sentada no sofá olhando para as portas de correr de vidro. Não consegui decifrar sua expressão, mas, antes de poder perguntar em que ela estava pensando, ela de repente se levantou e saiu. Reconheci que aquela noite tinha sido impactante, então fui até a cozinha e abri uma garrafa de vinho. Jane nunca tinha sido uma grande fã de bebida, mas gostava de tomar uma taça de vinho de vez em quando, e pensei que hoje talvez pudesse ser uma dessas ocasiões.

Com o copo na mão, fui até a varanda. Lá fora, a noite pulsava com os sons dos sapos e dos grilos. A lua ainda não tinha surgido e do outro lado do rio pude ver o brilho das luzes amarelas das casas do interior. Uma brisa soprava e escutei o leve tilintar do sino dos ventos que Leslie tinha nos dado de Natal no ano anterior.

Fora isso, o silêncio era total. À luz suave do alpendre, o perfil de Jane me lembrava uma estátua grega e novamente me espantei com quanto ela se parecia com a mulher que eu tinha visto pela primeira vez tantos anos antes. Ao fitar as maçãs do rosto saltadas e os lábios carnudos, fiquei grato pelo fato de nossas filhas se parecerem mais com ela que comigo e, agora que uma delas iria se casar, acho que esperava que a expressão de minha mulher estivesse quase radiante. Quando me aproximei de Jane, porém, fiquei espantado ao ver que ela estava chorando.

Hesitei na entrada da varanda, perguntando-me se teria cometido um erro ao sair para ficar com ela. Antes de ter tempo de dar meia-volta, porém, Jane pareceu pressentir minha presença e me olhou de relance por cima do ombro.

– Ah, oi – disse ela, fungando.

– Está tudo bem? – perguntei.

– Está. – Ela fez uma pausa e balançou a cabeça. – Quer dizer, não está. Na verdade, não sei como estou me sentindo.

Fui até o lado dela e pousei a taça de vinho em cima do parapeito. No escuro, o vinho parecia óleo.

– Obrigada – disse ela. Depois de tomar um gole, deixou escapar um longo suspiro antes de olhar na direção da água.

– Isso é típico de Anna – disse ela por fim. – Acho que eu não deveria estar surpresa, mas mesmo assim...

Ela não completou a frase e pousou o copo.

– Pensei que você gostasse de Keith – falei.

– E gosto. – Ela assentiu com a cabeça. – Mas casar daqui a uma semana? Não sei de onde ela tira essas ideias. Se queria fazer uma coisa dessas, não entendo por que simplesmente não casou escondida e acabou logo com isso.

– Você preferiria que ela tivesse agido assim?

– Não. Teria ficado uma fera com ela.

Sorri. Jane sempre tinha sido uma mulher honesta.

– É que tem tanta coisa para fazer... – continuou ela. – E eu não faço ideia de como vamos conseguir dar conta. Não estou dizendo que eles têm que se casar no salão de gala de algum hotel de luxo, mas ela não pode querer que não tenha fotógrafo. Ou alguns amigos.

– Ela já não concordou com tudo isso?

Jane hesitou, escolhendo com cuidado as palavras.

– Eu só acho que ela não está percebendo quanto vai se lembrar do dia do próprio casamento. Fica agindo como se isso não tivesse importância.

– Não importa como o casamento dela seja, ela vai sempre se lembrar dele – falei, com delicadeza.

Jane fechou os olhos por vários instantes.

– Você não entende – falou.

Embora ela não tenha dito mais nada sobre o assunto, eu sabia exatamente o que estava querendo dizer.

Jane só não queria que Anna cometesse o mesmo erro que ela.

Minha mulher sempre se arrependera da forma como tínhamos nos casado. Tivemos o tipo de casamento que eu insistira que tivéssemos e, apesar de aceitar a responsabilidade por isso, meus pais desempenharam um papel significativo na minha decisão.

Ao contrário da maioria dos norte-americanos, meus pais eram ateus e me criaram de acordo com esse pensamento. Quando era pequeno, lembro-me de ter curiosidade em relação à igreja e aos misteriosos rituais sobre os quais às vezes lia, mas nunca falávamos sobre religião. Jamais tocávamos nesse assunto durante o jantar e, ainda que houvesse ocasiões em que eu percebia que era diferente das outras crianças da vizinhança, isso não era algo que me deixasse preocupado.

Hoje penso de outra forma. Considero a fé cristã o maior presente que já recebi e posso dizer que, em retrospecto, acho que sempre soube que faltava algo na minha vida. Os anos que passei com Jane confirmaram isso. Como os pais, ela é muito religiosa, e foi ela quem começou a me levar à igreja. Também comprou a Bíblia que sempre lemos à noite, além de responder às minhas primeiras perguntas.

Mas isso só aconteceu depois de nos casarmos.

A única fonte de tensão que existiu durante nossos anos de namoro foi minha falta de fé, e tenho certeza de que houve momentos em que ela se perguntou se éramos compatíveis. Jane certa vez me disse que não teria se casado comigo, se não estivesse convencida de que eu acabaria aceitando Jesus Cristo como meu Salvador. Eu sabia que o comentário de Anna tinha trazido de volta uma lembrança dolorosa, pois fora essa mesma falta de fé que nos levara a nos casar nos degraus do fórum. Na época, eu tinha um forte sentimento de que me casar na igreja faria de mim um hipócrita.

Houve mais um motivo para que nos casássemos diante de um juiz de paz, e não de um pastor: uma razão relacionada com o orgulho. Eu não queria que os pais de Jane pagassem por um casamento religioso tradicional, mesmo que tivessem dinheiro para isso. Como pai que sou, hoje considero esse dever o presente que de fato é, mas na época achava que deveria arcar sozinho com as despesas. Meu raciocínio era o seguinte: se eu não pudesse pagar por uma recepção decente, não teríamos recepção alguma.

Na época, eu não tinha como bancar uma festa chique. Era novo no escritório e ganhava um salário razoável, mas estava me esforçando para poupar o suficiente para dar entrada em uma casa própria. Embora tenhamos conseguido comprar nossa primeira casa nove meses depois do casamento, não acho mais que esse sacrifício tenha valido a pena. Aprendi que viver com simplicidade tem um custo, e esse custo às vezes é eterno.

Nossa cerimônia de casamento durou menos de 10 minutos. Não se ouviu uma prece sequer. Eu usei um terno cinza-escuro e Jane, um vestido amarelo sem mangas com uma palma-de-santa-rita presa nos cabelos. Seus pais assistiram ao matrimônio dos degraus que conduziam ao fórum e despediram-se de nós com um beijo e um aperto de mão. Passamos a lua de mel em um hotelzinho antiquado de Beaufort e Jane adorou a cama antiga de dossel em que fizemos amor pela primeira vez, mas não chegamos a passar o fim de semana inteiro, já que eu precisava estar no escritório na segunda-feira de manhã.

Não foi o tipo de casamento com o qual Jane havia sonhado quando menina. Hoje sei disso. Ela queria o que agora insistia para que Anna tivesse. Uma noiva radiante de felicidade conduzida até o altar pelo pai, um casamento celebrado por um pastor, cheio de parentes e amigos. Uma festa com comida, bolo e arranjos de flores em todas as mesas, em que a noiva e o noivo pudessem receber os parabéns daqueles que lhes eram mais queridos. Talvez até uma banda de música, para que a noiva pudesse dançar com o marido e com o pai, enquanto os outros assistiriam com a felicidade estampada no rosto.

Era isso que Jane gostaria de ter tido.

4

No sábado de manhã, um dia depois da notícia de Anna, o sol já estava sufocante quando parei o carro no estacionamento de Creekside. Como em muitas cidades do sul dos Estados Unidos, em agosto a vida em New Bern fica em câmera lenta por causa do calor. Todos dirigem com mais cuidado, os sinais de trânsito parecem ficar vermelhos por mais tempo do que o normal e quem caminha usa energia suficiente apenas para impulsionar o corpo para a frente.

Jane e Anna já tinham saído para passar o dia fora. Na noite anterior, quando voltou da varanda, Jane havia se sentado à mesa da cozinha e começado a anotar tudo o que precisava fazer. Embora não tivesse qualquer ilusão de que conseguiria dar conta de tudo, encheu três páginas de anotações, sublinhando os objetivos para cada dia da semana seguinte.

Ela sempre tivera talento para projetos. Fosse um evento beneficente para os escoteiros ou uma rifa na igreja, minha mulher geralmente era a pessoa indicada para ajudar. Isso a deixava sobrecarregada em algumas ocasiões – afinal de contas, tinha três filhos envolvidos em outras atividades –, mas ela nunca dizia não. Ao me lembrar de como ela muitas vezes ficava esgotada, prometi a mim mesmo que iria requisitá-la o mínimo possível na semana seguinte.

O projeto paisagístico do quintal de Creekside tinha sebes quadradas e arbustos de azaleias. Depois de atravessar o prédio – eu tinha certeza de que Noah não estava no quarto –, segui o caminho curvo de cascalho que conduzia ao lago. Quando vi meu sogro, balancei a cabeça ao constatar que, apesar do calor, ele estava usando seu cardigã azul preferido. Só mesmo ele para sentir frio em um dia como aquele.

Ele tinha acabado de dar comida ao cisne e a ave ainda nadava em pequenos círculos na sua frente. Quando me aproximei, ouvi-o falando com ela, mas não consegui distinguir suas palavras. O cisne parecia confiar inteiramente nele. Noah certa vez me disse que a ave às vezes descansava a seus pés, embora eu nunca a tivesse visto fazer isso.

– Olá, Noah – falei.

Virar a cabeça foi um esforço para ele.

– Olá, Wilson. – Ele ergueu uma das mãos. – Obrigado por ter vindo.

– Tudo bem com você?

– Poderia estar melhor – respondeu ele. – Mas também poderia estar pior.

Apesar de ir vê-lo com frequência, Creekside me deixava deprimido, pois parecia estar cheio de gente que a vida tinha esquecido. Os médicos e as enfermeiras nos diziam que Noah tinha sorte de receber visitas frequentes, mas muitos dos outros moradores passavam o dia inteiro assistindo à TV para fugir da solidão de seus últimos dias. Noah ainda passava as noites recitando poesia para os colegas. Ele gostava dos poemas de Walt Whitman e um exemplar de *Folhas de relva* repousava no banco ao seu lado. Ele raramente ia a algum lugar sem aquele livro e, embora Jane e eu já o tenhamos lido, devo confessar que não entendo por que meu sogro considera esses poemas tão especiais.

Olhando para Noah, mais uma vez me dei conta da tristeza de ver um homem como ele envelhecer. Durante a maior parte da vida, eu nunca havia pensando nele dessa forma, mas nos últimos tempos, quando o ouvia respirar, o som que ele produzia me lembrava o ar passando dentro de uma velha sanfona. Uma das sequelas do derrame sofrido na primavera era que ele não mexia mais a mão esquerda. Noah estava ficando cada vez mais fraco e, apesar de eu já saber havia muito tempo que esse dia iria chegar, meu sogro enfim parecia estar se dando conta disso também.

Ele estava observando o cisne e, ao seguir seu olhar, reconheci a ave graças à manchinha preta em seu peito. Aquilo me lembrou uma verruga ou um sinal, ou então um carvão no meio da neve, uma tentativa da natureza de tornar a perfeição mais sutil. Em determinadas épocas do ano, era possível encontrar uma dúzia de cisnes ali no lago, mas aquele era o único que nunca ia embora. Eu já o vira vagando por ali mesmo no inverno, quando bem antes de a temperatura despencar, os outros cisnes já migraram mais para o sul. Noah um dia me disse por que aquele cisne não ia embora, e sua explicação era um dos motivos pelos quais os médicos achavam que ele estivesse perdendo a razão.

Sentei-me ao seu lado e lhe contei o que tinha acontecido na véspera com Anna e Jane. Quando terminei de falar, Noah me olhou com um leve sorriso de ironia.

– Jane ficou surpresa? – indagou ele.

– Quem não ficaria?

– E ela quer as coisas de um jeito específico?

– É – respondi. Contei-lhe sobre os planos que ela havia feito à mesa da cozinha antes de lhe falar sobre uma ideia minha, algo que eu achava que Jane não tinha percebido.

Noah estendeu a mão saudável e me deu uns tapinhas na perna, como se estivesse me concedendo sua autorização.

– E Anna? – perguntou ele. – Como ela está?

– Bem. Acho que não ficou nada surpresa com a reação de Jane.

– E Keith?

– Está bem, também. Pelo menos foi o que Anna disse.

Noah concordou.

– Esses dois formam um belo casal. Ambos têm bom coração. Eles me fazem pensar em mim e em Allie.

Sorri.

– Vou contar a Anna que você disse isso. Ela vai ganhar o dia.

Ficamos sentados em silêncio até que Noah fez um gesto na direção da água.

– Sabia que os cisnes escolhem o mesmo parceiro para a vida toda? – indagou ele.

– Pensei que fosse um mito.

– Não, é verdade – insistiu ele. – Allie sempre dizia que essa era uma das coisas mais românticas que ela já tinha escutado. Para ela, demonstrava que o amor é a força mais poderosa do mundo. Antes de nos casarmos, ela estava noiva de outro. Você sabia, não é?

Assenti.

– Achei mesmo que soubesse. Enfim, ela foi me visitar sem dizer ao noivo e eu a levei de canoa até um lugar onde vimos milhares de cisnes juntos. Pareciam flocos de neve sobre a água. Eu já lhe contei isso?

Tornei a assentir. Embora eu não tivesse estado presente, essa era uma imagem nítida na minha mente, assim como na de Jane. Minha mulher muitas vezes se referia a essa história com um ar maravilhado.

– Os cisnes nunca mais voltaram lá – murmurou ele. – Sempre havia alguns no lago, mas nunca mais como naquele dia. – Perdido nas próprias lembranças, Noah fez uma pausa. – Mas mesmo assim Allie gostava de ir lá. Adorava dar comida aos que tinham sobrado e costumava me mostrar os casais. "Olhe um ali", dizia ela, "olhe outro acolá". "Não é maravilhoso como eles ficam juntos para sempre?" – O rosto de meu sogro se franziu com um sorriso. – Acho que era o jeito dela de me lembrar de ser fiel.

– Não acho que ela precisasse se preocupar com isso.

– Ah, não?

– Acho que você e Allie foram feitos um para o outro.

Ele deu um sorriso saudoso.

– É – concordou, por fim. – Fomos, mesmo. Mas tivemos que nos esforçar: também passamos por momentos difíceis.

Talvez ele estivesse se referindo ao mal de Alzheimer. E, bem antes disso, à morte de um de seus filhos. Havia outras coisas, também, mas esses eram os fatos sobre os quais ele ainda achava difícil falar.

– Mas vocês faziam parecer tão fácil... – protestei.

Noah balançou a cabeça.

– Só que não foi. Nem sempre. Todas aquelas cartas que eu escrevia para ela eram uma forma de lembrá-la não apenas do amor que eu sentia, mas também da promessa que tínhamos feito um ao outro.

Perguntei-me se ele queria que eu me lembrasse da vez em que sugerira que eu fizesse o mesmo com Jane, mas não disse nada. Em vez disso, fiz uma pergunta que há algum tempo vinha querendo lhe fazer.

– Foi difícil para você e Allie depois que seus filhos saíram de casa?

Noah ficou algum tempo pensando.

– Não sei se difícil é bem o termo, mas foi diferente.

– Diferente como?

– Para começar, tudo ficou silencioso. Muito silencioso. Como Allie ficava trabalhando no ateliê, eu passava muito tempo sozinho zanzando pela casa. Acho que foi aí que comecei a falar comigo mesmo, só para me fazer companhia.

– Como Allie reagiu ao fato de não ter os filhos por perto?

– Como eu – respondeu ele. – Pelo menos no início. Nós passamos muito tempo vivendo para as crianças e há sempre algumas adaptações a ser feitas quando isso muda. No entanto, quando ela se adaptou, acho que começou a gostar do fato de estarmos sozinhos outra vez.

– Quanto tempo isso levou? – perguntei.

– Não sei. Umas duas semanas, talvez.

Senti meus ombros murcharem. *Duas semanas?*, pensei.

Noah pareceu perceber minha decepção e, depois de uma pausa curta, pigarreou.

– Pensando bem – disse ele –, acho que nem demorou tanto assim. Acho que ela levou só alguns dias para voltar ao normal.

Alguns *dias?* Dessa vez, eu não consegui nem mesmo reagir.

Ele levou a mão ao queixo.

– Na verdade, se não me falha a memória, não foram nem alguns dias – prosseguiu. – Assim que pusemos as últimas coisas de David no carro, começamos a dançar um foxtrote ali mesmo em frente à casa. Mas vou dizer uma coisa: os primeiros minutos foram dureza. Dureza mesmo. Às vezes eu me pergunto como conseguimos sobreviver.

Embora sua expressão continuasse séria ao falar, detectei um brilho travesso em seus olhos.

– Foxtrote? – indaguei.

– É uma dança.

– Eu sei o que é.

– Era bastante popular antigamente.

– Já faz tempo.

– O quê? Ninguém mais dança foxtrote?

– É uma arte que se perdeu, Noah.

Ele me deu uma leve cutucada.

– Mas enganei você, não foi?

– Um pouco – confessei.

Ele piscou para mim.

– Enganei, sim.

Meu sogro passou alguns instantes sentado em silêncio, parecendo satisfeito consigo mesmo. Então, sabendo que não chegara de fato a responder à minha pergunta, remexeu-se no banco e soltou um longo suspiro.

– Foi difícil para nós dois, Wilson. Quando eles saíram de casa, já não eram só nossos filhos, eram nossos amigos também. Nós nos sentimos sozinhos e durante algum tempo não soubemos muito bem como agir um com o outro.

– Você nunca comentou nada.

– Você nunca perguntou – disse ele. – Eu senti saudades, mas acho que, de nós dois, foi Allie quem mais sofreu. Ela podia ser pintora, mas era mãe em primeiro lugar, e depois que os meninos saíram de casa era como se não tivesse mais certeza de sua identidade. Pelo menos por um tempo.

Tentei imaginar isso, mas não consegui. Não era uma Allie que eu já tivesse visto ou sequer imaginado possível.

– Por que isso acontece? – indaguei.

Em vez de responder, Noah olhou para mim e passou um tempo sem dizer nada.

– Eu já contei a você sobre o Gus? – disse ele, por fim. – Aquele que vinha me visitar quando eu estava reformando a casa?

Assenti. Sabia que Gus era parente de Harvey, o pastor negro que eu às vezes via quando visitava o casarão de Noah.

– Bom, o velho Gus adorava uma história absurda. Quanto mais engraçada, melhor – explicou Noah. – E nós às vezes ficávamos sentados à noite na varanda tentando inventar nossas próprias piadas para fazer o outro rir. Ao longo dos anos, inventamos algumas boas, mas quer saber qual era a minha preferida? A história mais estapafúrdia que Gus já contou? Bem, antes de eu começar, você precisa saber que Gus era casado com a mesma mulher havia 50 anos e que eles tinham oito filhos. Aqueles dois tinham passado por praticamente tudo na vida. Então, um dia, ficamos a noite inteira contando piadas um para o outro e ele falou: "Lembrei mais uma." Então respirou fundo e, com a cara mais lavada deste mundo, olhou bem nos meus olhos e disse: "Noah, eu entendo as mulheres."

Noah deu uma risadinha como se estivesse ouvindo aquilo pela primeira vez.

– O fato é que nenhum homem do mundo pode dizer essas palavras para valer – prosseguiu ele. – Isso simplesmente não é possível, de modo que nem adianta tentar. Mas não significa que você não possa amar as mulheres mesmo assim. E não quer dizer que você algum dia deva deixar de fazer o possível para que elas saibam quanto são importantes para você.

Enquanto pensava no que ele acabara de dizer, vi o cisne no lago bater as asas e ajeitá-las. Era daquele jeito que Noah vinha falando comigo sobre Jane ao longo do último ano. Ele nunca me dera um conselho específico nem me dissera o que fazer. Ao mesmo tempo, estava sempre consciente da minha necessidade de apoio.

– Acho que Jane gostaria que eu fosse mais parecido com você – falei.

Ao ouvir isso, Noah deu uma risadinha.

– Você está se saindo bem, Wilson – disse ele. – Está se saindo muito bem.

Tirando as batidas do relógio de pé e o zumbido constante do ar-condicionado, a casa estava silenciosa quando cheguei. Enquanto largava as chaves sobre a mesa da sala de estar, examinei as prateleiras que havia em ambos os lados da lareira. Estavam repletas de fotos da família: uma era de dois verões antes e aparecíamos, os cinco, de jeans e camisa azul; outra tinha sido tirada na praia perto de Fort Macon na época em que os meninos eram adolescentes e uma terceira os mostrava ainda mais novos. Havia as que Jane tinha tirado: Anna vestida para a formatura, Leslie como líder de torcida, Joseph com nosso cão, Sandy, que infelizmente tinha morrido alguns verões antes. Havia outras, também, algumas de quando nossos filhos eram bebês, e, embora elas não estivessem em ordem cronológica, eram um testemunho de como a família havia crescido e mudado com os anos.

No meio das prateleiras logo acima da lareira havia uma foto em preto e branco de mim e de Jane no dia de nosso casamento. Allie a tirara nos degraus do fórum e mesmo então sua veia artística já era aparente: ainda que Jane sempre tivesse sido uma mulher linda, naquele dia a câmera fora generosa também comigo. Eu torcia para estar sempre daquele jeito ao lado dela.

Estranhamente, porém, não havia outros retratos de Jane comigo. Nos álbuns havia dezenas de fotos nossas tiradas pelos meninos, mas nenhuma fora colocada ali. Ao longo dos anos, em alguns momentos Jane chegara a sugerir que posássemos para outro retrato, mas, com a correria da vida e do trabalho, nunca cheguei a pensar muito no assunto. Hoje, às vezes me pergunto por que nunca arranjamos tempo, ou o que isso significa para nosso futuro, ou mesmo se tem alguma importância.

Minha conversa com Noah me fizera pensar no tempo transcorrido desde a saída dos nossos filhos de casa. Será que eu poderia ter sido um marido melhor durante todos aqueles anos? Sem dúvida, sim. Em retrospecto, porém, acho que foi nos meses que se seguiram à partida de Leslie para a faculdade que realmente falhei com Jane, se é que um descaso total possa ser caracterizado como uma simples falta. Lembro agora que, na época, Jane parecia calada e até um pouco mal-humorada e estava sempre com o olhar perdido através das portas de vidro ou vasculhando, desanimada, velhas caixas com as coisas das crianças. Mas para mim foi um período particularmente atribulado no escritório, pois o velho Ambry tinha sofrido um infarto e fora forçado a reduzir de forma drástica sua carga horária, transferindo muitos de seus clientes para mim. O duplo fardo de um grande aumento na carga de trabalho mais as exigências de logística provocadas pela doença de Ambry frequentemente me deixavam exausto e preocupado.

Quando Jane de repente decidiu redecorar a casa, interpretei essa vontade como um bom sinal de que estava se dedicando a um novo projeto. As tarefas evitariam que ficasse remoendo a ausência das crianças, raciocinei. Começaram a aparecer sofás de couro no lugar dos antigos estofados, mesas de centro de cerejeira e luminárias de latão retorcido. A sala de jantar ganhou um novo papel de parede e a mesa, um número de cadeiras suficiente para acomodar todos os nossos filhos e seus futuros cônjuges. Apesar de Jane ter feito um trabalho incrível, devo admitir que muitas vezes fiquei chocado com as faturas do cartão de crédito, embora tivesse aprendido que era melhor não comentar nada.

Foi depois da reforma, porém, que ambos começamos a perceber um constrangimento recém-surgido na relação, que nada tinha a ver com o ninho vazio, mas sim com o tipo de casal em que havíamos nos transformado. Mesmo assim, não falamos sobre isso. Era como se acreditássemos que pronunciar as palavras fosse de certa forma torná-las reais, e acho que nós dois tínhamos medo do que isso poderia acarretar.

Devo acrescentar que esse também foi o motivo de não termos buscado terapia. Podem me chamar de antiquado, mas nunca me senti à vontade com a ideia de conversar sobre nossos problemas com outras pessoas, e Jane também pensa assim. Além do mais, sei bem qual seria a opinião de um terapeuta. Não, diria ele, o problema não foi causado pela partida dos filhos nem pelo aumento do tempo livre de Jane. Esses fatos foram apenas os catalisadores que realçaram questões já existentes.

Mas, afinal, o que nos fizera chegar a esse ponto?

Embora me doa dizer isso, acho que nosso verdadeiro problema foi uma negligência inocente – em grande parte minha, para ser totalmente sincero. Além do fato de eu muitas vezes pôr a carreira na frente das necessidades da família, sempre parti do pressuposto de que a estabilidade do nosso casamento fosse inabalável. A meu ver, nosso relacionamento não tinha nenhum conflito grave e Deus bem sabe que eu nunca fui de fazer as pequenas coisas que homens como Noah faziam pelas esposas. Cada vez que pensava no assunto – o que, reconheço, não acontecia com frequência –, eu me reconfortava dizendo que Jane sempre soubera o tipo de homem que eu era e que isso sempre lhe bastaria.

Mas acabei entendendo que amar é mais do que resmungar três palavrinhas antes de dormir. O amor é sustentado por ações, pela constante dedicação às coisas que um faz pelo outro diariamente.

Agora, olhando para nossa foto de casamento, tudo em que eu conseguia pensar era que 30 anos de negligência inocente tinham feito meu amor parecer uma mentira e que o dia de pagar essa conta parecia enfim ter chegado. Nós só estávamos casados no papel. Não fazíamos amor havia quase seis meses e os poucos beijos que trocávamos não significavam muito para qualquer um dos dois. Eu estava morrendo por dentro, saudoso de tudo o que tínhamos perdido. Enquanto encarava nossa foto de casamento, odiei a mim mesmo por ter deixado isso acontecer.

5

Apesar do calor, passei o resto da tarde tirando ervas daninhas do jardim, depois tomei uma ducha antes de sair para o mercado. Afinal de contas, era sábado – meu dia de cozinhar – e eu havia decidido experimentar uma receita nova que tinha como acompanhamentos massa e legumes. Embora soubesse que isso provavelmente bastaria para nós dois, na última hora resolvi também preparar um tira-gosto e uma salada Caesar.

Às cinco da tarde, eu já estava na cozinha. Às cinco e meia, o tira-gosto estava bem encaminhado. Eu preparara cogumelos recheados com linguiça e *cream cheese*, que estavam esquentando no forno junto com o pão que eu trouxera da padaria. Tinha acabado de pôr a mesa e estava abrindo uma garrafa de vinho quando ouvi Jane entrar pela porta da frente.

– Wilson? – chamou ela.

– Estou aqui na sala de jantar – falei.

Quando ela surgiu de trás da quina da parede, fiquei admirado ao ver como estava radiante. Enquanto meus cabelos ralos já estão cheios de fios grisalhos, os dela continuam escuros e fartos como no dia em que nos casamos. Ela havia colocado alguns fios atrás da orelha e estava usando no pescoço o pequeno pingente de brilhante que eu lhe dera nos primeiros anos de nosso casamento. Por mais ocupado que eu tenha ficado em determinados momentos de nossa jornada juntos, posso dizer sem hesitar que nunca me tornei indiferente à sua beleza.

– Nossa – comentou ela. – Que cheiro incrível. O que tem para o jantar?

– Vitela ao molho de vinho – anunciei, estendendo a mão para lhe servir uma taça. Quando examinei seu rosto, percebi que a ansiedade da noite anterior fora substituída por uma expressão de animação que eu não testemunhava havia muito tempo. Já dava para ver que tudo tinha ido bem com ela e Anna e, ainda que eu não tivesse percebido que estava prendendo a respiração, senti que suspirava aliviado.

– Você não vai acreditar no que aconteceu hoje – disse ela. – Não vai acreditar.

Tomando um gole de vinho, ela segurou meu braço para se equilibrar enquanto tirava um sapato e em seguida o outro. Mesmo depois que ela retirou a mão, continuei sentindo o calor de seu toque.

– O que foi? – perguntei. – O que aconteceu?

Ela fez um gesto entusiasmado com a mão livre.

– Venha cá – falou. – Venha comigo até a cozinha enquanto eu conto. Estou faminta. Ficamos tão ocupadas que nem conseguimos almoçar. Quando percebemos que estávamos com fome, a maioria dos restaurantes já estava fechada e ainda tínhamos que ir a alguns lugares antes de Anna voltar para casa. Aliás, obrigada por preparar o jantar. Esqueci totalmente que era o seu dia de cozinhar e estava tentando pensar em uma desculpa para pedir comida.

Ela continuou falando enquanto passávamos pelas portas de vaivém da cozinha. Segui-a de perto admirando o movimento sutil de seus quadris enquanto ela caminhava.

– Enfim, acho que Anna está ficando mais empolgada agora. Parecia bem mais animada do que ontem à noite. – Com os olhos brilhando, Jane me olhou por cima do ombro. – Ah, sim, mas espere só. Você não vai acreditar.

A bancada da cozinha estava abarrotada com os preparativos para o jantar: vitela fatiada, vegetais variados, uma tábua e uma faca. Calcei uma luva térmica para tirar do forno os cogumelos e depositei a assadeira em cima do fogão.

– Pronto – falei.

Ela me olhou surpresa.

– Já está pronto?

– Bem na hora – falei, dando de ombros.

Jane pegou um dos cogumelos e deu uma mordida.

– Mas então, eu hoje de manhã fui buscar Anna e... nossa, que delícia... – Ela fez uma pausa e pôs-se a examinar o cogumelo. Deu outra mordida e deixou o pedaço repousar um pouco dentro da boca antes de prosseguir. – Enfim, a primeira coisa que fizemos foi conversar sobre possíveis fotógrafos... alguém bem mais qualificado do que eu. Sei que existem alguns estúdios lá no centro, mas tinha certeza de que não conseguiríamos encontrar ninguém assim de última hora. Então, ontem à noite, fiquei pensando que talvez o filho da Claire pudesse tirar as fotos. Ele está tendo aulas de fotografia na faculdade e é isso que quer fazer quando se formar. Tinha ligado para a Claire hoje de manhã e dito que talvez passássemos lá, mas a Anna estava em dúvida, porque nunca tinha visto nenhum trabalho dele. Minha outra ideia era chamar algum conhecido dela do jornal, mas Anna me disse que a direção não gosta muito que os fotógrafos façam esse tipo de bico. Enfim, resumindo, ela quis dar uma olhada nos estúdios para ver se alguém estaria disponível. E você não vai adivinhar o que aconteceu.

– Conte – pedi.

Jane pôs o último pedaço de cogumelo na boca, deixando o suspense aumentar. As pontas de seus dedos reluziam de gordura quando ela estendeu a mão para pegar outro.

– Isso está muito, muito bom – elogiou ela. – Receita nova?

– É – respondi.

– Muito complicada?

– Não muito – falei, dando de ombros.

Ela tomou fôlego.

– Enfim, como eu tinha previsto, nos dois primeiros estúdios em que entramos não tinha ninguém livre. Mas então fomos ao Cayton. Você já viu as fotos de casamento tiradas por Jim Cayton?

– Ouvi dizer que ele é o melhor que há.

– Ele é incrível – disse ela. – As fotos são um escândalo. Até Anna ficou impressionada, e você sabe como ela é. Foi ele quem fotografou o casamento de Dana Crowe, lembra? Em geral tem a agenda lotada por seis, sete meses, e mesmo assim é difícil marcar com ele. Ou seja, não tínhamos chance nenhuma, entendeu? Mas quando falei com a mulher dele, que administra o estúdio, ela me disse que eles tinham tido uma desistência.

Ela deu outra mordida no tira-gosto e mastigou devagar.

– E ele por acaso estava disponível para o próximo sábado – anunciou ela, dando de ombros ligeiramente.

Levantei as sobrancelhas.

– Que maravilha – falei.

Agora que já tinha narrado o clímax da história, ela começou a falar mais depressa, preenchendo as lacunas que faltavam.

– Ah, você não sabe como Anna ficou feliz. Jim Cayton? Mesmo que tivéssemos um ano para organizar tudo, seria ele que eu escolheria. Devemos ter passado umas duas horas folheando os álbuns que havia lá, só para ter umas ideias. Anna me perguntava se eu gostava de tal estilo de foto, aí eu perguntava quais ela preferia. Tenho certeza de que a Sra. Cayton nos achou duas malucas. Assim que terminávamos um álbum, pedíamos outro... Ela teve a gentileza de responder a todas as nossas perguntas. Quando saímos do estúdio, tivemos que nos beliscar para acreditar que tamanha sorte não era sonho.

– Imagino.

– Depois fomos às confeitarias – continuou ela, depressa. – Dessa vez também foi preciso fazer umas duas paradas, mas eu não estava muito preocupada em arrumar alguém para fazer o bolo. Ninguém precisa de meses de antecedência para fazer um bolo, certo? Enfim, encontramos uma lojinha que aceitou a encomenda, mas eu não sabia quantas alternativas existem. Tinha um catálogo inteirinho só de bolos de casamento. Bolos grandes, pequenos e de todos os tamanhos intermediários. Depois, é claro, você tem que escolher o sabor, o tipo de cobertura, o formato, as decorações extras e por aí vai...

– Parece divertido – comentei.

Ela revirou os olhos.

– Você não faz ideia – falou, depois riu da própria alegria evidente.

É raro os astros encontrarem-se todos alinhados, mas nesta noite eles pareciam estar. Jane mostrava-se entusiasmada, a noite era uma criança e estávamos a ponto de saborear juntos um jantar romântico. Tudo parecia perfeito e ali, em pé ao lado da mulher que era minha esposa havia quase três décadas, eu de repente entendi que o dia não poderia ter dado mais certo nem se eu tivesse planejado tudo.

⚜

Enquanto eu terminava de preparar o jantar, Jane continuou me contando o restante de seu dia, dando detalhes sobre o bolo (duas camadas, sabor baunilha, cobertura de chantili) e as fotografias (Cayton corrige qualquer falha no computador). À luz suave da cozinha, eu mal podia distinguir as leves rugas nos cantos de seus olhos, marcas quase imperceptíveis de nossa vida juntos.

– Que bom que correu tudo bem – falei. – E, levando em conta que foi seu primeiro dia, você realmente conseguiu fazer bastante coisa.

O cheiro de manteiga derretida tomou conta da cozinha e a vitela começou a chiar baixinho.

– Eu sei. E estou feliz, acredite – disse ela. – Mas ainda não sabemos onde vai ser a cerimônia e eu não sei como tomar o resto das providências. Disse a Anna que poderíamos fazer aqui se ela quisesse, mas ela não gostou muito da ideia.

– O que ela quer?

– Ainda não sabe. Acha que talvez fosse gostar de um casamento no jardim, algo assim. Sem tanta formalidade.

– Não deve ser muito difícil arrumar um lugar.

– Você é que pensa. O único que me ocorreu foi o Tryon Palace, mas acho que não vamos conseguir com tão pouca antecedência. Não sei nem se eles fazem casamentos.

– Humm... – Pus sal, pimenta e alho em pó na panela.

– A Fazenda Orton também é legal. Lembra? O casamento dos Bratton foi lá, no ano passado.

Eu me lembrava. A fazenda ficava entre Wilmington e Southport, a quase duas horas de New Bern.

– É fora de mão, não é? – ponderei. – Considerando que a maioria dos convidados é daqui?

– Eu sei. Foi só uma ideia. De qualquer forma, já deve estar reservada.

– Que tal algum lugar no centro? Em alguma pousada?

Ela fez que não com a cabeça.

– Acho que a maioria talvez seja pequena demais... e não sei quantas têm jardim. Mas posso dar uma olhada. E, se não der certo... bom, vamos acabar achando um lugar. Pelo menos eu espero que sim.

Jane franziu o cenho, perdida em seus pensamentos. Recostou-se na bancada e apoiou o pé calçado com uma meia fina no armário atrás de si. Parecia a mesma moça que havia me convencido a acompanhá-la até seu carro em um dia de chuva. Na segunda vez em que o fiz, imaginei que ela fosse simplesmente entrar no veículo e sair dirigindo, como na primeira ocasião. Em vez disso, porém, ela ficou na mesma posição em que estava agora, só que encostada na porta do motorista, e tivemos o que eu considerava nossa primeira conversa. Lembro-me de ter ficado maravilhado com a expressividade do rosto dela ao contar os detalhes de sua infância em New Bern e essa foi a primeira vez em que tive um vislumbre das qualidades que eu iria valorizar para sempre: sua inteligência, sua paixão, seu charme, sua forma descontraída de encarar o mundo. Anos mais tarde, ela viria a demonstrar as mesmas características ao criar nossos filhos, e sei que esse é um dos motivos que fizeram deles os adultos amáveis e responsáveis que são hoje.

Interrompendo o devaneio distraído de Jane, pigarreei para limpar a garganta.

– Fui visitar Noah hoje – falei.

Minhas palavras a fizeram despertar.

– Como ele está?

– Bem. Parecia cansado, mas estava disposto.

– Estava no lago outra vez?

– Estava – falei. Prevendo sua pergunta seguinte, antecipei-me: – O cisne também.

Ela apertou os lábios, mas continuei a falar depressa, para não estragar seu bom humor.

– Contei a ele sobre o casamento.

– Ele ficou animado?

– Muito – respondi, assentindo. – Falou que está ansioso para ir.

Jane uniu as mãos.

– Vou levar Anna lá amanhã. Ela não conseguiu aparecer na semana passada, e sei que vai querer contar a ele sobre o casamento. – Sorriu, satisfeita. – A propósito, obrigada por ter ido vê-lo hoje. Sei quanto ele gosta das suas visitas.

– Você sabe que eu também gosto de ficar com ele.

– Eu sei. Mas obrigada mesmo assim.

A carne estava cozida, então acrescentei o restante dos ingredientes: vinho, suco de limão, cogumelos, caldo de carne, cebola em cubos, cebolinha picada. Generosamente, pus um pouco mais de manteiga, como recompensa pelos 9 quilos que perdi no último ano.

– Você já falou com Joseph e Leslie? – perguntei.

Jane ficou me olhando mexer o molho por alguns instantes. Então, pegando uma colher na gaveta, pôs a pontinha dentro da panela e provou.

– Hummm, está bom – comentou, levantando as sobrancelhas.

– Você parece surpresa.

– Não, na verdade não estou. O fato é que você tem se saído um *chef* e tanto nos últimos tempos. Pelo menos em comparação com o começo.

– O quê? Você antes não gostava da minha comida?

– Digamos apenas que purê de batatas queimado e molho cheio de bolotas não agradam a todo mundo.

Sorri, pois sabia que era verdade. Minhas primeiras poucas experiências na cozinha não tinham sido exatamente um sucesso retumbante.

Jane provou mais um pouquinho do molho antes de pousar a colher sobre a bancada.

– Wilson, em relação ao casamento... – começou ela.

Fitei-a.

– Sim?

– Você *sabe* que vai ser caro comprar uma passagem de última hora para Joseph, não sabe?

– Sei – respondi.

– E o fotógrafo não é barato, mesmo tendo tido uma desistência.

Assenti.

– Eu já imaginava.

– E o bolo também é um pouco caro. Enfim, caro para um bolo.

– Não tem problema. É para bastante gente, não é?

Ela me olhou com um ar curioso, obviamente espantada com as minhas perguntas.

– Bom... eu só queria avisar antes, para você não ficar chateado.

– Por que eu ficaria?

– Ah, você sabe. Às vezes você fica chateado quando as coisas começam a ficar caras demais.

– Ah, é?

Jane franziu a testa.

– Não precisa fingir. Não lembra como ficou na época da reforma? Ou quando a bomba da calefação ficava quebrando sem parar? Até os seus sapatos você mesmo engraxa...

Ergui as mãos em um gesto brincalhão de quem se rende.

– Tá, tá, já entendi – falei. – Mas não se preocupe. Desta vez é diferente. – Ergui os olhos, sabendo que ela estava prestando atenção. – Mesmo que seja preciso gastar todo o nosso dinheiro, vai valer a pena.

Ela quase engasgou com o vinho e ficou me encarando. Então, depois de vários instantes, deu um súbito passo à frente e cutucou meu braço com um dedo.

– O que está fazendo? – perguntei.

– Só vendo se você é realmente meu marido ou se foi trocado por um alienígena.

– Não, sou eu mesmo – falei.

– Graças a Deus – disse ela, fingindo alívio. Então, maravilha das maravilhas, me deu uma piscadela. – Mas ainda assim eu gostaria de preveni-lo.

Sorri, com a sensação de que o meu coração tinha acabado de dobrar de tamanho. Quanto tempo fazia que não ríamos e brincávamos na cozinha desse jeito? Meses? Anos, até? Mesmo sabendo que podia ser apenas um avanço temporário, isso atiçou a pequena chama de esperança que eu havia começado a acalentar em segredo.

Meu primeiro encontro com Jane não correu exatamente como eu havia planejado.

Eu tinha feito uma reserva no Harper's, considerado o melhor restaurante da cidade. O melhor e o mais caro. Tinha dinheiro para arcar com aquilo, mas sabia que teria que economizar pelo resto do mês para pagar minhas outras contas. E também havia previsto algo especial para depois do jantar.

Fui esperá-la em frente ao alojamento onde ela morava e o trajeto até o restaurante levou apenas alguns minutos. Tivemos um papo típico de primeiros encontros, atendo-nos a amenidades. Falamos dos estudos, do frio que estava fazendo, e reparei que tinha sido bom os dois terem levado casaco. Também me lembro de ter mencionado que achava o suéter dela muito bonito e ela comentou que o havia comprado na véspera. Fiquei pensando se ela tinha feito a aquisição para o nosso encontro, mas sabia que não podia lhe perguntar isso diretamente.

Como era a época das compras de fim de ano, foi difícil achar uma vaga perto do restaurante, então estacionamos a uns dois quarteirões de distância. Mas eu havia calculado o tempo com uma boa folga e tinha certeza de que chegaríamos na hora. A caminho do restaurante, a ponta de nosso nariz ficou vermelha e nossa respiração começou a se condensar em pequenas nuvens. Algumas vitrines estavam decoradas com luzinhas piscantes e, ao passarmos por uma das pizzarias do bairro, ouvimos uma canção natalina tocando na jukebox.

Foi quando estávamos perto do restaurante que vimos o cachorro. Encolhido em um beco, era um cão de porte médio, mas estava muito magro e sujo. Ele tremia e sua pelagem deixava claro que já estava na rua havia algum tempo. Posicionei-me entre Jane e o cachorro, para o caso de ele ser agressivo, mas ela passou por mim e agachou-se para tentar atrair sua atenção.

– Está tudo bem – sussurrou. – Não vamos machucar você.

O cachorro se encolheu mais ainda para dentro das sombras.

– Ele está de coleira – disse ela. – Aposto que está perdido. – Jane não tirou os olhos do cão, que parecia estudá-la com um interesse cauteloso.

Olhei para o relógio e vi que nos restavam alguns minutos antes do horário da reserva. Embora ainda não soubesse ao certo se o cachorro era perigoso ou não, agachei-me ao lado de Jane e comecei a falar com ele no mesmo tom tranquilizador que ela estava usando. Isso durou algum tempo, mas o cão não saiu de onde estava. Jane deu um passo curto na sua direção, mas ele ganiu e se afastou.

– Ele está com medo – disse ela, com um ar preocupado. – O que vamos fazer? Não quero deixá-lo aqui. Hoje a temperatura vai cair abaixo de zero. E, se ele está perdido, com certeza tudo o que quer é voltar para casa.

Acho que eu poderia ter dito qualquer coisa: que já tínhamos tentado, que mandaríamos recolhê-lo ou mesmo que voltaríamos depois do jantar e, se ele ainda estivesse ali, tentaríamos outra vez. Mas a expressão de Jane me deteve. Seu rosto era um misto de preocupação e desafio – foi a primeira mostra que tive de sua bondade e zelo para com os menos afortunados. Nesse momento eu soube que não tinha outra escolha a não ser fazer o que ela queria.

– Deixe-me tentar – pedi.

Para ser bem honesto, não estava muito certo do que devia fazer. Quando era pequeno, nunca tive um cachorro pelo simples motivo de que minha mãe era alérgica, mas estendi a mão e continuei a sussurrar para ele, imitando o que tinha visto as pessoas fazerem nos filmes.

Deixei-o se acostumar com minha voz e quando avancei, devagar, ele não fugiu. Sem querer espantá-lo, parei, esperei que ele se habituasse à minha presença por alguns instantes, depois dei mais um passo. Após um tempo que pareceu interminável, cheguei perto o suficiente para que ele alcançasse minha mão esticada com o focinho. Então, concluindo que não tinha nada a temer, o cão lambeu de leve os meus dedos. Em seguida, consegui afagar sua cabeça e olhei por cima do ombro para Jane.

– Ele gostou de você – disse ela, parecendo incrédula.

Dei de ombros.

– Acho que sim.

Consegui ler o telefone do dono na coleira e Jane entrou na livraria vizinha para ligar para ele de um telefone público. Fiquei esperando-a do lado de fora com o cão e, quanto mais o afagava, mais ele parecia gostar dos meus carinhos. Quando ela voltou, esperamos quase 20 minutos até o dono chegar para buscá-lo. Era um rapaz de 30 e poucos anos que praticamente saltou do carro em movimento. Na mesma hora, o cão partiu na sua direção abanando o rabo. Depois de receber as lambidas molhadas do animal, o homem se virou para nós.

– Muito obrigado por terem ligado – falou. – Faz uma semana que ele sumiu e meu filho passou essas noites todas indo para a cama aos prantos. Vocês não fazem ideia de quanto isso é importante para ele. A única coisa que ele escreveu na cartinha para o Papai Noel foi que queria o cachorro de volta.

Embora o dono tenha nos oferecido uma recompensa, nem Jane nem eu aceitamos, então ele nos agradeceu outra vez antes de tornar a entrar no carro. Enquanto o víamos ir embora, acho que ambos sentimos que tínhamos feito uma boa ação. Quando o barulho do motor se distanciou, Jane me deu o braço.

– Será que ainda dá tempo de pegar a reserva? – indagou ela.

Olhei para o relógio.

– Estamos meia hora atrasados.

– Mas eles ainda devem estar segurando a nossa mesa, não?

– Não sei. Já foi difícil conseguir a reserva. Tive que pedir para um dos meus professores da universidade ligar.

– Quem sabe damos sorte? – disse ela.

Não demos. Quando chegamos, nossa mesa já estava ocupada e a próxima disponível seria às 21h45. Jane ergueu os olhos para mim.

– Pelo menos nós fizemos uma criança feliz – falou.

– Eu sei. – Respirei fundo. – E eu faria tudo outra vez.

Ela me estudou por alguns instantes, então apertou meu braço.

– Também estou feliz por termos parado, mesmo que não consigamos jantar aqui.

Rodeada pelo halo de luz de um poste de rua, ela parecia quase etérea.

– Quer ir a algum lugar especial? – perguntei.

Ela inclinou a cabeça de lado.

– Você gosta de música?

Dez minutos depois, estávamos acomodados em uma mesa da pizzaria pela qual tínhamos passado mais cedo. Embora eu tivesse planejado um jantar com vinho à luz de velas, acabamos pedindo pizza e cerveja.

Mas Jane não pareceu desapontada. Estava descontraída e me contou sobre suas aulas de mitologia grega e de literatura inglesa, sobre os anos em Meredith, as amigas e o que mais lhe passou pela cabeça. Eu fiquei o tempo todo praticamente só assentindo e fazendo perguntas suficientes para mantê-la falando pelas duas horas seguintes, e posso dizer sem hesitação que nunca tinha achado a companhia de alguém mais agradável na vida.

⚜

Na cozinha, percebi que Jane me olhava com um ar curioso. Afastando a lembrança, dei os toques finais em nosso jantar e levei a comida para a mesa. Depois que nos sentamos, abaixamos a cabeça para fazer uma prece pela comida, agradecendo a Deus tudo o que nos fora dado.

– Está tudo bem? Você parecia preocupado agora há pouco – comentou Jane enquanto pegava um pouco de salada.

Completei nossas taças de vinho.

– Na verdade, estava me lembrando do nosso primeiro encontro – falei.

– É mesmo? – Seu garfo parou no ar. – Por quê?

– Não sei – falei, deslizando sua taça mais para perto dela. – Você se lembra?

– É claro que me lembro – disse ela, repreendendo-me. – Foi logo antes do Natal. Nós íamos jantar no Harper's, mas encontramos um cachorro perdido e chegamos atrasados para a reserva. Aí acabamos indo comer em uma pizzariazinha na mesma rua. E depois...

Ela semicerrou os olhos, tentando relembrar a ordem exata dos acontecimentos.

– Pegamos o carro e fomos ver a decoração de Natal da Havermill Road, não foi? Você insistiu para que eu descesse do carro e para que chegássemos mais perto, apesar do frio de rachar. Uma das casas tinha montado uma aldeia do Papai Noel e, quando você me levou até lá, o homem que estava fantasiado de Papai Noel me deu o presente que você tinha comprado para mim. Achei incrível você ter se dado todo aquele trabalho em um primeiro encontro.

– Você se lembra do presente?

– Como poderia esquecer? – Ela sorriu. – Um guarda-chuva.

– Se bem me lembro, você não pareceu muito entusiasmada.

– Bom – disse ela, levando as mãos ao alto. – Como é que eu conseguiria conhecer algum rapaz depois disso? A minha tática era pedir para me acompanharem até o carro. Não se esqueça de que, em Meredith, os únicos homens eram professores ou zeladores.

– Foi por isso que eu escolhi o guarda-chuva – falei. – Eu sabia exatamente como você agia.

– Sabia nada – disse ela com um sorriso maroto. – Eu fui a primeira garota com quem você saiu na vida.

– Não foi, não. Eu já tinha saído com outras.

Ela exibia uma expressão brincalhona.

– Tá bom, a primeira que você beijou, então.

Isso era verdade, embora eu hoje me arrependa de ter contado, já que ela nunca se esqueceu disso e tende a mencionar o fato em momentos como esse. Para me defender, porém, falei:

– Eu estava ocupado demais preparando meu futuro. Não tinha tempo para essas coisas.

– Você era tímido.

– Estudioso. É diferente.

– Ah, é? Não se lembra do nosso jantar? Nem do trajeto de volta? Você mal conversou comigo, a não ser sobre suas aulas.

– Eu falei outras coisas também – discordei. – Disse que tinha gostado do seu suéter, lembra?

– Isso não conta. – Ela deu uma piscadela. – Você teve sorte de eu ter sido paciente, a verdade é essa.

– É – concordei. – Tive mesmo.

Disse isso dando a entender que teria gostado de ouvi-la dizer a mesma coisa, e acho que ela reparou. Deu um breve sorriso.

– Sabe do que mais me lembro daquela noite? – continuei.

– Do meu suéter?

Devo dizer que minha mulher sempre teve um senso de humor afiado. Eu ri, mas claramente estava com um astral mais pensativo, e prossegui.

– Gostei de como você parou para ajudar o cachorro e não quis ir embora antes de ter certeza de que ele estava bem. Isso me fez ver que você era uma pessoa boa.

Eu poderia ter jurado que Jane enrubesceu ao ouvir meu comentário, mas, como ela levantou a taça de vinho rapidamente, não pude ter certeza. Antes que ela pudesse dizer qualquer coisa, mudei de assunto.

– E a Anna, já está ficando nervosa? – perguntei.

Jane fez que não com a cabeça.

– Nem um pouco. Ela não parece nada ansiosa. Acho que pensa que vai dar tudo certo, como deu hoje com o fotógrafo e com o bolo. De manhã, quando lhe mostrei a lista de tudo o que tínhamos para fazer, ela disse apenas: "Então acho melhor começarmos logo, não é?"

Assenti. Podia imaginar Anna dizendo isso.

E o amigo dela, o tal pastor? – perguntei.

– Ela disse que ligou para ele ontem à noite e ele respondeu que teria prazer em celebrar o casamento.

– Que bom. Uma coisa a menos – comentei.

Jane se calou. Eu sabia que já estava pensando nos afazeres da semana seguinte.

– Acho que vou precisar da sua ajuda – disse ela por fim.

– O que está planejando?

– Bom, você vai precisar de um smoking, e Keith e Joseph também, claro. E papai...

– Sem problemas.

Ela se remexeu na cadeira.

– E Anna ficou de fazer uma lista com os nomes de algumas pessoas que vai querer convidar. Não temos tempo para mandar convites, então alguém vai ter que ligar para elas. E como eu vou estar para lá e para cá com Anna, e você está de férias...

– Eu ligo com prazer – falei. – Posso começar amanhã.

– Você sabe onde está a agenda de telefones?

Esse é o tipo de pergunta com a qual me acostumei ao longo dos anos. Jane tem plena convicção de que eu sou incapaz de encontrar determinados objetos dentro da nossa casa. Ela também acredita que atribuí exclusivamente a ela a responsabilidade de saber onde podem estar as coisas que de vez em quando eu perco. Devo acrescentar que nenhum desses dois fatos é totalmente culpa minha. Embora eu na verdade não saiba onde ficam todas as coisas da casa, isso tem mais a ver com a diferença entre nossos sistemas de organização do que com alguma falta de aptidão minha. Minha mulher, por exemplo, acha que é lógico que a lanterna deve ficar em uma das gavetas da cozinha, enquanto o meu raciocínio me diz que deveria ficar na área de serviço, junto com a lavadora e a secadora de roupas. Por isso, a lanterna toda hora muda de lugar, e, como eu trabalho fora, é impossível me manter atualizado. Se eu ponho a chave do carro em cima da bancada, por exemplo, meu instinto me diz que é lá que ela vai estar quando eu precisar dela, enquanto Jane acredita que eu vou procurá-la no quadro de avisos junto à porta. Quanto à localização da agenda de telefones, para mim era óbvio que ela estaria na gaveta ao lado do telefone. Era lá que eu a tinha posto da última vez em que a usara, e estava a ponto de dizer isso quando Jane falou.

– Na prateleira ao lado dos livros de culinária.

Olhei para ela.

– Claro – concordei.

⚜

Essa atmosfera descontraída entre nós dois durou até terminarmos de jantar e começarmos a tirar a mesa.

Então, bem devagar, primeiro de forma quase imperceptível, as leves brincadeiras se transformaram em uma conversa mais engessada e pontuada de longas pausas. Quando iniciamos a arrumação da cozinha, já tínhamos caído de novo no velho diálogo em que os barulhos mais animados não vinham de nós, mas dos pratos se chocando na cozinha.

Minha única explicação para isso é que tínhamos esgotado os assuntos em comum. Ela perguntou por Noah pela segunda vez e eu repeti o que já tinha dito. No minuto seguinte, recomeçou a falar sobre o fotógrafo, mas parou no meio da história, dando-se conta de que também já a havia contado. Como nenhum de nós tinha falado com Joseph nem com Leslie, tampouco havia novidades sobre os dois. Quanto ao trabalho, como eu estava de férias, não tinha nada a dizer a respeito, mesmo que fosse algum comentário distraído. Pude sentir a atmosfera do início da noite começar a se dissipar e quis impedir que acontecesse o inevitável. Minha mente pôs-se a procurar alguma coisa, qualquer coisa, e por fim pigarreei antes de falar.

– Você ouviu falar naquele ataque de tubarão em Wilmington? – perguntei.

– O da semana passada? Da menina?

– Isso, esse mesmo.

– Você comentou.

– Comentei?

– Na semana passada. Chegou a ler a matéria para mim.

Lavei seu copo de vinho, em seguida enxaguei o escorredor de macarrão. Pude ouvi-la remexer dentro dos armários à procura de recipientes plásticos.

– Que jeito horrível de começar as férias – observou ela. – A família não tinha nem acabado de tirar as malas do carro.

Em seguida foi a vez dos pratos, e joguei os restos de comida dentro da pia. Liguei o triturador e o zumbido pareceu ecoar pelas paredes, enfatizando o silêncio entre nós. Quando o barulho cessou, pus os pratos no lava-louças.

– Tirei umas ervas daninhas do jardim – falei.

– Pensei que tivesse feito isso há alguns dias.

– É, foi.

Coloquei as outras coisas dentro da máquina e enxaguei o pegador de salada. Não parava de abrir e fechar a torneira, de puxar e empurrar a grade do lava-louças.

– Espero que não tenha feito esforço de mais – disse ela.

Jane comentou isso porque meu pai tinha morrido de infarto aos 61 anos de idade quando estava lavando o carro. Muita gente na minha família sofre do coração, e eu sei que isso deixa minha mulher preocupada. Embora ultimamente nós fôssemos mais amigos do que amantes, eu tinha certeza de que ela iria me amar para sempre. Isso fazia parte da sua natureza, e sempre faria.

Os irmãos de Jane também são assim, e atribuo isso a Noah e Allie. Abraços e risadas eram frequentes na sua casa, um lugar onde todos adoravam piadas, porque ninguém nunca desconfiava que pudessem ser maldosas. Muitas vezes me perguntei em que pessoa eu teria me transformado se tivesse nascido nessa família.

– Parece que vai fazer calor amanhã de novo – falou Jane, interrompendo meus pensamentos.

– Ouvi no noticiário que vai chegar a 35°C – disse eu. – E acho que também vai estar bastante úmido.

– Trinta e cinco?

– Foi o que disseram.

– Que calor.

Jane guardou as sobras na geladeira enquanto eu limpava as bancadas. Depois da intimidade do início da noite, a falta de um assunto significativo parecia ensurdecedora. Pela expressão em seu rosto, vi que ela também estava decepcionada com aquela volta à nossa situação habitual. Ela alisou o vestido, como se estivesse procurando palavras em seus bolsos. Por fim, respirou fundo e forçou um sorriso.

– Acho que vou dar uma ligadinha para Leslie – falou.

Instantes depois, eu estava sozinho em pé na cozinha, desejando outra vez ser uma pessoa diferente e me perguntando se era possível recomeçarmos do zero.

⚜

Nas duas semanas que se seguiram ao nosso primeiro encontro, Jane e eu ainda nos vimos em outras cinco ocasiões antes de ela ir passar o Natal em casa, em New Bern. Estudamos juntos duas vezes, fomos assistir a um filme e fizemos dois passeios à tarde pelo campus de Duke.

Mas um passeio em especial sempre vai se destacar na minha lembrança. O dia estava escuro, havia chovido a manhã inteira e nuvens cinza se espalhavam pelo céu, criando um ar de crepúsculo. Era domingo, dois dias depois de termos salvado o cão perdido, e estávamos dando uma volta pelos vários prédios do campus.

– Como são seus pais? – quis saber ela.

Dei alguns passos antes de responder.

– São boas pessoas – respondi por fim.

Ela esperou que eu continuasse, mas, quando não o fiz, cutucou meu ombro com o dela.

– É só isso que você tem a dizer?

Eu sabia que aquilo era uma tentativa de fazer com que eu me abrisse e, embora nunca tivesse me sentido à vontade fazendo isso, sabia que Jane iria continuar insistindo – com delicadeza e persistência – até eu ceder. Ela era inteligente de um jeito que eu tinha visto em poucas mulheres, e não apenas de um ponto de vista acadêmico, mas também em relação a pessoas. Sobretudo em relação a mim.

– Não sei o que mais dizer – falei. – São pais típicos, eu acho. Os dois são funcionários públicos e moram há quase 20 anos em uma casa em Dupont Circle, Washington, onde eu fui criado. Acho que eles pensaram em comprar uma casa no subúrbio alguns anos atrás, mas nenhum dos dois quis morar longe do trabalho, então ficamos lá mesmo.

– Vocês tinham quintal?

– Não. Mas tínhamos um pátio agradável e às vezes cresciam ervas entre os tijolos.

Ela riu.

– Onde seus pais se conheceram?

– Em Washington, mesmo. Ambos foram criados lá e se conheceram quando trabalhavam no Departamento de Transporte. Acho que passaram algum tempo no mesmo escritório, mas isso é tudo o que sei. Eles nunca falaram muito sobre o assunto.

– Eles têm algum hobby?

Refleti sobre a pergunta enquanto tentava visualizar meu pai e minha mãe.

– Mamãe gosta de mandar cartas para o editor do *The Washington Post* – falei. – Acho que ela quer mudar o mundo. Vive tomando partido dos excluídos e é claro que nunca lhe faltam ideias para transformar o planeta em um lugar melhor. Ela escreve pelo menos uma carta por semana. Nem todas são publicadas, mas ela recorta as que saem no jornal e as cola em um caderno. E papai... ele é mais caladão. Gosta de construir barcos dentro de garrafas de vidro. Já deve ter feito centenas deles e, quando o espaço nas prateleiras acabou, começou a doá-los para escolas, para ser exibidos nas bibliotecas. As crianças adoram.

– Você também faz barcos?

– Não. Isso é coisa do meu pai. Ele achava que eu devia ter meu próprio hobby, então nem se interessou muito em me ensinar. Mas eu podia vê-lo montar os barcos, contanto que não tocasse em nada.

– Que triste.

– Eu não ligava – falei. – Nunca conheci nada diferente disso, e era interessante. Silencioso, mas interessante. Ele não falava muito enquanto trabalhava, mas era bom ficar lá com ele.

– Ele jogava bola com você? Ou andava de bicicleta?

– Não. Ele não gostava muito do ar livre. Só dos barcos. Isso me ensinou muita coisa sobre paciência.

Ela baixou os olhos, observando os próprios pés enquanto caminhava, e entendi que estava comparando minha história à maneira como fora criada.

– E você é filho único? – prosseguiu.

Embora nunca tivesse contado essa história a mais ninguém, surpreendi-me querendo que ela soubesse por que meus pais só tiveram a mim. Mesmo nesse começo, já queria que ela me conhecesse, que soubesse tudo a meu respeito.

– Minha mãe não pôde ter mais filhos. Ela teve alguma espécie de hemorragia quando eu nasci, e depois ficou arriscado demais engravidar.

Ela franziu a testa.

– Sinto muito.

– Acho que ela também sentiu.

A essa altura, tínhamos chegado à capela principal do campus e paramos por um instante para admirar a arquitetura.

– Até agora você nunca tinha falado tanto sobre si mesmo de uma só vez – observou ela.

– Provavelmente nunca falei tanto sobre mim mesmo a mais ninguém.

Com o rabo do olho, vi-a ajeitar uma mecha de cabelos atrás da orelha.

– Acho que agora entendo você um pouco melhor – disse ela.

Fiquei hesitante.

– Isso é bom?

Em vez de responder, Jane se virou para mim e de repente me dei conta de que eu já sabia a resposta.

Imagino que eu devesse me lembrar exatamente de como tudo aconteceu, mas, para ser sincero, os instantes seguintes sumiram da minha memória. Em um segundo estendi a mão para segurar a dela e, no segundo seguinte, estava puxando-a delicadamente para junto de mim. Ela pareceu um pouco espantada, mas, ao ver meu rosto se aproximar, fechou os olhos, concordando com o que eu estava prestes a fazer. Chegou mais perto de mim e, quando seus lábios tocaram os meus, eu soube que iria recordar para sempre nosso primeiro beijo.

⚜

Ouvindo Jane falar ao telefone com Leslie, constatei que sua voz era bem parecida com a da moça que havia caminhado ao meu lado no campus naquele dia. Uma voz animada, na qual as palavras fluíam livremente: ouvi-a rir como se Leslie estivesse na sala com ela.

Sentei-me no sofá do outro lado da sala e fiquei escutando distraidamente a conversa. Jane e eu costumávamos passar horas caminhando e conversando, mas agora outras pessoas pareciam ter tomado o meu lugar. Com nossos filhos, ela nunca ficava sem saber o que dizer, e tampouco tinha dificuldades quando visitava o pai. Seu círculo de amigos é amplo, e ela também se sente à vontade na companhia deles. Perguntei-me o que eles iriam pensar se passassem uma noite típica conosco.

Será que éramos o único casal com esse problema? Ou isso era algo comum a todos os casamentos longos, uma consequência inevitável do tempo? A lógica parecia indicar que a segunda opção era a verdadeira, mas mesmo assim doía perceber que aquela descontração iria desaparecer assim que ela desligasse o telefone. Em vez de um papo que fluiria fácil, ficaríamos trocando amenidades e a magia iria desaparecer. Eu não poderia suportar mais uma conversa sobre o tempo.

Mas o que se podia fazer? Essa era a pergunta que me assombrava. No intervalo de uma hora, eu tinha considerado as duas etapas de nosso casamento e sabia qual das duas preferia, qual delas achava que merecíamos.

Ao fundo, ouvi a conversa de Jane e Leslie começar a perder o embalo. Quando um telefonema está chegando ao fim, há um padrão que se estabelece, e eu conhecia o de Jane tão bem quanto o meu próprio. Logo a estaria ouvindo dizer à nossa filha que a amava, fazer uma pausa enquanto Leslie lhe dizia a mesma coisa e em seguida se despedir. Sabendo o que estava por vir – e subitamente decidindo me arriscar –, levantei-me do sofá e me virei na direção dela.

Disse a mim mesmo que iria cruzar a sala e estender a mão para segurar a de Jane, como tinha feito em frente à capela de Duke. Ela iria se perguntar o que eu estava fazendo – assim como havia se perguntado naquele dia –, mas eu puxaria seu corpo para junto do meu. Tocaria seu rosto, depois fecharia os olhos devagar e, no momento em que meus lábios tocassem os seus, ela saberia que aquele beijo era diferente de todos os que já havia recebido de mim. Seria um beijo ao mesmo tempo novo e conhecido; paciente, mas cheio de desejo, e inspiraria nela os mesmos sentimentos. Seria um novo começo em nossas vidas, pensei, como o nosso primeiro beijo tinha sido tantos anos antes.

Pude imaginar isso com muita clareza. Instantes depois, ouvi-a dizer as últimas palavras e encerrar a ligação. Estava na hora. Reunindo minha coragem, avancei na sua direção.

Ela estava de costas para mim, ainda segurando o telefone. Parou por um instante e olhou pela janela da sala para o céu cinzento que escurecia aos poucos. Era a pessoa mais incrível que eu já tinha conhecido, e eu lhe diria isso logo depois de beijá-la.

Continuei andando. Ela agora estava próxima, próxima o suficiente para que eu sentisse o cheiro familiar de seu perfume. Pude sentir meu coração se acelerar. Estava quase lá, percebi, mas, quando cheguei perto o bastante para tocar sua mão, ela de repente tornou a erguer o telefone. Seus movimentos foram rápidos, eficientes: ela só apertou duas teclas. O número estava na discagem automática, e eu soube exatamente para quem ela havia ligado.

Instantes depois, quando meu filho, Joseph, atendeu, perdi a coragem, e tudo o que consegui fazer foi voltar para o sofá.

⚜

Passei a hora seguinte sentado debaixo da luminária, com a biografia de Roosevelt aberta no colo.

Embora Jane tivesse me pedido para ligar para os convidados, quando terminou de falar com Joseph ela deu alguns telefonemas para aqueles que eram mais próximos da família. Entendi sua pressa, mas isso nos manteve em mundos separados até depois das nove e cheguei à conclusão de que esperanças frustradas, mesmo pequenas, são sempre uma tortura.

Quando ela terminou de usar o telefone, tentei atrair seu olhar. Em vez de vir se sentar comigo no sofá, Jane foi pegar uma sacola que estava sobre a mesa junto à porta da frente e que eu não percebera que ela havia trazido.

– Comprei estas revistas para Anna no caminho – falou, acenando com duas revistas de noiva. – Mas antes de entregar quero dar uma olhadinha.

Forcei um sorriso, sabendo que o resto da noite estava perdido.

– Boa ideia – falei.

Quando mergulhamos no silêncio – eu no sofá, Jane na espreguiçadeira –, percebi que meu olhar foi sorrateiramente atraído para ela. Enquanto ela examinava os sucessivos vestidos de noiva, seus olhos brilhavam. Vi-a dobrar o canto de várias páginas. Assim como a minha, sua visão de perto já não é tão boa quanto antes, e reparei que ela precisava esticar o pescoço para trás para ver melhor. De vez em quando, eu a ouvia sussurrar alguma coisa, uma exclamação abafada, e sabia que ela imaginava Anna com o vestido que estava vendo.

Enquanto observava seu rosto expressivo, fiquei maravilhado com o fato de, em algum momento, já ter beijado cada pedacinho dele. *Nunca amei ninguém a não ser você*, era o que eu queria dizer, mas o bom senso prevaleceu e me lembrou que seria melhor guardar essas palavras para outra ocasião, quando eu tivesse total atenção e elas pudessem ser retribuídas.

À medida que a noite foi passando, continuei prestando atenção em minha mulher enquanto fingia ler meu livro. Poderia passar a madrugada inteirinha fazendo isso, pensei, mas fui ficando cansado e tinha certeza de que Jane ainda passaria pelo menos mais uma hora acordada. As páginas marcadas gritariam por ela se não recebessem uma segunda olhada, e ela ainda não estava nem perto de ter folheado as duas revistas.

– Jane? – falei.

– Humm? – respondeu ela, no automático.

– Tive uma ideia.

– Sobre o quê? – Ela continuou olhando para a revista.

– Sobre onde deveria ser o casamento.

Ela finalmente registrou minhas palavras e ergueu os olhos.

– Talvez não seja perfeito, mas tenho certeza de que vai estar disponível – falei. – É ao ar livre e tem muito espaço para estacionamento. E flores, também. Milhares de flores.

– Onde?

Hesitei.

– No casarão de Noah – falei. – Debaixo do caramanchão, perto das rosas.

A boca de Jane se abriu e fechou. Ela piscou várias vezes, como se estivesse tentando ver melhor. Mas então, bem devagar, começou a sorrir.

6

Pela manhã, providenciei os smokings e comecei a ligar para amigos e vizinhos da lista de convidados de Anna. Recebi em grande parte as respostas que já imaginava.

"É claro que nós vamos", disse um casal. "Não perderíamos por nada", disse outro. Apesar de os telefonemas terem sido amigáveis, não me demorei em nenhum deles e terminei bem antes do meio-dia.

Jane e Anna tinham ido procurar flores para os arranjos e pretendiam passar no casarão mais para o final da tarde. Como faltavam muitas horas para o nosso encontro, decidi pegar o carro e ir até Creekside. No caminho, parei no mercado e comprei três pacotes de pão de forma.

Enquanto dirigia, pensava na casa de Noah e na primeira vez em que tinha ido lá, muito tempo antes.

⚜

Jane e eu namorávamos havia seis meses quando ela me levou para conhecer sua cidade natal. Tinha se formado em junho e, depois da cerimônia, seguimos seus pais de carro no caminho até New Bern. Jane era a mais velha de quatro filhos – apenas sete anos a separavam de seu irmão mais novo – e, quando chegamos, pude ver pela expressão deles que ainda estavam me avaliando. Embora eu tivesse assistido à formatura com a família de Jane e Allie até tivesse passado a mão pelo meu braço em determinado momento, eu não podia evitar certo nervosismo quanto à impressão que eles estavam tendo de mim.

Sentindo que eu estava ansioso, Jane sugeriu que fôssemos dar uma volta assim que chegamos à casa. A beleza sedutora daquela região teve um efeito calmante sobre os meus nervos. O céu estava azul-turquesa e o ar não tinha nem o vigor da primavera nem o calor e a umidade do verão. Ao longo dos anos, Noah tinha plantado milhares de flores e os lírios floresciam junto à linha da cerca em grupos de cores vivas. Mil tons de verde enfeitavam as árvores e a atmosfera estava tomada pelo canto dos pássaros. Mas o que atraiu meu olhar, mesmo de longe, foi o roseiral. Os cinco corações concêntricos – com os pés de rosa mais altos no meio e os mais baixos na borda externa – estavam repletos de nuances de vermelho, rosa, laranja, branco e amarelo. Havia uma aleatoriedade na disposição das flores, sugerindo um empate entre homem e natureza que soava quase inapropriado em meio à beleza selvagem daquela paisagem.

Finalmente, acabamos chegando ao caramanchão próximo ao roseiral. A essa altura, era evidente que eu já gostava muito de Jane, mas ainda não tinha certeza se teríamos um futuro juntos. Como já disse, achava necessário ter um emprego decente antes de entrar em um relacionamento sério. Ainda faltava um ano para que eu me formasse, e parecia injusto pedir a ela para me esperar. Na época, é claro, eu não sabia que acabaria indo trabalhar em New Bern. Na verdade, eu já tinha entrevistas agendadas em escritórios de Atlanta e Washington para o ano seguinte, enquanto Jane tinha planejado voltar a morar com os pais.

Mas ela vinha tornando meus planos difíceis de manter. Parecia gostar da minha companhia. Escutava-me com interesse, me provocava de um jeito brincalhão e, sempre que estávamos juntos, estendia a mão para segurar a minha. Na primeira vez em que ela fez isso, lembro-me de pensar como aquilo parecia certo. Embora talvez soe ridículo, quando um casal dá as mãos isso pode parecer certo ou não. Imagino que tenha a ver com a forma como os dedos se entrelaçam e com o posicionamento correto do polegar, mas, quando tentei explicar meu raciocínio a Jane, ela riu e me perguntou por que era tão importante analisar aquilo.

Nesse dia, o de sua formatura, ela tornou a segurar minha mão e, pela primeira vez, contou-me a história de Allie e Noah. Os dois se conheceram e se apaixonaram quando eram adolescentes, mas Allie se mudou para outro lugar e eles passaram 14 anos sem se falar. Enquanto estavam separados, Noah trabalhou em Nova Jersey, foi à guerra e finalmente voltou para New Bern. Nesse meio-tempo, Allie ficou noiva de outro homem. Na véspera do casamento, porém, ela foi fazer uma visita a Noah e percebeu que era ele quem sempre havia amado. No final das contas, Allie acabou rompendo o noivado e ficando em New Bern.

Embora tivéssemos conversado sobre muitas coisas, Jane nunca tinha me contado isso. Na época, a história não me comoveu tanto quanto hoje, mas imagino que tivesse a ver com o fato de eu ser homem e jovem. No entanto, podia perceber que significava muito para Jane e fiquei sensibilizado ao perceber quanto ela amava os pais. Logo que começou a me contar isso, seus olhos escuros se marejaram de lágrimas, que escorreram pelas faces. No início ela as enxugou, mas depois parou, como se tivesse decidido que não tinha importância eu vê-la chorar. Essa indicação de que se sentia à vontade comigo me deixou bastante balançado, pois ela estava revelando a mim algo que havia compartilhado com poucos. Quanto a mim, porém, eu raramente chorava por qualquer motivo que fosse e, quando ela terminou de falar, pareceu entender isso a meu respeito.

– Desculpe ter ficado tão emocionada – disse ela em voz baixa. – Mas faz muito tempo que eu queria lhe contar essa história. Queria que fosse no momento certo e no lugar certo também.

Ela então apertou minha mão como se quisesse segurá-la para sempre.

Olhei para o outro lado, sentindo no peito um aperto que nunca havia experimentado. A cena à minha volta era muito vívida, e cada pétala, cada folha de grama se destacava de forma precisa. Atrás de Jane, vi sua família reunida na varanda. Reflexos de luz formavam desenhos no chão.

– Obrigado por compartilhar isso comigo – sussurrei e, quando me virei para olhar para ela, finalmente soube o que significava me apaixonar.

⚜

Fui até Creekside e encontrei Noah sentado à beira do lago.

– Olá, Noah – falei.

– Olá, Wilson. – Ele continuou olhando para a água. – Obrigado por ter vindo.

Pus a sacola com os pães no chão.

– Tudo bem?

– Poderia estar melhor. Mas também poderia estar pior.

Sentei-me ao seu lado no banco. O cisne do lago não teve medo de mim e continuou nadando na parte rasa ali perto.

– Falou com ela sobre fazer o casamento no casarão? – perguntou ele.

Assenti. Fora essa a ideia sobre a qual eu havia comentado com Noah na véspera.

– Acho que ela ficou surpresa por não ter pensado nisso antes.

– Ela está com a cabeça cheia.

– É, está, sim. Ela e Anna saíram logo depois do café.

– Ela não conseguiu parar quieta?

– É, mais ou menos isso. Praticamente arrastou Anna pela porta. Não falei com elas desde então.

– Allie ficou igualzinha na época do casamento de Kate.

Kate era a irmã caçula de Jane. Assim como seria o de Anna, o casamento de Kate tinha sido celebrado no casarão de Noah. Jane tinha sido madrinha.

– Imagino que ela já esteja procurando o vestido.

Olhei para ele, surpreso.

– Acho que essa foi a melhor parte para Allie – prosseguiu ele. – Ela e Kate passaram dois dias em Raleigh atrás do vestido perfeito. Kate experimentou uns cem e, quando Allie voltou para casa, descreveu cada um deles para mim. Renda não sei onde, mangas não sei como, seda, tafetá, cintura marcada... Ela deve ter passado horas falando, mas era tão linda quando ficava animada que eu mal escutava o que dizia.

Coloquei minhas mãos no colo.

– Não acho que Jane e Anna vão ter tempo para algo assim.

– Não, imagino que não. – Ele se virou para mim. – Mas, não importa o que ela vista, você sabe que ficará linda.

Concordei.

⚜

Hoje em dia, os filhos dividem a manutenção da casa de Noah.

Ela pertence a todos nós. Noah e Allie organizaram isso antes de ir morar em Creekside. Como a casa significava muito para eles e para os filhos, era simplesmente impossível se desfazerem dela. Tampouco podiam tê-la deixado apenas para uma pessoa, já que ela foi palco de tantas lembranças compartilhadas por todos.

Como já disse, eu visitava sempre o casarão e, a caminho de lá depois de sair de Creekside, fui pensando no que precisava ser feito. Um caseiro mantinha a grama aparada e a cerca bem cuidada, mas seria necessário muito trabalho para arrumar a casa para os convidados, e não havia como fazermos isso sozinhos. Originalmente branca, a construção estava coberta pela poeira cinza de milhares de temporais, mas nada que uma boa limpeza não resolvesse. Apesar dos esforços do caseiro, porém, o terreno estava em mau estado. Ervas daninhas brotavam junto às estacas da cerca, as sebes tinham de ser aparadas, e tudo o que restava dos lírios em flor eram os caules secos. Hibiscos, hortênsias e gerânios davam toques coloridos, mas também precisavam ser podados.

Embora tudo isso pudesse ser resolvido com relativa rapidez, o roseiral estava me preocupando. Durante os anos em que a casa ficara vazia, ele havia crescido de forma desordenada: todos os corações concêntricos tinham mais ou menos a mesma altura e as roseiras pareciam todas crescer umas para dentro das outras. Inúmeros caules se esticavam em ângulos estranhos e as folhas escondiam quase toda a cor das flores. Eu não sabia se a iluminação do jardim ainda funcionava. Na minha opinião, parecia não haver salvação possível a não ser podando tudo e aguardando mais um ano para que as flores tornassem a abrir.

Torci para que meu paisagista conseguisse fazer um milagre. Se havia alguém capaz de encarar aquele projeto, era ele. Homem discreto e apaixonado pela perfeição, Nathan Little havia participado da criação de alguns dos jardins mais famosos da Carolina do Norte – o da fazenda Biltmore, o do Tryon Palace, os do Jardim Botânico de Duke – e sabia mais sobre plantas do que qualquer outra pessoa que eu já tivesse conhecido.

Com o passar dos anos, minha paixão pelo jardim da nossa casa – pequeno, mas mesmo assim deslumbrante – havia nos tornado amigos, e Nathan muitas vezes fazia questão de dar uma passadinha para me ver depois do trabalho. Tínhamos longas conversas sobre a acidez do solo e a importância da sombra para as azaleias, sobre as diferenças entre os adubos e até sobre o tipo de rega ideal para os amores-perfeitos. Era algo totalmente distinto do meu trabalho como advogado, e talvez por isso me desse tanta alegria.

Ao examinar o jardim do casarão, visualizei como queria que ficasse. Entre os telefonemas que dera mais cedo, havia ligado também para Nathan e, embora fosse domingo, ele concordara em passar lá. Nathan tinha três equipes de funcionários – a maioria dos quais só falava espanhol – e a quantidade de trabalho que apenas um desses grupos tinha capacidade de executar em um único dia era estarrecedora. Mesmo assim, tratava-se de um projeto grande e rezei para que eles conseguissem terminar a tempo.

Foi quando fazia minhas anotações mentais que vi o pastor Harvey Wellington um pouco mais longe. Ele estava na varanda em frente à sua casa, apoiado no parapeito com os braços cruzados. Não se mexeu quando o vi. Parecíamos estar observando um ao outro e instantes depois eu o vi sorrir. Pensei que aquilo fosse um convite para ir falar com ele, mas, quando desviei os olhos e depois tornei a virá-los para ele, vi que tinha desaparecido dentro de casa. Embora já houvéssemos nos falado e trocado apertos de mão, dei-me conta de repente de que nunca havia posto os pés dentro de sua casa.

Nathan apareceu depois do almoço e passamos uma hora juntos. Ele não parava de balançar a cabeça enquanto eu falava, mas fez poucas perguntas. Quando terminei, protegeu os olhos com a mão para avaliar o jardim.

Finalmente, disse que apenas o roseiral seria complicado. Falou que precisaria de muito trabalho para ficar do jeito que deveria.

– Mas vai ser possível? – perguntei.

Ele passou um longo tempo estudando as rosas antes de assentir.

– Quarta e quinta feira – disse ele por fim. – Todas as equipes vêm. Trinta pessoas.

– Só dois dias? – perguntei. – Mesmo com o roseiral? – Ele conhecia sua profissão como eu conhecia a minha, mas mesmo assim aquela afirmação me espantou.

Ele sorriu e pôs a mão no meu ombro.

– Não se preocupe, amigo – falou. – Vai ficar sensacional.

No meio da tarde, o calor já subia do solo em nuvens tremeluzentes. A umidade havia tornado o ar mais espesso, fazendo o horizonte parecer fora de foco. Senti o suor começar a brotar da testa e tirei um lenço do bolso. Depois de enxugar o rosto, fui me sentar na varanda para esperar Jane e Anna.

O casarão estava fechado com tábuas nas janelas, por motivos de segurança. Os pedaços de madeira tinham sido colocados para evitar vandalismos e impedir que alguém entrasse na casa. O próprio Noah os havia projetado antes de ir morar em Creekside e os filhos tinham feito a maior parte do trabalho. As tábuas estavam presas à casa por dobradiças e ganchos internos, para que pudessem ser manipuladas com facilidade. O caseiro as retirava duas vezes por ano para arejar o interior. A energia tinha sido desligada, mas nos fundos havia um gerador que o homem às vezes ligava para verificar se as tomadas e os interruptores ainda funcionavam. A água, por sua vez, nunca tinha sido fechada, por causa do sistema de irrigação automático, e o caseiro me dissera que de vez em quando abria as torneiras da cozinha e das banheiras para retirar algum resíduo que houvesse se acumulado nos canos.

Um dia, tenho certeza de que alguém vai voltar a morar ali. Não vai ser Jane nem eu, e também não consigo imaginar nenhum dos irmãos dela na casa, mas mesmo assim isso parece inevitável, embora eu ache que só vai acontecer bem depois da morte de Noah.

Anna e Jane chegaram alguns minutos depois, levantando poeira com o carro ao subir o acesso até a casa. Fui encontrá-las à sombra de um carvalho gigante. Ambas estavam olhando em volta e pude ver o nervosismo de Jane aumentar. Anna, que estava mascando chiclete, lançou-me um sorriso rápido.

– Oi, pai – disse ela.

– Oi, querida. Como foi tudo hoje? – perguntei.

– Divertido. Mamãe estava em pânico, mas finalmente conseguimos resolver tudo. O buquê está encomendado. Os arranjos de flores para os pulsos das mulheres e as lapelas dos homens também.

Jane não parecia ouvir – continuava a olhar em volta, atarantada. Eu sabia que ela estava pensando que não havia como o terreno ficar pronto a tempo. Como visitava a casa com menos frequência do que eu, acho que tinha guardado na memória a imagem de como ela era antigamente, e não de como estava agora.

Pus uma das mãos no seu ombro.

– Não se preocupe, vai ficar sensacional – falei para reconfortá-la, repetindo a promessa do paisagista.

⚜

Mais tarde, Jane e eu fomos passear pelo terreno. Anna tinha se afastado para falar com Keith ao celular. Enquanto caminhávamos, contei a minha esposa as ideias sobre as quais havia conversado com Nathan, mas pude perceber que ela estava pensando em outra coisa.

Quando perguntei o que estava havendo, Jane balançou a cabeça, desanimada.

– É a Anna – confessou ela com um suspiro. – Às vezes ela ajuda nos preparativos, mas no minuto seguinte muda de ideia. E parece que não consegue tomar nenhuma decisão sozinha. Nem mesmo em relação às flores. Não sabia que cor queria para o arranjo, não sabia que tipo de flor. Mas na mesma hora em que eu digo que gosto de alguma coisa, ela diz que também gosta. Isso está me deixando maluca. Eu sei que essa história toda foi invenção minha, mas mesmo assim quem vai se casar é ela.

– Anna sempre foi assim – falei. – Lembra quando ela era pequena? Você me dizia a mesma coisa quando vocês duas saíam para comprar roupas para a escola.

– Eu sei – disse Jane, mas seu tom de voz indicava que alguma outra coisa a estava incomodando.

– O que foi? – perguntei.

– É que eu queria que tivéssemos mais tempo, só isso. – Deu um suspiro. – Sei que já conseguimos adiantar algumas coisas, mas eu poderia organizar também algum tipo de recepção. Por mais bonita que seja a cerimônia, o que vai acontecer depois? Anna nunca mais vai ter oportunidade de viver um momento desses.

Minha mulher, uma romântica incurável.

– Nesse caso, por que não fazemos uma recepção?

– Como assim?

– Por que não fazemos aqui mesmo? Basta abrirmos a casa.

Ela me olhou como se eu tivesse perdido a razão.

– Para quê? Nós não temos bufê, não temos mesas nem vamos ter música. Tudo isso leva tempo para ser organizado. Não podemos estalar os dedos e esperar que todas as pessoas de que precisamos venham correndo.

– Foi a mesma coisa que você disse sobre o fotógrafo.

– Uma recepção é diferente – explicou ela, com um ar decidido.

– Então vamos fazer diferente – insisti. – Quem sabe pedimos para alguns dos convidados trazerem comida?

Ela piscou os olhos.

– Uma vaquinha? – Jane nem sequer tentou esconder seu espanto. – Você quer que as pessoas façam uma *vaquinha* para a festa?

Fiquei um pouco encabulado.

– Foi só uma ideia – balbuciei.

Ela balançou a cabeça e deixou o olhar se perder ao longe.

– Não faz mal – falou. – De toda forma, não é grave. O mais importante é a cerimônia.

– Deixe-me dar uns telefonemas – propus. – Talvez eu consiga organizar alguma coisa.

– Não dá tempo – repetiu ela.

– Eu *conheço* gente que faz essas coisas.

Era verdade. Como um dos três advogados especializados em direito sucessório de New Bern – e, durante o início da minha carreira, o único –, eu parecia conhecer quase todo mundo da região.

Ela hesitou.

– Eu sei que conhece – falou. A frase soou como um pedido de desculpas.

Surpreendendo a mim mesmo, estendi a mão para segurar a dela.

– Vou fazer umas ligações – prometi. – Confie em mim.

Talvez tenha sido o meu tom de voz sério, ou então a intensidade do meu olhar, mas, enquanto continuávamos em pé lado a lado, ela ergueu os olhos e pareceu me avaliar. Então, bem devagar, apertou minha mão como para demonstrar que confiava em mim.

– Obrigada – disse ela, e, com sua mão segurando a minha, tive uma estranha sensação de já ter vivido aquele instante, como se tivéssemos voltado no tempo para o início do nosso relacionamento.

Por um breve instante, pude ver Jane novamente em pé debaixo do caramanchão – eu tinha acabado de ouvir a história de seus pais e éramos mais uma vez dois jovens com um futuro brilhante e promissor pela frente. Agora, no presente, tudo era novidade, como tinha sido tanto tempo antes. Pouco depois, quando a vi ir embora com Anna, de repente tive certeza de que o casamento de nossa filha era a maior bênção que havia nos acontecido em muitos anos.

7

Quando Jane entrou pela porta de casa mais tarde nesse dia, o jantar já estava quase pronto.

Acendi o forno bem baixinho – o prato era frango empanado recheado com queijo e presunto – e limpei as mãos enquanto saía da cozinha para recebê-la.

– Oi – falei.

– Oi. Como foram os telefonemas? – perguntou ela, pondo a bolsa sobre a mesa de canto. – Eu me esqueci de perguntar mais cedo.

– Até agora, tudo bem – respondi. – Todo mundo na lista confirmou presença. Pelo menos as pessoas que me retornaram.

– Todo mundo? Isso é... maravilhoso. Em geral todos estão de férias nesta época.

– Assim como nós...

Ela deu uma risada descontraída e fiquei feliz em constatar que seu humor parecia ter melhorado.

– Ah, claro, nós só estamos à toa, relaxando, não é? – disse ela com um gesto da mão.

– Não está tão ruim assim.

Quando sentiu o cheiro que vinha da cozinha, seu rosto adquiriu uma expressão intrigada.

– Você está preparando o jantar outra vez?

– Não achei que você fosse estar com disposição para cozinhar hoje.

Ela sorriu.

– Quanta gentileza. – Seu olhar encontrou o meu e ela pareceu me encarar por um pouco mais de tempo que o habitual. – Você se importa se eu tomar uma ducha antes de comermos? Estou suada. Passamos o dia inteiro de um lado para outro.

– Claro que não, fique à vontade – respondi com um aceno.

Alguns minutos depois, ouvi a água correr pelos canos. Preparei os legumes, requentei o pão da véspera e estava pondo a mesa quando Jane entrou na cozinha.

Assim como ela, eu havia tomado uma ducha depois de chegar da casa de Noah. Em seguida vestira uma calça de sarja nova, já que a maior parte das antigas não me servia mais.

– Essa é a calça que eu comprei para você? – perguntou Jane, parando junto à porta.

– É. Que tal?

Ela me olhou com uma expressão avaliadora.

– Ficou boa – disse ela. – Deste ângulo dá para ver que você emagreceu bastante.

– Que bom – falei. – Seria horrível pensar que passei o último ano sofrendo a troco de nada.

– Você não sofreu. Começou a caminhar, apenas, mas não sofreu.

– Experimente acordar antes de o sol nascer, principalmente com chuva.

– Ah, coitadinho! – provocou ela. – Como a sua vida deve ser difícil...

– Você não faz ideia.

Jane riu. Antes de descer, ela também tinha vestido uma calça confortável, mas as unhas pintadas de seus pés despontavam por baixo da bainha. Seus cabelos estavam molhados e a blusa exibia algumas gotas de água. Mesmo quando não se esforçava para isso, ela era uma das mulheres mais sensuais que eu já vira.

– Ouça só isto – disse Jane. – Anna disse que Keith está adorando nossos planos. Ele parece mais animado do que ela.

– Anna está animada. Mas também está nervosa, pensando em como tudo vai ser.

– Não está, não. Anna nunca fica nervosa com nada. Ela é igual a você.

– Eu fico nervoso, sim – protestei.

– Não fica, não.

– É claro que fico.

– Diga uma vez em que ficou, então.

Pensei um pouco.

– Tá bom – falei. – Fiquei nervoso quando voltei para cursar meu último ano na faculdade de direito.

Ela pensou um pouco antes de fazer que não com a cabeça.

– Você não estava nervoso com a faculdade. Você foi um aluno prodígio. Trabalhava na *Law Review* e tudo.

– Não era com os estudos que eu estava nervoso, e sim com a possibilidade de perder você. Foi quando você começou a dar aula em New Bern, lembra? Eu estava com medo, pois tinha certeza de que algum rapaz jovem e audaz iria aparecer para roubar você de mim. Eu teria ficado inconsolável.

Ela me olhou com um ar curioso, tentando entender o que eu tinha acabado de dizer. Em vez de responder ao meu comentário, porém, levou as mãos aos quadris e inclinou a cabeça.

– Sabe de uma coisa? Eu acho que você está sendo pego de jeito por essa história toda.

– Como assim?

– Pelo casamento. Veja só: você fez o jantar duas noites seguidas, está me ajudando com todos os preparativos, fica relembrando o passado, todo nostálgico... Acho que essa animação toda está contagiando você.

Ouvi um bipe quando o timer do forno soou.

– Sabe de outra coisa? Acho que talvez você tenha razão – falei.

⚜

Eu não estava mentindo ao dizer a Jane que ficara com medo de perdê-la quando voltei a Duke para cursar o último ano e reconheço que não lidei com isso tão bem quanto poderia. Com o começo do ano letivo, eu sabia que seria impossível mantermos o mesmo tipo de relacionamento que tínhamos havia nove meses e fiquei pensando em como ela iria reagir à mudança. À medida que o verão passava, conversamos sobre isso algumas vezes, mas Jane nunca parecia preocupada. Sua confiança de que daríamos um jeito era tamanha que ela soava quase casual e embora eu pudesse ter interpretado essa reação como um sinal reconfortante, às vezes pensava que gostava mais dela do que ela de mim.

Eu sabia muito bem que tinha qualidades, mas não as considerava extraordinárias. Tampouco meus defeitos eram horrivelmente graves. Na verdade, eu me achava mediano em todos os aspectos e, mesmo 30 anos atrás, sabia que não estava fadado nem à fama nem ao anonimato.

Jane, por sua vez, poderia ter sido o que quisesse. Há muito tempo cheguei à conclusão de que ela seria capaz de viver bem tanto na pobreza como na fartura, morando na cidade ou no campo. Sua habilidade de se adaptar sempre me deixou impressionado. Considerando todas as suas qualidades – inteligência, paixão, gentileza e charme –, parecia óbvio que ela teria sido uma esposa maravilhosa para praticamente qualquer homem.

Por que, então, ela havia escolhido a mim?

Essa era uma pergunta que me atormentava bastante nos primeiros tempos de namoro e eu não conseguia encontrar uma resposta que fizesse sentido. Preocupava-me pensando que ela um belo dia iria acordar, perceber que eu não tinha nada de especial e me trocar por um cara mais carismático. De tão inseguro, não conseguia lhe falar sobre o que sentia por ela. Eu queria falar, mas o momento passava antes que eu tomasse coragem.

Isso não quer dizer que eu guardasse segredo sobre o nosso namoro. Na verdade, no verão que passei estagiando no escritório de advocacia, minha relação com Jane era um dos assuntos que surgiam com mais regularidade durante o almoço com os outros associados, e eu fazia questão de descrevê-la como quase ideal. Nunca disse algo de que tenha me arrependido depois, mas lembro-me de achar que alguns de meus colegas pareciam sentir inveja por eu estar progredindo não apenas no campo profissional, mas também no pessoal. Um deles, Harold Larson – que, assim como eu, ainda trabalhava no periódico *Law Review* em Duke –, prestava especial atenção sempre que eu dizia o nome de Jane, e eu desconfiava de que era porque ele também tinha uma namorada. Gail e ele estavam juntos havia mais de um ano e Harold sempre falava naturalmente sobre seu relacionamento. Assim como Jane, Gail não morava mais na região: havia se mudado para ficar perto dos pais em Fredericksburg, na Virgínia. Harold tinha mencionado mais de uma vez que planejava se casar com ela assim que se formasse.

Mais para o final do verão, estávamos sentados juntos quando alguém perguntou se planejávamos levar nossas namoradas à festa de despedida. Isso pareceu deixar Harold incomodado e, quando a pessoa insistiu, ele franziu a testa.

– Gail e eu terminamos na semana passada – confessou. Embora estivesse claro que era um assunto difícil para ele, Harold pareceu sentir necessidade de explicar mais. – Pensei que as coisas estivessem ótimas entre nós, mesmo que eu não tenha ido visitá-la muitas vezes. Acho que a distância foi excessiva para Gail e ela não quis esperar que eu me formasse. Conheceu outra pessoa.

Acho que foi minha lembrança dessa conversa que ditou o tom da última tarde de verão que Jane e eu passamos juntos. Era domingo, dois dias depois que eu a levei à festa de despedida, e estávamos sentados na cadeira de balanço da varanda da casa dos pais dela. Eu partiria para Durham naquela mesma noite, e lembro-me de ter olhado para o rio e me perguntado se aquilo daria certo ou se Jane, como Gail, encontraria outro para me substituir.

– Ei, posso saber por que você está tão calado hoje? – disse ela por fim.

– Estou só pensando na volta à faculdade.

Ela sorriu.

– Está achando ruim ou está animado?

– Acho que as duas coisas.

– Pense que faltam só nove meses para você se formar e depois acabou.

Assenti, mas não disse nada.

Ela me examinou com atenção.

– Tem certeza de que é só isso que está deixando você incomodado? Você passou o dia inteiro de cara fechada – persistiu ela.

Remexi-me na cadeira.

– Você se lembra de Harold Larson? – perguntei. – Apresentei vocês dois na festa.

Ela estreitou os olhos tentando se lembrar.

– Aquele que trabalhava com você na *Law Review*? Alto, cabelos castanhos?

Fiz que sim com a cabeça.

– O que tem ele? – disse ela.

– Você reparou que ele estava sozinho?

– Não, na verdade não reparei. Por quê?

– A namorada acabou de terminar com ele.

– Ah – comentou ela, mas pude ver que não fazia a menor ideia de como isso lhe dizia respeito ou por que eu estava pensando no assunto.

– Este ano vai ser complicado – comecei. – Sei que vou precisar praticamente morar na biblioteca.

Ela pôs a mão no meu joelho em um gesto de incentivo.

– Você se saiu tão bem nos dois primeiros anos... Tenho certeza de que tudo vai dar certo.

– Espero que sim – continuei. – Mas é que, com tudo isso acontecendo, eu provavelmente não vou conseguir vir ver você todos os finais de semana, como fiz neste verão.

– Eu já imaginava. Mas mesmo assim nós vamos nos ver. Algum tempo livre você há de ter. E lembre-se de que eu sempre posso pegar o carro e ir visitá-lo.

Vi um bando de pássaros irromper da copa de uma árvore ao longe.

– Talvez seja melhor você me avisar antes de ir. Para ver se eu vou estar livre. Parece que o último ano é o mais puxado.

Ela inclinou a cabeça, tentando decifrar aonde eu queria chegar.

– O que está acontecendo, Wilson?

– Como assim?

– Isso aí que você acabou de dizer. Parece que já pensou em desculpas para a gente não se ver.

– Não é desculpa. Eu só quero me assegurar de que você entende quanto eu vou estar ocupado este ano.

Jane se recostou na cadeira e ficou bastante séria.

– E daí? – indagou.

– E daí o quê?

– O que isso significa exatamente? Que você não quer mais me ver?

– Não, claro que não – protestei. – Mas o fato é que você vai estar aqui e eu vou estar lá. Você sabe como namoros a distância podem ser difíceis.

Ela cruzou os braços.

– E daí?

– Bom, é que esse tipo de namoro pode estragar até as melhores intenções do mundo e, para ser sincero, eu não quero que nenhum de nós dois fique magoado.

– Magoado?

– Foi o que aconteceu com Harold e Gail – expliquei. – Eles não se viam muito, porque ele estava sempre ocupado, e acabaram terminando por causa disso.

Ela hesitou.

– E você acha que vai acontecer a mesma coisa com a gente? – indagou, com cautela.

– Você tem que reconhecer que as probabilidades não estão do nosso lado.

– *Probabilidades?* – Ela piscou os olhos. – Você está tentando reduzir a nossa relação a uma equação matemática?

– Só estou tentando ser honesto...

– Em relação a quê? Às *probabilidades*? O que isso tem a ver com a gente? E o que Harold tem a ver com essa história toda?

– Jane, eu...

Ela se virou para o outro lado, sem conseguir me encarar.

– Se você quer terminar comigo, é só dizer. Não precisa usar a falta de tempo como desculpa. Diga a verdade e pronto. Eu sou adulta. Vou aguentar.

– Eu estou dizendo a verdade – falei, depressa. – Eu quero continuar namorando você. Não queria que as palavras saíssem desse jeito. – Engoli em seco. – Quer dizer... bem... você é uma pessoa muito especial e significa muito para mim.

Ela não disse nada. No silêncio que se seguiu, observei com surpresa uma única lágrima lhe escorrer pela face. Ela a enxugou antes de cruzar os braços. Seus olhos estavam fixos nas árvores junto ao rio.

– Por que você sempre faz isso? – Sua voz estava sentida.

– Isso o quê?

– Isso que está fazendo agora. Ficar falando sobre probabilidades, usar estatísticas para explicar as coisas... para explicar nós dois. O mundo nem sempre funciona assim. Nem as pessoas. Nós não somos Harold e Gail.

– Eu sei...

Ela me encarou e pela primeira vez vi a raiva e a dor que havia lhe causado.

– Então por que você disse isso? – quis saber ela. – Eu sei que este ano não vai ser fácil, mas e daí? Minha mãe e meu pai passaram 14 *anos* sem se ver e mesmo assim se casaram. E você está preocupado com nove meses? Morando a apenas duas horas daqui? Nós podemos nos falar pelo telefone, podemos nos escrever... – Ela balançou a cabeça.

– Sinto muito – falei. – Acho que só estou com medo de perder você. Não quis deixá-la chateada...

– Está com medo de me perder por quê? – perguntou ela. – Porque eu sou uma *pessoa especial*? Porque *significo muito para você*?

Assenti.

– É, significa sim. E você é mesmo especial.

Ela respirou fundo.

– Bom, eu também estou contente por ter conhecido você.

Ao ouvir isso, finalmente entendi. Apesar de eu considerar minhas palavras um elogio, Jane as havia interpretado de outra forma, e pensar que eu a deixara magoada fez minha garganta secar de repente.

– Eu sinto muito – tornei a dizer. – Não quis que as palavras saíssem desse jeito. Você é muito especial para mim, mas o fato é que... enfim...

Tive a sensação de que minha língua havia se enrolado e minha gagueira fez Jane dar um suspiro. Sabendo que meu tempo estava se esgotando, pigarreei e tentei lhe revelar meus sentimentos.

– O que eu queria dizer é que eu acho que amo você – sussurrei.

Ela não disse nada, mas eu soube que tinha me ouvido quando sua boca começou a se curvar em um leve sorriso.

– Bom, você acha ou tem certeza? – perguntou ela.

Engoli em seco.

– Tenho certeza – falei. Então, querendo ser bem claro, arrematei. – Eu te amo.

Pela primeira vez durante nossa conversa, ela riu, achando graça da minha dificuldade de dizer aquilo.

– Ora, Wilson, acho que essa foi a coisa mais bonita que você já me disse até hoje – falou, arrastando as palavras com um sotaque sulista exagerado.

Pegando-me de surpresa, ela de repente se levantou da cadeira e se sentou no meu colo. Passou um braço à minha volta e me deu um beijo de leve. Atrás dela, o resto do mundo parecia fora de foco e à luz que caía, como se estivesse flutuando em um sonho, ouvi minhas próprias palavras voltarem para mim.

– Eu também tenho – disse ela. – Tenho certeza de que te amo.

Estava me lembrando dessa história quando a voz de Jane me despertou.

– Por que está sorrindo? – perguntou ela.

Minha mulher me encarava do outro lado da mesa. O jantar desse dia foi bastante informal: tínhamos feito nossos pratos na cozinha e eu não me dera o trabalho de acender velas.

– Às vezes você pensa na noite em que foi me visitar em Duke? – perguntei. – Quando finalmente conseguimos ir ao Harper's?

– Foi logo depois que você conseguiu o emprego em New Bern, não foi? Você queria comemorar.

Assenti.

– Você estava de vestido preto tomara que caia.

– Você se lembra disso?

– Como se fosse ontem – falei. – Nós não nos víamos havia mais ou menos um mês e lembro que vi você sair do carro pela janela do restaurante.

Jane pareceu levemente satisfeita. Continuei.

– Lembro até o que estava pensando quando a vi.

– Ah, é?

– Estava pensando que o nosso ano de namoro tinha sido o mais feliz da minha vida.

Ela baixou os olhos para o prato, depois tornou a me encarar, quase tímida. Entusiasmado com as lembranças, continuei falando.

– Você se lembra do presente que lhe dei? De Natal?

Ela demorou alguns instantes para responder.

– Um par de brincos – falou, levando as mãos distraidamente às orelhas. – Você me deu um par de brincos de brilhante. Eu sabia que tinha custado caro e lembro que fiquei chocada por você ter gastado tanto.

– Como sabe que custou caro?

– Porque você me disse.

– Disse? – Dessa parte eu não me lembrava.

– Uma ou duas vezes – respondeu ela com um sorriso maroto.

Passamos alguns instantes comendo em silêncio. Entre uma garfada e outra, eu examinava a curva de seu maxilar e a forma como o sol de fim de tarde dançava em seu rosto.

– Nem parece que 30 anos se passaram, parece? – falei.

Uma sombra daquela velha e conhecida tristeza atravessou o rosto de Jane.

– Não – concordou ela. – Não consigo acreditar que Anna já tem idade suficiente para se casar. Não sei como o tempo passa tão depressa.

– O que você teria mudado? – perguntei. – Se pudesse?

– Na minha vida, você quer dizer? – Ela olhou para o outro lado. – Não sei. Acho que teria tentado aproveitar mais as coisas no momento em que elas estavam acontecendo.

– Eu me sinto assim também.

– Você? – Jane parecia genuinamente surpresa.

Assenti.

– Claro.

Ela pareceu se recuperar.

– É que... Por favor, Wilson, não me leve a mal, mas você não é de ficar lembrando o passado. O que quero dizer é que você é superprático com tudo. Tem tão poucos arrependimentos na vida... – Ela não terminou a frase.

– E você tem algum? – indaguei, baixinho.

Ela passou alguns instantes examinando as próprias mãos.

– Não, na verdade não.

Nessa hora, quase estendi minha mão para segurar a dela, mas Jane mudou de assunto e disse, animada:

– Fomos visitar meu pai hoje. Depois que saímos do casarão.

– Ah, é?

– Ele disse que você tinha passado lá mais cedo.

– Passei, sim. Queria me certificar de que podíamos usar a casa.

– Ele falou. – Ela ficou remexendo os legumes no prato com o garfo. – Ele e Anna estavam tão bonitinhos juntos... Ela ficou segurando a mão dele o tempo todo enquanto contava sobre o casamento. Queria que você tivesse visto. Fiquei me lembrando da forma como ele e a mamãe costumavam se sentar juntos. – Por alguns instantes, ela pareceu perdida em pensamentos. Então ergueu os olhos. – Queria que a mamãe ainda estivesse aqui. Ela sempre adorou casamentos – falou.

– Acho que é de família – murmurei.

Ela sorriu, pensativa.

– Tem razão. Você não imagina como é divertido fazer os preparativos, mesmo em cima da hora. Mal posso esperar para Leslie se casar e termos tempo de nos concentrar de verdade no planejamento.

– Ela não tem nem namorado, quanto mais alguém que queira pedi-la em casamento.

– Detalhes, detalhes – disse ela, balançando a cabeça. – Isso não significa que não possamos começar a pensar, não é?

Quem era eu para discordar?

– Bom, quando isso acontecer, espero que o cara venha pedir minha autorização primeiro – comentei.

– Keith pediu?

– Não, mas o casamento deles está tão apressado que eu nem esperava que pedisse. Mesmo assim, considero isso uma das experiências formadoras de caráter por que todos os rapazes deveriam passar.

– Como quando você pediu minha mão ao papai?

– Ah, meu caráter se formou muito naquele dia.

– Ah, é? – Ela me encarou, curiosa.

– Acho que eu poderia ter me saído um pouco melhor.

– Papai nunca me disse isso.

– Provavelmente porque ficou com pena de mim. O momento que escolhi não foi dos mais propícios.

– Por que você nunca me contou?

– Porque eu nunca quis que você soubesse.

– Bom, agora *vai ter* que me contar.

Estendi a mão para pegar minha taça de vinho, tentando não dar muita importância ao assunto.

– Tá bom, a história é a seguinte – comecei. – Eu passei lá logo depois do trabalho, mas tinha uma reunião marcada com os sócios da empresa mais tarde no mesmo dia, de modo que não estava com muito tempo. Encontrei Noah trabalhando na oficina. Foi um pouco antes da nossa viagem à praia. Enfim, ele estava pregando o telhado de uma casa que construiu para uns passarinhos que tinham feito ninho na varanda. Estava muito decidido a terminar até o final de semana e eu fiquei tentando encontrar um jeito de incluir o assunto do casamento na nossa conversa, mas a oportunidade nunca surgia. Por fim, simplesmente falei. Ele me perguntou se eu podia pegar outro prego para ele e, quando lhe entreguei, falei: "Aqui está. Ah, falando nisso, me lembrei de uma coisa... queria pedir a mão de Jane em casamento."

Ela deu uma risadinha.

– Você sempre foi jeitoso. Acho que eu não deveria ficar surpresa, levando em conta a forma como você me fez o pedido. Foi tão...

– Inesquecível?

– Malcolm e Linda nunca se cansam dessa história – disse ela, referindo-se a um casal de amigos nossos de longa data. – Principalmente Linda. Sempre que estamos com outras pessoas, ela me implora para contar.

– E você, é claro, obedece.

Ela ergueu as mãos alegando inocência.

– Se minhas amigas gostam das minhas histórias, quem sou eu para privá-las desse prazer?

Durante o jantar, enquanto continuávamos a nos provocar de forma bem-humorada, fiquei prestando atenção em tudo o que ela fazia. Observei-a cortar o frango em pequenos pedaços antes de comer e a forma como seus cabelos refletiam a luz; senti o cheiro suave do sabonete líquido de jasmim que ela havia usado mais cedo. Não havia nenhuma explicação para essa descontração recente e mais duradoura entre nós dois e não tentei entendê-la. Perguntei-me se Jane também tinha reparado. Se sim, não deu nenhuma pista disso, mas eu também não demonstrei nada e ficamos sentados à mesa do jantar até os restos de comida esfriarem.

⚜

A história de como eu a pedi em casamento é de fato inesquecível e sempre provoca acessos de riso em todos os que a escutam.

Compartilhamos essa história com bastante frequência no nosso círculo de amigos. Quando encontramos com eles, deixamos de ser indivíduos e passamos a ser um casal, uma equipe, e eu adoro essa dinâmica. Nós somos capazes de nos meter no meio de uma história que o outro começou e terminá-la sem nenhum problema. Quando Jane conta, por exemplo, sobre o dia em que Leslie estava em um jogo de futebol americano como líder de torcida e um dos atacantes escorregou perto da linha lateral e começou a deslizar bem na sua direção, sei que se ela interromper a narrativa nesse momento é a minha deixa para continuar, dizendo que minha mulher foi a primeira a pular da cadeira para ver se Leslie estava bem, porque eu fiquei paralisado de medo. E que nesse dia, quando finalmente consegui reunir forças para me mexer, saí abrindo caminho entre as pessoas, empurrando-as, derrubando-as e fazendo-as perder o equilíbrio, quase como o jogador que tinha escorregado instantes atrás. Então, quando faço uma pausa para respirar, Jane prossegue com facilidade de onde eu parei. Fico admirado com o fato de nenhum dos dois achar isso estranho ou complicado. Esse troca-troca já se tornou natural, e eu muitas vezes me pergunto como é a vida daqueles que não conhecem tão bem os próprios cônjuges. Devo acrescentar que Leslie não se machucou nesse dia. Quando conseguimos nos aproximar, ela já estava estendendo a mão para pegar os pompons do chão.

Mas eu nunca participo da história de quando a pedi em casamento. Pelo contrário: fico sentado sem dizer nada, sabendo que Jane a acha muito mais engraçada do que eu. Afinal de contas, eu não queria que fosse um momento cômico. Tinha certeza de que esse seria um dia que ela lembraria para sempre e torcia para que o achasse romântico.

Não sei muito bem como, mas Jane e eu conseguimos passar por aquele ano de separação com nosso amor intacto. No final da primavera, já falávamos em noivar e a única surpresa seria o dia em que faríamos o anúncio oficial. Eu sabia que ela queria algo especial – o romance entre seus pais tinha estabelecido um padrão muito alto. Quando Noah e Allie estavam juntos, tudo sempre parecia transcorrer de forma perfeita. Se chovia durante um passeio – algo insuportável para a maioria das pessoas –, Allie e Noah usavam isso como desculpa para acender a lareira e se deitar juntos em frente a ela, apaixonando-se ainda mais um pelo outro. Se Allie estivesse com vontade de ouvir poesia, Noah recitava de cor uma série de versos. Se meu exemplo era ele, eu sabia que tinha de segui-lo e, por esse motivo, planejei pedir a mão de Jane na praia de Ocracoke, onde sua família estava passando as férias de julho.

Achei meu plano muito criativo. Depois de escolher um anel de noivado, eu planejava simplesmente escondê-lo dentro de uma concha que tinha achado no ano anterior, para que Jane a encontrasse mais tarde, quando fôssemos procurar bolachas-da-praia na areia. Quando ela o encontrasse, eu me ajoelharia, seguraria sua mão e lhe diria que ela faria de mim o homem mais feliz do mundo se aceitasse ser minha mulher.

Infelizmente, as coisas não correram como planejado. Nesse fim de semana houve um forte temporal, com chuvas torrenciais e ventos fortes o suficiente para fazerem as árvores se curvar até quase o chão. Durante o sábado inteiro, esperei o tempo melhorar, mas a natureza parecia ter outros planos e foi só no meio da manhã de domingo que o céu começou a clarear.

Eu estava mais nervoso do que tinha previsto e surpreendi-me ensaiando mentalmente as palavras exatas que queria dizer. Essa técnica sempre me ajudara na faculdade. Só não percebi que a minha preparação estava me impedindo de falar com Jane enquanto caminhávamos na praia. Não sei quanto tempo passamos em silêncio, mas foi o suficiente para a voz de Jane me espantar quando ela enfim abriu a boca.

– A maré está subindo mesmo, não é?

Eu não tinha me dado conta de que a maré ficaria tão afetada mesmo depois de o temporal passar e, embora tivesse quase certeza de que a concha estava segura, não queria correr nenhum risco. Preocupado, comecei a andar mais depressa, mas fazendo o possível para não despertar a desconfiança dela.

– Por que tanta pressa? – ela perguntou.

– Não estou com pressa – disfarcei.

Ela não pareceu satisfeita com a minha resposta e acabou diminuindo o passo. Durante algum tempo, pelo menos até ver a concha, segui andando sozinho, alguns passos à frente dela. Quando vi as marcas da maré alta na areia perto da concha, soube que ainda tínhamos tempo. Não muito, mas pelo menos pude relaxar um pouco.

Sem saber que Jane já havia parado um pouco mais atrás, virei-me para falar alguma coisa com ela. Ela estava curvada sobre a areia, com um braço estendido, e eu soube exatamente o que estava fazendo. Sempre que ia à praia, Jane tinha o hábito de procurar pequenas bolachas-da-praia. As melhores, as que ela guardava, eram do tamanho de uma unha, translúcidas e finas como papel.

– Venha logo! – chamou ela, sem erguer os olhos. – Tem um montão aqui!

A concha com o anel estava uns 7 metros à minha frente e Jane, 7 metros atrás. Finalmente percebi que mal tínhamos nos falado desde que chegáramos à praia e decidi ir até onde ela estava. Quando me aproximei, ela ergueu uma bolacha-da-praia na minha frente, equilibrando-a na ponta do dedo como se fosse uma lente de contato.

– Olhe esta aqui.

Era a menor que já tínhamos encontrado. Depois que me entregou a bolacha, ela tornou a se abaixar para procurar outras.

Comecei a procurar com ela, planejando conduzi-la aos poucos até a concha certa, só que, por mais que eu me afastasse, ela continuava no mesmo lugar. De tantos em tantos segundos, eu tinha que me certificar de que a concha ainda estava segura.

– O que você tanto olha? – perguntou-me Jane por fim.

– Nada, não – respondi. Mesmo assim, senti-me impelido a olhar outra vez dali a alguns instantes e, quando Jane me surpreendeu fazendo isso, levantou uma sobrancelha, desconfiada.

Dei-me conta de que, à medida que a maré subia, o nosso tempo se esgotava. Mas Jane continuou entretida no mesmo ponto. Tinha encontrado outras duas bolachas-da-praia ainda menores do que a primeira e não parecia ter qualquer intenção de sair dali. Enfim, sem saber mais o que fazer, fingi reparar na concha adiante.

– Aquilo ali é uma concha?

Ela ergueu os olhos.

– Por que não vai lá pegar? – disse ela. – Parece bonita.

Eu não soube muito bem o que dizer. Afinal de contas, queria que *ela* achasse a concha. A essa altura, as ondas estavam quebrando perigosamente perto.

– É, parece, sim – falei.

– Você vai lá pegar?

– Não.

– Por quê?

– Talvez seja melhor você ir.

– Eu? – Ela pareceu não entender.

– É, se você quiser.

Ela refletiu por alguns instantes antes de fazer que não com a cabeça.

– Já temos várias em casa. Não é nada de mais.

– Tem certeza?

– Tenho.

Aquilo não estava correndo nada bem. Enquanto tentava decidir o que fazer, reparei em uma onda enorme que se aproximava da praia. Desesperado – e sem dizer nada a Jane –, saí correndo de onde estava, do lado dela, para alcançar a concha.

Nunca fui especialmente rápido, mas nesse dia eu parecia um atleta. Corri o mais rápido que pude e agarrei a concha como um apanhador de beisebol pegando uma bola fora do campo. Instantes depois, a onda varreu a areia onde ela estava. Infelizmente, quando me abaixei para pegá-la, me desequilibrei e caí na areia, soltando o ar dos pulmões com um *pfff* bem alto. Quando me levantei, tentando ao máximo manter a dignidade, limpei a areia das minhas roupas encharcadas. Ao longe, pude ver Jane me observando com os olhos arregalados.

Levei a concha até lá e a estendi para ela.

– Tome – falei, ofegante.

Ela ainda estava me olhando com uma expressão de curiosidade.

– Obrigada – falou.

Imaginei que Jane fosse virar a concha ou agitá-la de forma que escutasse o barulho do anel lá dentro, mas ela não fez isso e ficamos simplesmente olhando um para o outro.

– Você queria mesmo esta concha, não é? – disse ela por fim.

– Queria, sim.

– É bonita.

– É.

– Obrigada mais uma vez.

– De nada.

Ela continuava com a concha na mão, sem movê-la. Fui ficando nervoso e falei:

– Dê uma sacudida nela.

Ela pareceu refletir sobre minhas palavras.

– Uma sacudida... – repetiu.

– É.

– Wilson, você está se sentindo bem?

– Estou. – Balancei a cabeça em direção à concha para encorajá-la.

– Tudo bem – disse ela, devagar.

Quando ela sacudiu a concha, o anel caiu na areia. Na mesma hora, ajoelhei-me e comecei a procurá-lo. Esquecendo-me de tudo o que pretendia dizer, fui direto ao pedido, sem ter sequer a presença de espírito de erguer os olhos para ela.

– Quer se casar comigo?

Quando terminamos de limpar a cozinha, Jane saiu para a varanda, deixando a porta entreaberta como um convite para que eu me juntasse a ela. Quando saí, ela estava encostada no parapeito, como na noite em que Anna nos dera a notícia sobre seu casamento.

O sol havia se posto e uma lua cor de laranja nascia por cima das árvores, como uma abóbora acesa no céu. Vi que Jane a estava admirando. O calor finalmente havia diminuído e uma brisa começara a soprar.

– Você acha mesmo que vai conseguir um bufê? – perguntou ela.

Encostei-me ao seu lado.

– Vou fazer o possível.

– Ah! – disse ela de repente. – Amanhã me lembre de reservar a passagem do Joseph. Sei que ele pode ir para Raleigh, mas com sorte podemos conseguir um voo direto para New Bern.

– Eu posso fazer isso – ofereci. – Já vou estar no telefone, mesmo.

– Tem certeza?

– Não me custa nada – falei. No rio, pude ver um barco passando por nós, uma sombra negra com uma luzinha acesa na frente.

– E o que mais você e Anna têm que fazer? – perguntei.

– Mais do que você imagina.

– O quê, exatamente?

– Bom, tem o vestido, é claro. Leslie quer ir conosco e isso deve demorar pelo menos uns dois dias.

– Dois dias para comprar um vestido?

– Ela tem que encontrar o vestido perfeito e depois temos que mandar ajustar. Falamos com uma costureira hoje de manhã e ela disse que pode fazer os ajustes se conseguirmos lhe entregar o vestido na quinta. E também tem a recepção, claro. Quer dizer, se houver mesmo uma recepção. Encontrar um bufê é uma coisa, mas, mesmo que você consiga, ainda temos que ver a questão da música. E temos que decorar a casa, também, então você vai ter que ligar para aquela empresa de aluguel de móveis...

Enquanto ela falava, deixei escapar um discreto suspiro. Sabia que isso não devia me surpreender, mas ainda assim...

– Então amanhã, enquanto eu estiver dando telefonemas, imagino que vocês vão estar atrás do vestido, certo?

– Mal posso esperar. – Ela estremeceu. – Vê-la experimentar os modelos, ver do que ela gosta. Desde que ela era uma menininha eu espero por isso. É muito emocionante!

– Deve ser, mesmo – falei.

– E pensar que Anna estava a um triz de não me deixar fazer nada.

– Incrível como os filhos podem ser ingratos, não é?

Ela riu e tornou a olhar na direção da água. Ao fundo, pude ouvir grilos e sapos iniciarem sua cantoria noturna, um ruído que parecia nunca mudar.

– Quer dar uma volta? – perguntei, de repente.

Ela hesitou.

– Agora?

– Por que não?

– Aonde você quer ir?

– Tem alguma importância?

Embora parecesse surpresa, ela respondeu:

– Na verdade, não.

Alguns minutos depois, estávamos circundando o quarteirão. As ruas estavam desertas. Nas casas de ambos os lados, eu podia ver luzes acesas e sombras se movendo por trás das cortinas. Jane e eu caminhávamos pelo acostamento, sentindo as pedrinhas e o cascalho estalarem sob nossos pés. Lá em cima, nuvens se estendiam pelo céu, formando uma faixa prateada.

– É silencioso assim de manhã? – indagou Jane. – Quando você sai para caminhar?

Em geral eu saio de casa até as seis horas, muito antes de ela acordar.

– Às vezes. Normalmente tem algumas pessoas correndo. E cachorros. Eles gostam de vir por trás de você e latir de repente.

– Isso deve ser ótimo para o coração.

– É como um exercício extra – concordei. – Mas assim fico sempre alerta.

– Eu deveria recomeçar. Adorava caminhar.

– Você pode vir comigo.

– Às cinco e meia da manhã? Não, obrigada.

Seu tom era um misto de brincadeira e incredulidade. Embora minha mulher já tivesse tido o costume de acordar cedo, isso mudara desde que Leslie saíra de casa.

– Que boa ideia essa sua de dar uma volta – comentou ela. – A noite está linda.

– Está mesmo – falei, olhando para ela. Passamos alguns instantes caminhando em silêncio até que Jane olhou de relance para uma casa perto da esquina.

– Você soube que Glenda teve um derrame?

Glenda e o marido eram nossos vizinhos e, embora não frequentássemos os mesmos lugares, ainda assim éramos amigos. Em New Bern, parecia que todos se conheciam.

– Soube. Que tristeza.

– Ela não é muito mais velha do que eu.

– Eu sei – falei. – Mas soube que ela agora está melhor.

Voltamos a nos calar por algum tempo, até Jane de repente perguntar:

– Você costuma pensar na sua mãe?

Não soube bem como responder. Minha mãe tinha morrido em um acidente de carro durante nosso segundo ano de casamento. Embora eu não fosse tão próximo dos meus pais quanto Jane sempre foi dos dela, a morte de minha mãe foi um choque terrível. Até hoje, não consigo me lembrar da viagem de seis horas que fiz de carro até Washington para ficar com meu pai.

– Às vezes.

– Nessas horas, do que você se lembra?

– Sabe a última vez em que fomos visitá-los? – perguntei. – Quando mamãe saiu da cozinha e abriu os braços para nos receber? Ela estava com uma blusa de flores roxas e pareceu muito feliz em nos ver. É assim que me lembro dela. Essa imagem nunca mudou, parece um retrato. Minha mãe tem sempre as mesmas feições nos meus pensamentos.

Jane balançou a cabeça.

– Eu sempre me lembro da minha mãe no ateliê, com os dedos sujos de tinta – disse ela. – Ela estava pintando um quadro da nossa família, coisa que nunca tinha feito antes, e eu me recordo de como ela estava animada porque ia dá-lo de presente a papai no aniversário dele. – Jane se calou por alguns instantes. – Não me lembro muito bem de como ela ficou depois que adoeceu. Mamãe sempre foi uma mulher tão expressiva... Gesticulava demais ao falar e ficava muito animada quando contava alguma história... mas depois do Alzheimer ela mudou. – Jane olhou para mim. – Simplesmente não era mais a mesma.

– Eu sei – falei.

– Às vezes eu tenho medo – disse ela em voz baixa. – De ter Alzheimer.

Embora isso também já tivesse me ocorrido, não falei nada.

– Não consigo imaginar como seria – continuou Jane. – Imagine não reconhecer Anna, Joseph ou Leslie? Perguntar o nome deles quando viessem me visitar, como mamãe fazia comigo? Fico de coração partido só de pensar.

À luz difusa que vinha das casas, fiquei olhando para ela sem dizer nada.

– Fico pensando se mamãe sabia como a doença iria evoluir – refletiu ela. – Quer dizer, ela disse que sabia, mas fico imaginando se sabia mesmo, bem lá no fundo, que não iria reconhecer os próprios filhos. Ou papai.

– Acho que ela sabia – retruquei. – Foi por isso que eles foram morar em Creekside.

Pensei ter visto Jane fechar os olhos por um instante. Quando ela tornou a falar, foi com uma voz cheia de frustração.

– Odeio o fato de papai não ter aceitado vir morar conosco depois que mamãe morreu. Temos tanto espaço...

Não falei nada. Embora eu pudesse ter explicado por que Noah continuou a morar em Creekside, Jane não queria ouvir. Conhecia a razão tão bem quanto eu, mas, ao contrário de mim, não a aceitava, e eu sabia que tentar defender Noah só iria provocar uma briga.

– Eu odeio aquele cisne – completou ela.

Existe uma história relacionada com o cisne, mas continuei em silêncio.

Demos a volta em um quarteirão, depois em outro. Alguns de nossos vizinhos já tinham apagado as luzes. Mesmo assim seguimos em frente, sem pressa, mas também sem andar devagar demais. Algum tempo depois, vi nossa casa e, sabendo que nosso passeio estava chegando ao fim, parei e ergui os olhos para as estrelas.

– O que foi? – indagou ela, olhando para o mesmo lugar que eu.

– Jane, você é feliz?

Ela me encarou.

– Por que está me perguntando isso?

– Curiosidade, só isso.

Enquanto esperava a resposta, imaginei se ela adivinharia o motivo por trás da minha pergunta. O que eu queria saber não era se Jane era feliz de modo geral, mas sim comigo especificamente.

Ela passou um longo tempo sem tirar os olhos de mim, como se estivesse tentando ler meus pensamentos.

– Bom, tem uma coisa que você pode fazer para me deixar feliz...

– O que é?

– É importante.

Aguardei enquanto Jane inspirava profundamente.

– Arrumar um bufê – confessou ela.

Ao ouvir isso, tive de rir.

⚜

Embora eu tenha me oferecido para preparar um bule de café descafeinado, Jane fez que não com a cabeça, cansada. Os dois dias cheios tinham esgotado sua energia e, depois de um segundo bocejo, ela me disse que estava indo para a cama.

Eu poderia tê-la seguido até o andar de cima, mas não o fiz. Em vez disso, fiquei observando-a subir a escada e relembrando a noite que acabáramos de ter.

Mais tarde, quando finalmente fui me deitar, entrei debaixo das cobertas e me virei para ela. Sua respiração estava regular e profunda e pude ver suas pálpebras tremerem, o que queria dizer que estava sonhando. Com quê, eu não saberia dizer, mas seu semblante estava sereno como o de uma criança. Fiquei observando-a, ao mesmo tempo querendo e não querendo acordá-la, sentindo que a amava mais do que minha própria vida. Apesar da escuridão, pude ver uma mecha de cabelos pousada sobre sua face e estendi os dedos para tocá-la. Sua pele era suave como talco, tão bela que parecia eterna. Ao ajeitar a mecha atrás de sua orelha, pisquei para reprimir as lágrimas que haviam brotado misteriosamente nos meus olhos.

8

Na noite seguinte, Jane me encarou, boquiaberta, com a bolsa pendurada no braço.

– Você conseguiu?

– Parece que sim – falei, indiferente, fazendo o possível para dar a entender que arrumar um bufê não tinha sido nada de muito extraordinário. Na verdade, porém, eu ficara andando de um lado para outro, indócil, esperando Jane chegar em casa.

– Qual você arrumou?

– O Chelsea – respondi.

Situado no centro de New Bern, bem em frente ao meu escritório, o restaurante fica no mesmo prédio em que Caleb Bradham trabalhava na época em que formulou a bebida hoje conhecida como Pepsi-Cola. Convertido em restaurante 10 anos antes, era um dos lugares preferidos de Jane para jantar. O cardápio era bastante variado e a especialidade do chef eram molhos originais e exóticos e marinadas para acompanhar típicas refeições sulistas. Nas noites de sexta e sábado, conseguir mesa sem reserva era impossível e os clientes costumavam brincar de adivinhar que ingredientes tinham sido usados para criar sabores tão distintos.

O Chelsea também era conhecido por seus espetáculos ao vivo. No canto do restaurante ficava um piano de cauda e John Peterson – que durante anos fora o professor de piano de Anna – às vezes tocava e cantava para os frequentadores. Com um ouvido bom para melodias contemporâneas e uma voz que lembrava a de Nat King Cole, Peterson era capaz de tocar qualquer música que lhe pedissem e era bom o suficiente para se apresentar em lugares tão distantes como Atlanta, Charlotte e Washington. Jane podia passar horas ouvindo-o, e sei que seu orgulho quase maternal deixava Peterson comovido. Afinal de contas, Jane tinha sido a primeira na cidade a acreditar nele como professor.

De tão atônita, Jane não foi capaz de reagir. No silêncio que se seguiu, pude ouvir as batidas do relógio na parede enquanto ela pensava se tinha ou não escutado direito o que eu dissera. Ela piscou os olhos.

– Mas... como você conseguiu?

– Conversei com Henry, expliquei a situação, disse o que precisávamos e ele respondeu que cuidaria de tudo.

– Não entendi. Como é que Henry pode dar conta de uma coisa assim de última hora? Ele não tinha mais nada marcado?

– Não faço a menor ideia.

– Quer dizer que você simplesmente pegou o telefone, ligou e pronto?

– Bom, não foi tão fácil assim, mas no final das contas ele concordou.

– E o cardápio? Ele não precisava saber quantas pessoas seriam convidadas?

– Disse a ele que seriam umas cem no total... parecia um número razoável. Quanto ao cardápio, trocamos umas ideias e ele falou que consegue fazer algo especial. Acho que podemos ligar e pedir alguma coisa específica, se quisermos.

– Não, não – disse ela depressa, recuperando a pose. – Está ótimo. Você sabe que eu gosto de tudo o que eles fazem. Mas é que não consigo acreditar. – Ela ficou me encarando, assombrada. – Você conseguiu mesmo.

– É – falei, balançando a cabeça.

Ela abriu um sorriso, então de repente desviou os olhos de mim e virou-os para o telefone.

– Tenho que ligar para a Anna – exclamou. – Ela não vai acreditar.

⚜

Henry MacDonald, dono do restaurante, é um velho amigo meu. Embora New Bern seja um lugar onde a privacidade parece praticamente uma utopia, isso tem lá as suas vantagens. Como costumamos esbarrar sempre nas mesmas pessoas – fazendo compras, dirigindo, na igreja, nas festas –, a cortesia acabou se tornando algo onipresente, o que muitas vezes torna possíveis coisas que seriam impensáveis em outro lugar. Todos fazem favores uns aos outros, porque nunca sabem quando poderão precisar de algo em troca, e esse é um dos motivos que tornam New Bern tão diferente de outras localidades.

Isso não quer dizer que eu não estivesse satisfeito com minha conquista. Quando entrei na cozinha, pude ouvir a voz de Jane ao telefone.

– Seu pai conseguiu! – ouvi-a exclamar. – Não sei como, mas ele conseguiu! – Meu coração se encheu de alegria ao ouvir o orgulho em sua voz.

À mesa da cozinha, comecei a separar a correspondência que eu havia pegado mais cedo. Contas, catálogos, a revista *Time*. Como Jane estava ao telefone com Anna, peguei a revista para dar uma olhada. Imaginei que minha mulher fosse passar bastante tempo conversando com nossa filha, mas, para minha surpresa, ela desligou antes mesmo que eu começasse a ler a primeira matéria.

– Espere aí – disse ela. – Antes de você começar a ler, quero que me conte exatamente como foi. – Ela chegou mais perto. – Então, o Henry vai ao casamento e vamos ter comida para todo mundo. E ele vai ter gente para ajudar, não é?

– Com certeza – respondi. – Não vai poder fazer tudo sozinho.

– E o que mais? Vai ser bufê?

– Achei melhor assim, considerando como a cozinha da casa é pequena.

– Também acho – concordou ela. – E as mesas e toalhas? Ele vai levar?

– Imagino que sim. Para ser sincero, não perguntei, mas mesmo que ele não leve não acho que isso seja um problema. Podemos alugar tudo o que for necessário, caso seja preciso.

Ela assentiu depressa. Estava fazendo planos, atualizando a lista.

– Então... – continuou ela, mas, antes que pudesse dizer qualquer outra coisa, levantei as mãos.

– Não se preocupe. Eu ligo para ele amanhã de manhã bem cedo para garantir que tudo dê certo. – Então, com um piscar de olho, completei: – Confie em mim.

Ela reconheceu as mesmas palavras que eu dissera na véspera, na casa de Noah, e me deu um sorriso que foi quase um flerte. Imaginei que esse instante fosse passar logo, mas não: ficamos nos encarando até que, quase hesitante, ela se inclinou na minha direção e me deu um beijo na bochecha.

– Obrigada por ter conseguido o bufê – disse ela.

Com dificuldade, engoli em seco.

– De nada.

⚜

Quatro semanas depois que eu pedi sua mão, Jane e eu nos casamos. Cinco dias depois do casamento, quando cheguei do trabalho, ela estava me esperando na sala do pequeno apartamento que tínhamos alugado.

– Precisamos conversar – disse ela, dando uns tapinhas ao seu lado no sofá.

Larguei minha pasta e me sentei perto de Jane. Ela estendeu a mão para segurar a minha.

– Está tudo bem? – indaguei.

– Tudo.

– O que foi, então?

– Você me ama?

– Amo – respondi. – É claro que amo.

– Então poderia fazer uma coisa por mim?

– Se estiver ao meu alcance, é claro que faço. Sabe que eu faço qualquer coisa por você.

– Mesmo se for difícil? Mesmo que você não queira?

– Claro – repeti. Fiz uma pausa. – Jane... o que está acontecendo?

Ela respirou bem fundo antes de responder.

– Quero que você vá à missa comigo no domingo que vem.

Suas palavras me pegaram de surpresa e, antes que eu conseguisse responder, ela prosseguiu.

– Sei que você já me disse que não tem a menor vontade de ir e que foi criado como ateu, mas eu quero que faça isso por mim. Mesmo que sinta que lá não é o seu lugar, é muito importante para mim que você vá.

– Jane... eu... – comecei.

– Eu preciso que você vá – disse ela.

– Nós já conversamos sobre isso – protestei, mas ela tornou a me interromper, balançando a cabeça.

– Eu sei. E entendo que você não tenha sido criado como eu fui. Mas nada que você possa fazer significaria mais para mim do que essa simples atitude.

– Mesmo que eu não acredite?

– Mesmo que não acredite – disse ela.

– Mas...

– Nada de "mas" – falou. – Não em relação a esse assunto. Não comigo. Eu te amo, Wilson, e sei que você me ama também. E, se nós quisermos fazer o nosso casamento dar certo, ambos vamos ter que ceder um pouco. Não estou pedindo que você acredite. Estou pedindo que vá comigo à igreja. Casamento é compromisso, é fazer algo pela outra pessoa mesmo que não se queira fazer. Como eu fiz em relação à cerimônia.

Uni os lábios, já sabendo o que ela tinha achado de nosso casamento no fórum.

– Está bem – falei. – Eu vou. – Ao ouvir isso, Jane me beijou, um beijo etéreo como o paraíso.

⚜

O beijo que Jane me deu na cozinha me fez recordar o que ela me dera tantos anos antes. Imagino que tenha sido porque ele evocou a suave harmonia que funcionara tão bem para solucionar nossas divergências no passado: ainda que não fosse um arrebatamento ardente, era pelo menos uma trégua e um compromisso de fazer as coisas darem certo.

Para mim, esse comprometimento mútuo é o motivo de sermos casados há tanto tempo. Foi esse elemento de nossa união, percebi de repente, que tanto me deixara preocupado ao longo do ano anterior. Eu tinha começado a me perguntar não apenas se Jane ainda me amava, como também se ela *queria* me amar.

Afinal de contas, ela deve ter passado por muitas decepções – todos os anos em que voltei para casa bem depois de as crianças já terem ido dormir; as noites em que só falava de trabalho; as partidas esportivas, as festas e as férias em família perdidas; os fins de semana passados com sócios e clientes em campos de golfe. Pensando bem, acho que eu devo ter sido um marido bastante ausente, uma sombra do rapaz solícito com quem ela havia se casado. No entanto, o que Jane parecia estar dizendo com aquele beijo era: se você ainda estiver tentando, eu também estou.

– Wilson? Está tudo bem?

Forcei um sorriso.

– Tudo. – Respirei fundo, ansioso para mudar de assunto. – Mas e o seu dia, como foi? Vocês conseguiram encontrar um vestido?

– Não. Fomos a algumas lojas, mas Anna não viu nada do seu tamanho de que gostasse. Não tinha me dado conta do tempo que leva escolher um vestido... Anna é tão magrinha que eles precisam alfinetar tudo para podermos ter uma ideia de como vai ficar. Mas amanhã vamos tentar outros lugares e ver o que acontece. O lado bom é que Keith vai cuidar de tudo em relação à família dele, então não precisamos fazer nada. Aliás, falando nisso... você se lembrou de reservar a passagem de Joseph?

– Lembrei – respondi. – Ele chega na sexta à noite.

– Em New Bern ou em Raleigh?

– New Bern. Deve aterrissar lá pelas oito e meia. Leslie conseguiu ir com vocês hoje?

– Não, hoje não. Ela ligou quando estávamos a caminho. Teve que fazer umas pesquisas extras para um trabalho da faculdade, mas amanhã vai poder ir. Ela disse que em Greensboro também tem algumas lojas, se quisermos ir até lá.

– E vocês vão?

– São três horas e meia de viagem... – resmungou ela. – Não queria passar sete horas dentro do carro, de jeito nenhum.

– Por que vocês não dormem lá? – sugeri. – Assim podem fazer as duas coisas.

Ela deu um suspiro.

– Foi o que Anna sugeriu. Ela disse que deveríamos ir a Raleigh outra vez, depois a Greensboro na quarta. Mas não quero deixar você abandonado. Ainda tem muita coisa para fazer por aqui.

– Pode ir – falei. – Agora que já temos o bufê, está tudo entrando nos eixos. Posso cuidar do que for preciso. Mas não vamos ter o casamento se ela não achar um vestido.

Ela me olhou com uma expressão cética.

– Tem certeza?

– Tenho, claro. Na verdade, estava pensando até que eu poderia tentar encaixar uma ou duas rodadas de golfe no meu dia.

Ela deu um muxoxo.

– Até parece.

– Eu preciso evoluir no jogo e melhorar meu handicap, ué – falei, em um protesto fingido.

– Depois de 30 anos, acho que, se você ainda não melhorou, provavelmente não vai melhorar nunca.

– Isso é um insulto?

– Não. Só um fato. Eu já vi você jogar, lembra?

Assenti, dando o braço a torcer. Apesar de todos os anos que passei aprimorando minhas tacadas, estou longe de ser um exímio jogador de golfe. Olhei de relance para o relógio.

– Quer sair para comer alguma coisa? – perguntei.

– Por quê? Não tem jantar em casa hoje?

– Não, a menos que você queira comer sobras. Não tive tempo de ir ao mercado.

– Estou brincando – disse ela com um aceno. – Não espero que você cozinhe todos os dias, embora deva admitir que tem sido agradável. – Ela sorriu. – Claro, eu adoraria sair para comer. Estou ficando com fome. Me dê só um minutinho para me arrumar.

– Você está ótima – protestei.

– Vou levar só um minuto – disse ela por cima do ombro, já tomando o rumo da escada.

Ela não iria levar só um minuto. Eu conheço Jane e, ao longo dos anos, entendi que esse "minuto" necessário para ela se arrumar na verdade estava mais para 20. Eu tinha aprendido a me entreter enquanto esperava com atividades de que gostasse, mas que exigissem pouco raciocínio. Por exemplo, arrumava minha mesa no escritório ou ajustava o amplificador do som quando nossos filhos tinham sido os últimos a usar.

Descobri que essas atividades inócuas faziam o tempo passar sem que eu sentisse. Muitas vezes eu terminava o que estava fazendo e via minha mulher em pé atrás de mim com as mãos nos quadris.

– Está pronta? – eu perguntava.

– Há muito tempo – dizia ela com desdém. – Já estou esperando você terminar isso aí que está fazendo há 10 minutos.

– Ah, desculpe – respondia eu. – Deixe-me só ver se estou com as chaves e podemos sair.

– Não me diga que perdeu as chaves...

– Nao, claro que nao – respondia eu, apalpando os bolsos, espantado por não encontrá-las. Então, olhando em volta, completava depressa: – Tenho certeza de que estão por aqui. Eu estava com elas na mão há um minuto.

Ao ouvir isso, minha mulher revirava os olhos.

Nessa noite, porém, peguei a *Time* e fui até o sofá. Terminei de ler algumas matérias enquanto ouvia Jane andando pelo andar de cima, depois deixei a revista de lado. Estava me perguntando o que ela poderia estar com vontade de comer quando o telefone tocou.

Ao ouvir a voz trêmula do outro lado da linha, senti minha animação se evaporar e ser substituída por um medo gelado. Jane desceu quando eu estava desligando.

Ao ver a expressão no meu rosto, ela congelou.

– O que houve? – indagou. – Quem era?

– Era Kate – respondi baixinho. – Ela está a caminho do hospital.

Jane levou a mão à boca.

– Noah – falei.

9

Jane passou o trajeto de carro até o hospital com os olhos marejados de lágrimas. Embora eu normalmente seja um motorista cauteloso, mudei de faixa várias vezes e pisei fundo para ultrapassar o sinal amarelo, sentindo o peso de cada minuto que passava.

Quando chegamos, a cena no pronto-socorro lembrou a primavera, quando Noah tivera o derrame, como se nada houvesse mudado nos últimos quatro meses. O ar recendia a amônia e antisséptico e as luzes frias davam à sala de espera lotada um brilho opaco.

Cadeiras de metal forradas com vinil margeavam as paredes e se estendiam em fileiras pelo meio da sala. A maioria estava ocupada por grupos de duas ou três pessoas que conversavam em voz baixa e uma fila de gente aguardando para preencher formulários ia até o outro lado do balcão da recepção.

A família de Jane estava reunida junto à porta. Kate, pálida e aflita, estava acompanhada do marido, Grayson, que, com seu macacão e suas botas sujas, não negava a profissão de fazendeiro de algodão. Seu rosto anguloso era vincado de rugas. David, irmão mais novo de Jane, estava em pé ao lado deles com o braço em volta da mulher, Lynn.

Ao nos ver, Kate avançou correndo, com lágrimas já escorrendo pelas faces. Ela e Jane se atiraram nos braços uma da outra.

– O que houve? – perguntou minha esposa, com o rosto tenso de medo. – Como ele está?

A voz de Kate saiu embargada.

– Ele levou um tombo perto do lago. Ninguém viu acontecer, mas ele estava praticamente inconsciente quando a enfermeira o encontrou. Ela disse que ele bateu com a cabeça. A ambulância o trouxe para cá faz uns 20 minutos e o Dr. Barnwell está com ele agora. Não sabemos mais nada.

Jane pareceu desabar nos braços da irmã. Nem David nem Grayson conseguiram olhar para as duas. A boca dos dois estava fechada, formando um traço reto. Lynn, de braços cruzados, se balançava nos calcanhares para a frente e para trás.

– Quando poderemos vê-lo?

Kate balançou a cabeça.

– Não sei. As enfermeiras ficam dizendo para aguardarmos o Dr. Barnwell ou alguma outra enfermeira. Acho que eles vão nos avisar.

– Mas ele vai ficar bem, não vai?

Quando Kate não respondeu na hora, Jane deu um arquejo.

– Ele vai ficar bem – afirmou minha esposa.

– Ah, Jane... – Kate fechou os olhos com força. – Eu não sei. Ninguém sabe nada.

As duas passaram alguns instantes ali apenas abraçadas.

– Cadê o Jeff? – perguntou Jane, referindo-se ao irmão que faltava. – Ele vem, não vem?

– Finalmente consegui falar com ele, agora há pouco – disse-lhe David. – Ele vai passar em casa para pegar Debbie, depois vem direto para cá.

David foi se juntar às irmãs e os três se uniram como se estivessem tentando juntar as forças de que sabiam que iriam precisar.

Instantes depois, Jeff e Debbie chegaram. Jeff foi se juntar aos irmãos, que logo lhe deram as notícias mais recentes, e sua expressão abatida passou a exibir o mesmo medo que estava estampado no rosto dos outros três.

À medida que os minutos iam passando, arrastados, nós nos separamos em dois grupos: os filhos de Noah e Allie de um lado e os seus cônjuges de outro. Embora eu ame Noah e seja casado com Jane, aprendi que há momentos em que ela necessita mais dos irmãos que de mim. Eu precisaria estar ao seu lado mais tarde, mas agora não era o momento.

Lynn, Grayson, Debbie e eu já tínhamos passado por aquilo antes – na primavera, quando Noah tivera o derrame; à época da morte de Allie, e quando Noah sofrera um infarto, seis anos antes. Embora o grupo dos irmãos tivesse os seus próprios rituais, que incluíam abraços, rodas de oração e perguntas aflitas repetidas incontáveis vezes, o nosso era mais resignado. Assim como eu, Grayson sempre fora um sujeito discreto. Quando fica nervoso, ele costuma enfiar a mão no bolso e ficar fazendo a chave tilintar. Lynn e Debbie – embora aceitassem que David e Jeff precisam é das irmãs em momentos como este – pareciam perdidas nos momentos de crise, sem saber o que fazer além de ficar fora do caminho e falar baixo. Eu, por minha vez, pegava-me sempre procurando formas práticas de ajudar – era um jeito eficaz de manter minhas emoções sob controle.

Reparei que a fila da recepção tinha diminuído e fui até lá. Instantes depois, a enfermeira ergueu os olhos por trás de uma pilha alta de formulários. Tinha o rosto cansado.

– Posso ajudar?

– Pode, sim – respondi. – Eu queria saber se a senhora por acaso teria mais alguma informação sobre Noah Calhoun. Ele chegou de ambulância cerca de meia hora atrás.

– O médico já veio falar com vocês?

– Não. Mas a família inteira está aqui e todos estão muito abalados.

Balancei a cabeça em direção aos irmãos e vi o olhar da enfermeira seguir a mesma direção que o meu.

– Tenho certeza de que o médico ou uma das enfermeiras já está vindo.

– Entendo. Mas será que a senhora tem algum jeito de descobrir quando poderemos ver nosso pai? Ou se ele vai ficar bem?

Por um momento, fiquei sem saber se ela me ajudaria, mas então, quando tornou a olhar para a família, ouvi-a dar um suspiro.

– Me dê só alguns minutos para processar estes formulários. Depois eu vejo o que consigo descobrir, está bem?

Grayson, com as mãos nos bolsos, veio se juntar a mim diante do balcão.

– Tudo bem?

– Tudo indo – respondi.

Ele balançou a cabeça e mexeu nas chaves.

– Vou me sentar – disse ele após alguns segundos. – Ninguém sabe quanto tempo vamos passar aqui.

Nós nos acomodamos nas cadeiras atrás do grupo de irmãos. Alguns minutos depois, Anna e Keith chegaram. Ela foi se juntar à mãe e aos tios, enquanto seu noivo se sentou ao meu lado. Toda de preto, minha filha já parecia estar chegando de um enterro.

A espera é sempre a pior parte de uma situação como esta, e foi justamente por isso que passei a detestar hospitais. Ainda que nada esteja acontecendo, nossa cabeça vira um redemoinho de imagens cada vez mais sombrias, preparando-nos de forma inconsciente para o pior. Em meio ao silêncio tenso, pude ouvir meu coração bater e senti uma estranha secura na garganta.

Reparei que a enfermeira da recepção não estava mais atrás do balcão e torci para ela ter ido ver como Noah estava. Com o rabo do olho, vi Jane se aproximando. Levantei-me da cadeira e estendi o braço, deixando que se encostasse em mim.

– Odeio esta situação – disse ela.

– Eu sei. Eu também.

Atrás de nós, um jovem casal entrou no pronto-socorro com três crianças aos prantos. Afastamo-nos para deixá-los passar e, quando eles chegaram ao balcão, vi a enfermeira surgir lá de dentro. Ela ergueu um dedo para pedir a eles que aguardassem e veio na nossa direção.

– Ele já está consciente, mas ainda meio grogue – informou ela. – Os sinais vitais estão bons. Provavelmente vamos levá-lo para o quarto daqui a mais ou menos uma hora.

– Quer dizer que ele vai ficar bem?

– Eles não estão planejando levá-lo para a UTI, se é isso que estão querendo saber – disse ela, esquivando-se da pergunta. – É provável que ele tenha que passar alguns dias aqui, em observação.

Um murmúrio coletivo de alívio se seguiu às suas palavras.

– Podemos vê-lo agora? – insistiu Jane.

– Não há espaço para todos vocês lá e o médico acha melhor que ele descanse um pouco. Ele disse que apenas uma pessoa pode entrar agora, contanto que não fique muito tempo.

Parecia evidente que quem deveria ir era Kate ou Jane, mas, antes que qualquer um de nós conseguisse dizer alguma coisa, a enfermeira continuou.

– Quem é Wilson Lewis? – perguntou ela.

– Sou eu – respondi.

– Venha comigo, por favor. Eles estão preparando a medicação intravenosa e seria melhor o senhor vê-lo antes que ele comece a ficar sonolento.

Senti os olhos dos outros se virarem na minha direção. Eu achava que sabia por que ele queria falar comigo, mas ergui as mãos para recusar.

– Eu sei que fui eu que falei com a senhora, mas talvez fosse melhor Jane ou Kate entrar – sugeri. – Elas são filhas dele. Ou mesmo David ou Jeff.

A enfermeira fez que não com a cabeça.

– Ele pediu para ver o senhor. Deixou bem claro que deveria ser o primeiro a entrar.

Embora Jane tenha dado um breve sorriso, vi nele o que achava que os outros também estivessem sentindo. Curiosidade, é claro. E, além disso, surpresa. Mas acho que acima de tudo o que Jane sentiu foi uma espécie de traição sutil, como se ela soubesse exatamente por que seu pai havia me escolhido.

Noah estava deitado na cama com dois tubos inseridos nos braços e presos a um aparelho que reproduzia o ritmo regular de seu coração. Estava com os olhos semicerrados, mas virou a cabeça no travesseiro quando a enfermeira fechou a cortina atrás de nós. Ouvi seus passos enquanto ela se afastava, deixando-nos sozinhos.

Ele parecia pequeno demais para o tamanho da cama e seu rosto estava branco feito papel. Sentei-me em uma cadeira ao seu lado.

– Oi, Noah.

– Oi, Wilson – disse ele com a voz trêmula. – Obrigado por ter vindo.

– Você está bem?

– Poderia estar melhor – disse ele. Então deu um esboço de sorriso. – Mas também poderia estar pior.

Estendi a mão para segurar a sua.

– O que houve?

– Uma raiz – respondeu ele. – Passei por ela milhares de vezes, mas dessa vez ela pulou para cima e agarrou meu pé.

– E você bateu com a cabeça?

– Com a cabeça e com o corpo. Bati com tudo. Despenquei feito um saco de batatas, mas felizmente não quebrei nada. Estou só um pouco tonto. O médico disse que daqui a alguns dias já devo estar de pé. Falei para ele: "Que bom, porque tenho um casamento neste fim de semana ao qual não posso faltar."

– Não se preocupe com isso. Pense apenas em ficar bem.

– Eu vou ficar bem. Ainda não está na minha hora.

– Acho bom.

– E como estão Kate e Jane? Mortas de preocupação, aposto.

– Está todo mundo preocupado. Inclusive eu.

– É, mas você não fica me olhando com aquele olhar de pena nem praticamente chora toda vez que eu balbucio alguma coisa.

– Eu faço isso quando você não está olhando.

Ele sorriu.

– Mas não como elas. Com certeza uma das duas agora vai ficar aqui comigo dia e noite durante os próximos dias, ajeitando minhas cobertas, arrumando minha cama e afofando meus travesseiros. Parecem duas galinhas chocas. Sei que a intenção das duas é boa, mas essa agitação toda me deixa maluco. Da última vez em que estive no hospital, acho que não passei nem um minuto sozinho. Mal podia ir ao banheiro sem que uma delas fosse na frente e ficasse do lado de fora esperando eu terminar.

– Você precisava de ajuda. Não conseguia andar sozinho, lembra?

– Mesmo assim, um homem precisa manter a dignidade.

Apertei sua mão.

– Você vai ser sempre o homem mais digno que eu já conheci.

Noah sustentou meu olhar e sua expressão se suavizou.

– Assim que me virem elas não vão mais sair de perto de mim, você sabe. Cheias de dedos para lá e para cá, como sempre. – Ele sorriu, maroto. – Quem sabe eu me divirta um pouco à custa delas.

– Não exagere, Noah. Elas só estão fazendo isso porque amam você.

– Eu sei. Mas não precisam me tratar feito criança.

– Não vão tratar.

– Vão, sim. Então, quando esse momento chegar, você poderia, por favor, dizer a elas que acha que eu preciso descansar um pouco? Se eu falar que estou ficando cansado, elas vão se preocupar ainda mais.

Sorri.

– Pode deixar comigo.

Ficamos sentados por alguns instantes sem dizer nada. O monitor cardíaco emitia bipes regulares e sua monotonia era tranquilizadora.

– Você sabe por que pedi para ver você, em vez de um dos meus filhos? – indagou ele.

Sem querer, assenti.

– Quer que eu vá a Creekside, não é? Para dar comida ao cisne, como fiz na primavera passada.

– Você se importaria?

– Nem um pouco. Ficaria feliz em ajudar.

Ele fez uma pausa e sua expressão cansada era de súplica.

– Você sabe que eu não poderia lhe pedir isso na frente dos outros. Eles ficam chateados só de ouvir falar nesse assunto. Acham que isso significa que eu estou perdendo a razão.

– Eu sei.

– Mas você sabe que não, Wilson, não sabe?

– Sei, sim.

– Porque você também acredita. Ela estava lá quando eu acordei, sabia? Estava em pé ao meu lado para se certificar de que eu estava bem e a enfermeira teve de enxotá-la. Ela passou o tempo todo comigo.

Eu sabia o que ele queria que eu dissesse, mas não pude encontrar as palavras. Em vez disso, sorri.

– Pão de forma – falei. – Quatro fatias de manhã e três à tarde, não é isso?

Noah apertou minha mão, forçando-me a olhar para ele outra vez.

– Você acredita em mim, não é, Wilson?

Fiquei calado. Como Noah me entendia melhor do que ninguém, eu sabia que não podia mentir para ele.

– Não sei – respondi, por fim.

Pude ver a decepção em seus olhos quando ele ouviu minha resposta.

Uma hora depois, Noah foi transferido para um quarto no segundo andar e sua família finalmente pôde vê-lo.

Jane e Kate entraram balbuciando "Ah, papai" em uníssono. Lynn e Debbie foram as próximas, enquanto David e Jeff se dirigiram ao outro lado do leito. Grayson ficou parado ao pé da cama e eu me mantive afastado.

Como Noah tinha previsto, todos começaram a se agitar à sua volta. Seguraram sua mão, ajeitaram suas cobertas, levantaram a cabeceira da cama. Examinaram-no, tocaram-no, admiraram-no, deram-lhe abraços e beijos. Todos eles cheios de preocupação e cobrindo-o de perguntas.

Jeff foi o primeiro a falar.

– Tem certeza de que está bem? O médico disse que foi um tombo feio.

– Estou bem. Fiquei com um galo na cabeça, mas fora isso sinto só um pouco de cansaço.

– Quase morri de medo – declarou Jane. – Mas estou tão feliz por você estar bem...

– Eu também – entoou David.

– Você não deveria ter tentado voltar sozinho se estava tonto – ralhou Kate. – Da próxima vez, espere alguém ir buscá-lo. Eles sempre acabam encontrando-o.

– Eles me encontraram, de qualquer modo – disse Noah.

Jane levou a mão atrás da cabeça do pai e afofou seus travesseiros.

– Você não ficou lá por tanto tempo assim, ficou? Detesto pensar que ninguém o viu na hora.

Noah fez que não com a cabeça.

– Acho que não passou de umas duas horas.

– Duas horas! – exclamaram Kate e Jane ao mesmo tempo. Elas ficaram petrificadas e trocaram olhares horrorizados.

– Talvez um pouco mais. É difícil dizer, porque as nuvens estavam escondendo o sol.

– Mais de duas horas? – repetiu Jane. Seus punhos estavam cerrados.

– E fiquei molhado, também. Acho que devo ter pegado chuva. Ou vai ver foram os regadores automáticos.

– Você poderia ter morrido lá! – exclamou Kate.

– Ah, não foi tão ruim assim. Um pouco de água nunca fez mal a ninguém. A pior parte foi o guaxinim, quando eu enfim acordei. Do jeito que ele me encarava, pensei que estivesse com raiva. Aí ele avançou em mim.

– Você foi atacado por um guaxinim? – Jane parecia prestes a desmaiar.

– Não exatamente. Eu o enxotei antes que ele conseguisse me morder.

– Ele tentou morder você? – gritou Kate.

– Ah, não foi nada sério. Não é a primeira vez que eu espanto um guaxinim.

Kate e Jane se encararam, chocadas, então se viraram para os irmãos. Um silêncio consternado tomou conta do quarto até Noah finalmente abrir um sorriso. Ele apontou o dedo para as filhas e deu uma piscadinha para elas.

– Peguei vocês.

Levei uma das mãos à boca para tentar reprimir uma risadinha. Mais para o lado, pude ver que Anna também se controlava para não rir.

– Não brinque assim conosco! – disparou Kate, dando um tapa na beira da cama.

– É, papai, não foi legal – acrescentou Jane.

Os olhos de Noah se franziram enquanto ele achava graça.

– Não resisti. Foram vocês que pediram. Mas, só para ficarem tranquilas, eles levaram poucos minutos para me ver. E eu estou bem. Ofereci-me para vir dirigindo até o hospital, mas eles me obrigaram a vir na ambulância.

– Você não pode dirigir. Sua habilitação não é mais válida.

– O que não quer dizer que eu tenha esquecido como se faz. E o carro continua lá no estacionamento.

Embora nenhuma das duas tivesse dito nada, pude ver que Jane e Kate já estavam planejando confiscar a chave do automóvel do pai.

Jeff pigarreou antes de falar.

– Eu estava pensando em, quem sabe, comprar para você um daqueles alarmes de pulso. Assim, se acontecer alguma coisa, você pode chamar ajuda na hora.

– Não preciso disso. Eu tropecei em uma raiz, só isso. Não teria tido tempo de apertar o botão antes de cair. E, quando acordei, a enfermeira já estava ao meu lado.

– Vou falar com o diretor – disse David. – Se ele não resolver essa história de raiz, eu mesmo vou lá e corto.

– Eu ajudo – interveio Grayson.

– Não é culpa dele se eu fiquei desajeitado por causa da idade. Daqui a um ou dois dias já vou estar de pé e no fim de semana vou estar novinho em folha.

– Não se preocupe com isso – disse Anna. – O importante é você ficar bom, tá?

– E nada de estripulias – falou Kate. – Ficamos preocupados com você.

– Totalmente apavorados – completou Jane.

Cocoricó. Sorri comigo mesmo. Noah tinha razão: elas pareciam umas galinhas chocas.

– Eu vou ficar bem – insistiu ele. – E nada de cancelar o casamento por minha causa. Estou ansioso para ir e não quero que achem que um galo na cabeça pode me impedir.

– Isso não tem importância neste momento – disse Jeff.

– Ele tem razão, vovô – disse Anna.

– E nada de adiar, também – completou Noah.

– Não fale assim, pai – pediu Kate. – Você vai continuar aqui pelo tempo que for preciso para ficar bom.

– Eu vou ficar bem. Só quero que me prometam que o casamento continua de pé. Estou muito animado com ele.

– Deixe de ser teimoso – suplicou Jane.

– Quantas vezes vou ter que repetir? Esse casamento é importante para mim. Não é todo dia que temos algo assim por aqui. – Vendo que não iria conseguir nenhum resultado com as filhas, ele recorreu à neta. – Você entende o que estou querendo dizer, não entende, Anna?

Ela hesitou. Em meio ao silêncio, seus olhos se voltaram para mim antes de tornarem a encarar Noah.

– É claro que entendo, vovô.

– Então vai manter os planos, não é?

Ela estendeu a mão de forma automática para segurar a de Keith.

– Se é isso que você quer... – respondeu ela, apenas.

Noah sorriu, visivelmente aliviado.

– Obrigado – sussurrou.

Jane ajeitou sua coberta.

– Bom, nesse caso você vai ter que se comportar durante a semana – disse ela. – E vai ter que tomar mais cuidado daqui em diante.

– Não se preocupe, papai – prometeu David. – Quando você voltar para Creekside a tal raiz já vai ter sumido.

O assunto passou a ser a maneira como ele tinha levado o tombo e de repente percebi o que havia sido mantido de fora da conversa até então. Notei que ninguém queria mencionar o motivo de Noah estar na beira do lago, para começar.

Mas, pensando bem, nenhum deles nunca queria falar sobre o cisne.

⚜

Noah tinha me contado sobre o cisne cinco anos antes. Fazia um mês que Allie morrera e ele parecia estar envelhecendo a um ritmo acelerado. Quase nunca saía do quarto, nem mesmo para ler poesia para os outros moradores. Em vez disso, ficava sentado diante de sua escrivaninha, lendo as cartas que ele e Allie trocaram ao longo dos anos ou folheando seu exemplar de *Folhas de relva.*

É claro que fizemos o possível para tentar tirá-lo do quarto e acho irônico o fato de que o primeiro a levá-lo até o banco à margem do lago tenha sido eu. Foi nessa manhã que vimos o cisne pela primeira vez.

Não posso dizer que sabia o que Noah estava pensando, e ele na época não deu mostra de ter visto naquela ave algum significado especial. Lembro-me, isso sim, de que o cisne veio nadando na nossa direção como se estivesse à procura de algo para comer.

– Eu deveria ter trazido um pouco de pão – observou Noah.

– Podemos trazer da próxima vez – concordei, sem pensar muito.

Dois dias depois, quando fui visitá-lo, fiquei surpreso ao não encontrá-lo no quarto. A enfermeira me disse onde ele estava. Encontrei-o sentado no banco junto ao lago. Ao seu lado havia uma fatia de pão de forma, apenas uma. Quando me aproximei, o cisne pareceu me observar, mas mesmo assim não demonstrou medo algum.

– Parece que você fez um amigo – comentei.

– É mesmo – disse ele.

– Pão de forma? – estranhei.

– É do que ela mais parece gostar.

– Como você sabe que é uma fêmea?

Noah sorriu.

– Eu sei e pronto – respondeu ele, e foi assim que começou.

Desde então, ele alimentava o cisne com regularidade e nunca deixava de ir à beira do lago, não importava o clima que estivesse fazendo. Já ficou sentado debaixo de chuva e sob o calor escaldante e, com o decorrer dos anos, começou a passar cada vez mais tempo no banco, observando o cisne e sussurrando para ele. Agora era capaz de passar dias inteiros sem se levantar dali.

Alguns meses depois de seu primeiro encontro com a ave, perguntei-lhe por que ele passava tanto tempo no lago. Imaginei que o considerasse um lugar tranquilo ou que gostasse de falar com alguém – ou algo – sem esperar resposta.

– Eu venho porque ela quer que eu venha.

– O cisne?

– Não – disse ele. – Allie.

Minha barriga se contraiu ao ouvi-lo pronunciar o nome da mulher, mas eu não entendi o que ele estava querendo dizer.

– Allie quer que você dê comida ao cisne?

– Sim.

– Como você sabe?

Com um suspiro, ele ergueu os olhos para mim.

– É ela – falou.

– Quem?

– O cisne – disse ele.

Balancei a cabeça, em dúvida.

– Não entendi muito bem o que você está tentando dizer.

– Allie – repetiu ele. – Ela encontrou um jeito de voltar para mim, como prometeu que faria. Tudo o que tive de fazer foi encontrá-la.

É isso que os médicos querem dizer quando afirmam que Noah está tendo alucinações.

⚜

Ainda ficamos mais meia hora no hospital. O Dr. Barnwell prometeu nos telefonar para dar notícias depois de sua ronda na manhã seguinte. Ele era próximo da nossa família e cuidava de Noah como se ele fosse seu pai. Confiávamos cegamente nele. Conforme eu havia prometido, disse aos outros que Noah parecia estar ficando cansado e que talvez fosse melhor deixá-lo repousar. Ao sair, combinamos de ir visitá-lo em turnos, depois trocamos abraços e beijos no estacionamento. Instantes depois, Jane e eu estávamos sozinhos, vendo os familiares irem embora.

Pude ver o cansaço no olhar perdido e na postura curvada de Jane, e eu próprio me senti exausto.

– Você está bem? – perguntei.

– Acho que sim. – Ela deu um suspiro. – Sei que ele está com uma aparência boa, mas parece que não entende que tem quase 90 anos. Não pode ficar saracoteando para lá e para cá tão depressa quanto pensa. – Ela fechou os olhos por alguns instantes e imaginei que também estivesse preocupada com os preparativos do casamento.

– Você não está pensando em pedir que Anna adie o casamento, está? Depois do que Noah disse?

Jane fez que não com a cabeça.

– Eu bem que teria tentado, mas ele foi tão firme... Só espero que não esteja insistindo porque sabe que...

Ela deixou a frase no ar por um instante, mas eu sabia exatamente o que ela iria dizer.

– Porque sabe que não tem muito tempo – prosseguiu ela. – E que esse será o seu último grande evento, entende?

– Ele não acha isso. Ainda tem alguns anos pela frente.

– Você diz isso com tanta certeza...

– É porque eu tenho certeza. Para a idade que tem, ele na verdade está muito bem. Principalmente em comparação com outros moradores de Creekside que têm a mesma idade. Tem gente lá que mal sai do quarto e passa o tempo inteiro vendo televisão.

– É, mas em compensação tudo o que ele faz é ir ao lago visitar aquele cisne idiota. Como se isso fosse melhor.

– Visitar o cisne o deixa feliz – comentei.

– Mas é errado – disse ela com veemência. – Será que você não entende? Mamãe morreu. Aquele cisne não tem nada a ver com ela.

Eu não soube o que responder, então fiquei calado.

– Pense bem, é uma loucura – continuou ela. – Dar comida ao cisne é uma coisa. Mas pensar que o espírito da mamãe de alguma forma voltou não faz nenhum sentido. – Ela cruzou os braços. – Eu já o ouvi falar com o cisne, sabia? Quando fui visitá-lo. Ele conversa com aquela ave normalmente, como se acreditasse mesmo que ela consegue entender o que ele diz. Kate e David também já o pegaram fazendo isso. E eu sei que você já ouviu.

Ela fixou em mim um olhar acusador.

– É – admiti. – Eu já ouvi, sim.

– E isso não o incomoda?

Passei o peso de um pé para o outro.

– Eu acho que neste momento Noah precisa acreditar que algo assim seja possível – falei, com cuidado.

– Mas por quê?

– Porque ele a ama. E sente saudade dela.

Vi o queixo de Jane tremer quando ela escutou minhas palavras.

– Eu também sinto – disse ela.

No entanto, assim que ela pronunciou essas palavras, nós dois entendemos que não era a mesma coisa.

⚜

Apesar do cansaço, não conseguimos encarar a possibilidade de ir direto para casa depois daquela provação no hospital. Quando Jane declarou de repente que estava "faminta", resolvemos parar no Chelsea para um jantar tardio.

Mesmo antes de entrarmos, pude ouvir o som do piano de John Peterson lá dentro. De volta à cidade por algum tempo, ele tocava no restaurante todos os fins de semana. Durante a semana, porém, às vezes aparecia de surpresa. Essa era uma dessas noites: as mesas ao redor do piano estavam lotadas e o bar, entupido de gente.

Ficamos com um lugar no segundo andar, longe do piano e da multidão, onde só havia algumas outras mesas ocupadas. Jane me surpreendeu ao pedir uma segunda taça de vinho junto com o prato principal e isso pareceu aliviar um pouco a tensão das últimas horas.

– O que o papai falou quando vocês dois ficaram sozinhos? – indagou ela, retirando com cuidado uma espinha do peixe.

– Nada de mais – respondi. – Eu perguntei como ele estava e o que tinha acontecido. Ele disse quase a mesma coisa que vocês escutaram depois.

Ela levantou uma das sobrancelhas.

– Quase a mesma coisa? O que mais ele disse?

– Você quer mesmo saber?

Ela pousou os talheres na mesa.

– Ele pediu de novo para você dar comida ao cisne, não foi?

– Foi.

– E você vai dar?

– Vou – respondi. No entanto, ao ver sua expressão, emendei depressa: – Mas, antes de ficar brava, lembre-se de que não vou fazer isso por achar que o cisne é Allie, e sim porque ele pediu e porque não quero que o cisne morra de fome. Ele provavelmente já nem sabe mais procurar comida sozinho.

Ela me olhou com uma expressão cética.

– Mamãe odiava pão de forma, sabia? Ela jamais teria comido algo assim. Gostava de fazer o próprio pão.

Por sorte, o garçom chegou e me salvou de ter que continuar falando sobre esse assunto. Quando ele indagou se nossos pratos estavam bons, Jane de repente quis saber se eles faziam parte do cardápio do bufê.

Ao ouvir a pergunta, o semblante do homem se iluminou com uma expressão de reconhecimento.

– São vocês que vão fazer o casamento? – disse ele. – No antigo casarão dos Calhoun? Neste fim de semana?

– Sim, somos nós mesmos – respondeu Jane, radiante.

– Bem que eu achei que fossem. Acho que metade da nossa equipe vai trabalhar nessa festa. – Ele sorriu. – Bom, foi um prazer conhecê-los. Quando eu voltar com as suas bebidas, trago o cardápio completo do bufê.

Assim que ele se afastou, Jane se inclinou por cima da mesa.

– Acho que isso responde a uma das minhas questões: sobre a qualidade do serviço.

– Eu disse para você não se preocupar.

Ela tomou o restante do vinho.

– Será que eles vão armar uma tenda? Já que vamos comer no jardim?

– Por que não usamos a casa? – sugeri. – Eu já vou estar lá de qualquer maneira para receber os jardineiros, então por que não contratamos umas faxineiras para aprontar a parte de dentro? Ainda temos alguns dias... tenho certeza de que consigo alguém.

– Acho que podemos tentar – disse ela devagar, e eu soube que estava pensando na última vez em que havia entrado no casarão. – Mas você sabe que aquilo lá deve estar uma poeira só. Acho que faz anos que não passa por uma boa limpeza.

– É verdade, mas é só uma faxina. Vou dar uns telefonemas e ver o que consigo – insisti.

– Você não para de dizer isso.

– É que as coisas para fazer nunca acabam – retruquei, e então ela riu, bem-humorada. Pela janela acima do seu ombro, pude ver meu escritório e reparei que a luz da janela de Saxon estava acesa. Com certeza ele tinha ficado lá cuidando de algum assunto urgente, já que raramente permanecia depois do expediente. Jane viu para onde eu olhava.

– Já está com saudades do trabalho? – indagou ela.

– Não – respondi. – É bom tirar uma folguinha.

Ela me observou com atenção.

– Você acha mesmo isso?

– É claro. – Dei um puxão na minha camisa polo. – É bom não ter que usar terno a semana inteira.

– Aposto que você já esqueceu como é isso, não? Há quanto tempo não tira férias longas? Uns oito anos?

– Não faz tanto tempo assim.

Ela pensou por alguns instantes, então balançou a cabeça.

– Você tirou uns diazinhos aqui e ali, mas a última vez que parou de trabalhar por uma semana completa foi em 1995. Não se lembra? Quando levamos os meninos à Flórida? Foi logo depois que Joseph terminou o ensino médio.

Percebi que ela estava certa, mas o que antes eu considerava uma virtude agora me parecia um defeito.

– Sinto muito – falei.

– Por quê?

– Por não ter tirado mais férias. Não foi justo com você nem com nossos filhos. Eu deveria ter tentado fazer mais coisas com vocês.

– Tudo bem – disse ela, balançando o garfo no ar. – Não tem importância.

– Tem, sim – insisti. Embora Jane já estivesse acostumada havia muito tempo com a minha dedicação ao trabalho e agora a aceitasse como parte do meu temperamento, eu sabia que isso sempre fora um assunto delicado para ela. Ciente de que estava atenta ao que eu falava, continuei. – Essa questão sempre foi um problema. Mas não é só por causa disso que eu sinto muito. Sinto muito por tudo. Por ter deixado minha vida profissional interferir em todas as outras coisas que perdi quando as crianças eram pequenas. Como algumas festas de aniversário, por exemplo. Nem lembro a quantas não fui por causa de reuniões que duraram até tarde e que me recusei a remarcar. E todas as outras coisas também... as partidas de vôlei, as corridas, os recitais de piano, as peças da escola... Acho incrível os meninos terem me perdoado e mais incrível ainda eles parecerem gostar de mim.

Ela balançou a cabeça, concordando, mas não disse nada. Na verdade, porém, não havia nada que pudesse dizer. Respirei fundo e prossegui:

– Também sei que nem sempre fui o melhor dos maridos – falei, baixinho. – Às vezes me pergunto por que você me aturou tanto.

Ao ouvir isso, ela levantou as sobrancelhas.

– Sei que você passou muitas noites e muitos fins de semana sozinha, e que eu deixei nas suas costas toda a responsabilidade pela criação dos nossos filhos. Não foi justo. E, mesmo quando você me dizia que o que mais queria era passar algum tempo comigo, eu não ouvia. Como no seu aniversário de 30 anos. – Fiz uma pausa, deixando minhas palavras surtirem efeito. Do outro lado da mesa, vi um clarão atravessar os olhos de Jane quando ela se lembrou. Aquele era um dos muitos erros que eu havia cometido no passado e que tentara esquecer.

O que ela tinha me pedido nesse dia fora muito simples: sobrecarregada com as obrigações recentes da maternidade, ela queria se sentir mulher outra vez, pelo menos por uma noite, e dera várias indiretas sobre o que uma noite romântica assim poderia incluir: roupas de presente dispostas sobre a cama para ela, flores, uma limusine para nos levar até um restaurante silencioso, uma mesa com uma bela vista, uma conversa tranquila sem a preocupação de voltar para casa correndo. Mesmo na época, eu sabia que isso era importante para ela e lembro que tomei notas para fazer tudo o que ela queria. No entanto, fiquei tão atarefado com alguns procedimentos complexos relacionados com um inventário que o dia do aniversário chegou antes que eu pudesse tomar todas as providências. Em vez disso, na última hora, pedi para minha secretária escolher uma elegante pulseira de diamantes e, a caminho de casa, convenci-me de que, como a joia tinha custado caro, Jane iria considerá-la igualmente especial. Quando ela abriu o presente, prometi que faria tudo para passarmos uma noite incrível juntos, uma ainda melhor que a que ela havia imaginado. No final das contas, essa foi apenas mais uma em uma longa sequência de promessas que acabei não cumprindo e, em retrospecto, pensando bem, acho que Jane já sabia, assim que eu as fazia, que eu iria quebrá-las.

Sentindo o peso das oportunidades perdidas, calei-me. Em silêncio, esfreguei a testa. Empurrei o prato de lado e, enquanto o passado desfilava depressa pela minha mente como uma série de lembranças desanimadoras, senti o olhar de Jane pousado em mim. No entanto, para minha surpresa, ela estendeu a mão por cima da mesa e segurou a minha.

– Wilson? Está tudo bem? – Sua voz tinha um quê de preocupação carinhosa que eu quase não reconheci.

Assenti.

– Está.

– Posso fazer uma pergunta?

– Claro.

– Por que todos esses arrependimentos hoje? Foi alguma coisa que o papai disse?

– Não.

– Então o que fez você pensar nisso tudo?

– Não sei... Talvez seja o casamento. – Dei um meio sorriso. – Mas eu tenho pensado muito nesses assuntos ultimamente.

– Isso não é muito do seu feitio.

– Não, não é – reconheci. – Mas é verdade.

Jane inclinou a cabeça.

– Eu também não fui perfeita, você sabe disso.

– Mas chegou muito mais perto do que eu.

– Tem razão – concordou ela, dando de ombros.

Não pude reprimir uma risada e senti a tensão diminuir um pouco.

– E sim, você trabalhou bastante – continuou ela. – Provavelmente demais. Mas eu sempre soube que fazia isso porque queria sustentar a família. Essa atitude teve muito valor, porque permitiu que eu ficasse em casa e criasse nossos filhos, o que sempre foi importante para mim.

Sorri ao ouvir essas palavras e o tom de perdão que havia nelas. Eu era um homem de sorte, pensei, e inclinei-me por cima da mesa.

– Sabe no que mais eu tenho pensado? – perguntei.

– Ah, tem mais?

– Tenho tentado entender o que fez você se casar comigo.

A expressão dela se suavizou.

– Não seja tão duro consigo mesmo. Eu não teria me casado com você se não quisesse.

– E por que você quis?

– Porque eu amava você.

– Mas por quê?

– Por vários motivos.

– Por exemplo...?

– Você quer detalhes?

– Por favor. Acabei de revelar os meus segredos.

Minha insistência a fez sorrir.

– Tudo bem. Por que me casei com você... Bom, você era sincero, trabalhador, gentil. Era educado e paciente, e mais maduro do que todos os outros rapazes com quem eu tinha saído. E me ouvia de um jeito que fazia com que eu me sentisse a única mulher do mundo. Eu me sentia completa com você e estarmos juntos simplesmente parecia *a coisa certa*.

Ela hesitou por alguns instantes.

– Mas o importante não eram só meus sentimentos. Quanto mais eu o conhecia, mais tinha certeza de que você faria o que fosse preciso para sustentar uma família. Isso era importante para mim. Você tem que entender que, na época, muitas pessoas da nossa idade queriam mudar o mundo. Ainda que isso tenha seu valor, eu desejava uma vida mais tradicional. Queria uma família como a dos meus pais e pretendia me concentrar no meu cantinho do mundo. Queria alguém que desejasse uma mulher que fosse esposa e mãe, que respeitasse a minha escolha.

– E eu respeitei?

– Quase sempre.

Dei uma risada.

– Estou vendo que você não mencionou minha beleza estonteante nem minha personalidade irresistível.

– Você queria a verdade, não é? – brincou ela.

Tornei a rir e ela apertou minha mão.

– Estou brincando. Na época, eu adorava sua aparência pela manhã, logo depois de vestir o terno. Alto, elegante, um jovem ambicioso de saída para garantir nosso sustento. Achava você muito atraente.

As palavras de Jane me aqueceram o coração. Durante a hora seguinte – enquanto examinávamos o cardápio do bufê tomando café e ouvindo a música que vinha do andar de baixo –, reparei nos olhos dela pousados de vez em quando no meu rosto de um jeito que me parecia quase desconhecido. Fiquei até tonto. Talvez ela estivesse recordando os motivos que a tinham levado a se casar comigo. E, embora eu não pudesse ter certeza, sua expressão ao olhar para mim me fez acreditar que, de vez em quando, ela ainda era feliz por ter tomado essa decisão.

10

Na terça-feira de manhã, acordei antes de o sol raiar e saí da cama fazendo o possível para não acordar Jane. Depois que me vesti, saí de casa pela porta da frente. O céu ainda estava escuro. Nem mesmo os passarinhos haviam acordado, mas a temperatura era amena e o asfalto estava molhado por causa de uma chuva rápida na noite anterior. Eu já podia sentir os primeiros indícios da umidade do dia que estava por vir e fiquei satisfeito por ter saído cedo.

Comecei a caminhar em ritmo lento, depois fui andando mais rápido à medida que meu corpo se aquecia. Ao longo do ano anterior, passara a gostar dessas caminhadas mais do que poderia imaginar. No início, havia pensado que pararia de me exercitar tanto assim que perdesse o peso que queria, mas em vez disso, até aumentei um pouco a distância que percorria e fazia questão de anotar o horário de início e o de término.

Passara a ansiar pelo silêncio daquelas manhãs, quando havia poucos carros na rua e meus sentidos pareciam mais aguçados. Podia ouvir minha respiração, sentir a pressão de meus pés avançando pelo asfalto, observar a aurora que despontava – no início uma tênue luz no horizonte, um brilho alaranjado acima da copa das árvores, depois o azul-claro que aos poucos ia substituindo o azul-escuro. Mesmo nas manhãs nubladas eu me surpreendia desejando esse momento e me perguntava por que nunca tinha feito isso antes.

Minhas caminhadas em geral duravam 45 minutos e, mais para o final, eu diminuía o passo a fim de recuperar o fôlego. Minha testa ficava coberta por uma leve camada de suor, mas era uma sensação agradável. Quando notei que a luz da cozinha já estava acesa, entrei no acesso que conduzia à minha casa com um sorriso ansioso.

Assim que passei pela porta da frente, senti um cheiro de bacon vindo da cozinha, um aroma que me fez recordar nossa vida de antes. Quando as crianças moravam conosco, Jane em geral preparava o café da manhã para a família toda, mas, nos últimos anos, nossos horários diferentes tinham posto fim a esse hábito. Mais uma mudança que, de alguma forma, havia tomado conta do nosso relacionamento.

Jane apareceu na porta enquanto eu atravessava a sala de estar. Já tinha se vestido e estava usando um avental.

– Como foi a caminhada? – perguntou.

– Ótima – respondi. – Bem, ao menos para um coroa. – Entrei na cozinha. – Você acordou cedo.

– Ouvi você sair do quarto e, como sabia que não conseguiria mais dormir, resolvi acordar – disse ela. – Quer um café?

– Acho que primeiro preciso beber água – falei. – O que tem para o café?

– Ovos com bacon – informou ela, estendendo a mão para pegar um copo. – Espero que esteja com fome. Mesmo tendo jantado bem tarde ontem, eu acordei com fome. – Ela encheu o copo com água e me entregou. – Deve ser porque estou nervosa – falou, sorrindo.

Ao pegar o copo, senti seus dedos roçarem nos meus. Talvez tenha sido só minha imaginação, mas seu olhar pareceu se demorar em mim um pouco mais que o normal.

– Deixe-me só tomar uma ducha e trocar de roupa – pedi. – Quanto falta para a comida ficar pronta?

– Você tem alguns minutos – disse ela. – Vou começar a fazer as torradas.

Quando tornei a descer, Jane já estava pondo a mesa. Sentei-me ao seu lado.

– Estava pensando se devo ou não ir a Greensboro hoje – ponderou ela.

– E?

– Vai depender do que o Dr. Barnwell disser quando ligar. Se ele achar que o papai está evoluindo bem, talvez eu vá. Quer dizer, isso se não encontrarmos nenhum vestido em Raleigh. Senão, deixo para ir amanhã. Mas levo o celular, para o caso de haver alguma emergência.

Mordi um pedaço de bacon.

– Não acho que vá precisar. Se ele tivesse piorado, o Dr. Barnwell já teria ligado. Você sabe como ele gosta de Noah.

– Ainda assim, vou esperar para falar com ele.

– Claro. E quando o horário de visita do hospital começar vou lá para vê-lo.

– Ele vai estar de mau humor, você sabe. Papai detesta hospitais.

– E quem não detesta? Tirando quem vai dar à luz, não consigo imaginar alguém que goste.

Ela passou manteiga na torrada.

– O que está pensando em fazer com relação à casa? Acha mesmo que vai ter lugar para todo mundo?

Assenti.

– Se tirarmos os móveis, deve sobrar bastante espaço. Pensei que poderíamos pôr tudo no celeiro por alguns dias.

– E você vai contratar alguém para isso?

– Se precisar, sim. Mas não acho que será necessário. O paisagista vai mandar uma equipe bem grande. Tenho certeza de que ele não vai se importar se alguns funcionários tirarem alguns minutos para me ajudar.

– A casa vai ficar meio vazia, você não acha?

– Não depois que pusermos as mesas lá dentro. Eu estava pensando em montarmos o bufê perto das janelas e deixarmos uma área livre para a pista de dança bem em frente à lareira.

– Pista de dança? Não planejamos nada de música.

– Na verdade, isso estava na minha agenda para hoje. Isso, organizar a faxina e deixar o cardápio no Chelsea, claro.

Ela inclinou a cabeça para me examinar.

– Parece que você pensou bastante no assunto.

– O que acha que fiquei fazendo hoje de manhã enquanto caminhava?

– Arquejando. Resfolegando. O de sempre.

Eu ri.

– Olhe aqui, eu estou ficando em ótima forma, viu? Hoje até ultrapassei outra pessoa.

– Aquele mesmo velhinho de andador?

– Ha, ha, ha – respondi, mas estava gostando daquele seu bom humor. Perguntei-me se teria algo a ver com a maneira como ela havia olhado para mim na noite anterior. Qualquer que fosse o motivo, eu sabia que não tinha sido apenas minha imaginação. – A propósito, obrigado por ter preparado o café.

– Era o mínimo que eu podia fazer. Levando em conta toda a ajuda que você tem me dado nesta semana. E você fez o jantar *duas* vezes.

– É, eu tenho sido mesmo um santo – concordei.

Ela riu.

– Eu não chegaria a tanto.

– Ah, não?

– Não. Mas sem você eu agora já estaria maluca.

– Maluca e faminta.

Jane sorriu.

– Preciso da sua opinião – disse ela. – O que acha de um vestido sem mangas no casamento? Com a cintura marcada e uma cauda média?

Levei a mão ao queixo para pensar no assunto.

– Parece uma boa ideia – falei. – Mas não sei, acho que eu ficaria melhor de smoking.

Ela me lançou um olhar de irritação e ergui as mãos para fingir inocência.

– Ah, para *Anna* – falei. Então, imitando o que Noah tinha dito, concluí: – Tenho certeza de que, não importa o que ela vista, vai ficar linda.

– Mas você não tem nenhuma preferência?

– Não sei nem o que significa cintura marcada.

Ela deu um suspiro.

– Homens...

– Eu sei – retruquei, imitando seu suspiro. – É incrível como conseguimos viver em sociedade.

O Dr. Barnwell ligou pouco depois das oito da manhã. Noah estava passando bem e os médicos planejavam lhe dar alta nesse mesmo dia, no máximo no dia seguinte. Respirei aliviado e passei o telefone para Jane. Ela o ouviu repetir as mesmas informações. Assim que desligou, telefonou para o hospital e falou com Noah, que a incentivou a ir com Anna a Greensboro.

– Então é melhor eu fazer a mala – disse ela, desligando.

– Sim, também acho – concordei.

– Tomara que encontremos um vestido hoje.

– Mesmo que não encontrem, aproveite o dia com as meninas. Isso só acontece uma vez na vida.

– Ainda temos mais dois filhos para casar – lembrou ela, feliz. – Isso é só o começo!

Sorri.

– Tomara que sim.

Uma hora depois, Keith deixou Anna em nossa casa com uma pequena mala na mão. Jane ainda estava no andar de cima arrumando suas coisas e, quando abri a porta da frente, nossa filha estava subindo a rampa de acesso. Para variar, estava toda vestida de preto.

– Oi, pai – disse ela.

Saí para a varanda.

– Oi, querida. Tudo bem?

Ela pôs a mala no chão, aproximou-se e me deu um abraço.

– Tudo – respondeu ela. – Na verdade, estou achando tudo isso bem divertido. No começo estava indecisa, mas até agora tem sido ótimo. E mamãe está adorando. Você precisava ver. Há tempos eu não a via tão animada.

– Que bom – falei.

Anna sorriu e fiquei impressionado ao constatar como ela estava crescida. Parecia que pouco tempo antes ainda era uma garotinha. Como o tempo havia passado tão depressa?

– Mal posso esperar pelo fim de semana – sussurrou ela.

– Eu também não.

– Vai dar tempo de arrumar tudo lá na casa?

Assenti.

Ela espiou porta adentro. Ao ver a expressão em seu rosto, soube o que ela iria dizer.

– Como estão as coisas entre você e mamãe?

A primeira vez que ela me fez essa pergunta foi alguns meses depois de Leslie sair de casa. No último ano, perguntava com mais frequência, embora nunca na frente de Jane. Eu no início ficava atônito, mas nos últimos tempos passara a esperar que ela abordasse o assunto.

– Bem – respondi.

Essa, aliás, era a resposta que eu invariavelmente dava, apesar de saber que Anna nem sempre acreditava em mim.

Dessa vez, porém, ela examinou meu rosto com atenção antes de se aproximar e me surpreender com outro abraço. Apertou minhas costas com força.

– Eu te amo, papai – sussurrou ela. – Acho você o máximo.

– Também te amo, querida.

– Mamãe tem muita sorte – completou ela. – Nunca se esqueça disso.

⚜

– Bom – disse Jane quando estávamos os dois em pé na entrada de veículos de casa. – Acho que é isso.

Anna já estava esperando no carro.

– Você vai ligar, não é? Se acontecer *qualquer coisa*?

– Prometo – falei. – E diga a Leslie que eu mandei um beijo.

Quando abri a porta do carro para ela, senti o calor do dia. O ar estava espesso, pesado, e fazia as casas mais acima na rua parecerem envoltas em uma espécie de névoa.

– Divirta-se – falei, já sentindo saudades dela.

Jane assentiu e deu um passo em direção à porta aberta. Ao olhar para ela, soube que minha mulher ainda era capaz de chamar a atenção de qualquer homem. Como era possível eu ter chegado à meia-idade enquanto o tempo poupara Jane? Eu não sabia e não ligava, e, antes que eu conseguisse detê-las, as palavras já tinham saído da minha boca:

– Você está linda – murmurei.

Ela se virou para mim com uma expressão de leve surpresa. Ao ver seu rosto, soube que Jane estava tentando se certificar de que tinha escutado direito. Eu poderia ter esperado sua reação, mas em vez disso fiz o que já tinha sido tão natural para mim quanto o ato de respirar. Cheguei mais perto e, antes que ela pudesse se esquivar, dei-lhe um beijo delicado, sentindo a maciez de seus lábios sob os meus.

Aquele beijo não foi igual a nenhum outro que houvéssemos trocado recentemente, rápido e formal, como dois conhecidos se cumprimentando. Não me afastei e ela tampouco, e o beijo adquiriu vida própria. Quando enfim nos afastamos e vi a expressão em seu rosto, tive certeza de que havia feito a coisa certa.

11

Ainda relembrava o beijo em frente à casa quando entrei no carro para dar início a meu dia. Depois de passar no mercado, fui até Creekside. No entanto, em vez de ir direto para o lago, entrei no prédio e me dirigi ao quarto de Noah.

Como sempre, o ar recendia a antisséptico. Os ladrilhos de várias cores e os corredores largos me lembraram do hospital e quando passei pela sala de recreação reparei que só algumas das mesas e cadeiras estavam ocupadas. Dois homens jogavam xadrez em um canto e alguns pacientes assistiam a uma TV afixada à parede. Atrás da mesa principal havia uma enfermeira sentada de cabeça baixa, alheia à minha presença.

O barulho do televisor me acompanhou quando segui pelo corredor e foi um alívio entrar no quarto de Noah. Ao contrário de tantos outros moradores, cujos aposentos pareciam desprovidos de qualquer objeto pessoal, meu sogro tinha transformado seu canto em um ambiente que podia chamar de seu. Havia um quadro pintado por Allie na parede acima da cadeira de balanço – uma paisagem florida de um lago e de um jardim, que lembrava Monet. Nas prateleiras, ele posicionara dezenas de fotos dos filhos e da mulher. Havia mais retratos pregados na parede. Seu cardigã pendia do pé da cama e no canto do quarto estava a surrada escrivaninha de tampo retrátil que antes ocupava a parede dos fundos da sala de estar do casarão. O móvel pertencera ao pai de Noah e a idade se refletia nos nós e sulcos da madeira e nas manchas das canetas-tinteiro de que meu sogro sempre gostara.

Eu sabia que ele passava muitas noites entretido naquele quarto, pois guardados nas gavetas estavam os objetos que ele mais amava: o caderno escrito à mão em que registrara sua história de amor com Allie, os diários encadernados em couro de páginas já amarelecidas de tão velhas, as centenas de cartas que tinha escrito para a mulher ao longo dos anos e a última correspondência que ela lhe enviara. As gavetas também continham outras coisas – flores secas, recortes de jornal sobre as exposições de Allie, presentes especiais dos filhos e a edição de *Folhas de relva* que fora sua companheira durante a Segunda Guerra Mundial.

Talvez tenha sido meu instinto de advogado especializado em direito sucessório, mas me peguei pensando no que iria acontecer com aqueles objetos quando Noah nos deixasse. Como seria possível distribuí-los entre os filhos? A solução mais fácil seria deixar tudo para os quatro, em conjunto, mas essa situação acarretava alguns problemas. Por exemplo: na casa de quem iria ficar o caderno? Em que gaveta seriam guardados os diários e as cartas? Uma coisa era dividir os bens maiores, mas como se poderia repartir o coração?

As gavetas estavam destrancadas. Embora Noah fosse voltar logo para seu quarto, vasculhei-as em busca das coisas que ele talvez quisesse ter no hospital e coloquei-as debaixo do braço.

Em comparação com o interior refrescado pelo ar-condicionado, a atmosfera do lado de fora estava sufocante de tão quente e assim que saí comecei a transpirar. O pátio, como sempre, estava vazio. Ao seguir pela trilha de cascalho, procurei a raiz em que Noah tinha tropeçado. Levei alguns instantes para localizá-la, debaixo de um gigantesco pé de magnólia. Ela serpenteava pelo caminho como uma pequena cobra que se espreguiçasse ao sol.

O lago de água salobra refletia o céu como um espelho e fiquei alguns instantes observando o reflexo das nuvens passar lentamente. Quando me sentei, senti um leve cheiro de maresia. O cisne surgiu na parte rasa do outro lado e veio deslizando na minha direção.

Abri o saco de pão de forma e piquei a primeira fatia em pedacinhos, como Noah sempre fazia. Ao jogar o primeiro pedaço na água, perguntei-me se seria mesmo verdade o que as pessoas tinham dito no hospital. Será que o cisne ficara com Noah após o acidente? Eu não tinha dúvidas de que meu sogro vira a ave ao recobrar os sentidos – a enfermeira que o encontrou podia confirmar isso –, mas será que o cisne tomara conta dele o tempo todo? Era impossível ter certeza, mas bem lá no fundo eu acreditava que sim.

No entanto, eu não estava disposto a aceitar a explicação que Noah criara. Disse a mim mesmo que o cisne ficara com ele porque Noah lhe dava comida e carinho, afinal a ave era um animal mais doméstico que silvestre. Isso não tinha nada a ver com Allie nem com seu espírito. Eu simplesmente não conseguia acreditar que esse tipo de coisa pudesse acontecer.

O cisne ignorou os pedaços de pão que eu lhe joguei. Em vez disso, ficou apenas me encarando. Que coisa estranha... Quando piquei a segunda fatia, ele relanceou os olhos em direção às migalhas que eu atirara ao lago antes de tornar a virar a cabeça na minha direção.

– Coma logo – falei. – Tenho mais o que fazer.

Sob a superfície, vi seus pés se movendo devagar, apenas o suficiente para mantê-lo flutuando.

– Vamos lá, você já comeu comigo antes – insisti entre os dentes.

Joguei a terceira fatia picada dentro d'água, a poucos centímetros de onde ele estava. Ouvi um barulho suave quando os pedaços de pão atingiram a superfície. Mais uma vez, a ave não esboçou qualquer movimento em direção à comida.

– Não está com fome? – perguntei.

Ouvi os regadores automáticos atrás de mim ganharem vida e começarem a cuspir ar e água a um ritmo regular. Olhei por cima do ombro em direção ao quarto de Noah, mas na janela só aparecia o forte brilho do sol refletido. Perguntando-me o que mais poderia fazer, joguei uma quarta fatia picada no lago, mas tampouco tive sucesso.

– Ele me pediu que viesse aqui – expliquei.

O cisne endireitou o pescoço e ajeitou as asas. De repente, percebi que estava fazendo a mesma coisa que deixava todo mundo preocupado com Noah: estava conversando com o cisne e fingindo que ele era capaz de me entender.

Será que eu estava fingindo que ele era Allie?

É claro que não, pensei, ignorando essa voz interna. Tem gente que conversa com cães e gatos, com plantas, e existe até quem grite com a televisão durante uma partida esportiva. Jane e Kate não precisavam ficar tão preocupadas, pensei. Noah passava muitas horas por dia ali. Elas deveriam se alarmar era se ele não falasse com o cisne, isso sim.

Contudo, pensando bem, conversar com a ave era uma coisa, acreditar que ela fosse Allie era bem diferente. E Noah acreditava mesmo nisso.

Agora os pedaços de pão que eu tinha jogado haviam sumido. Encharcados pela água do lago, tinham se dissolvido e afundado, mas mesmo assim o cisne continuou olhando para mim. Joguei mais uma fatia e, quando ele não fez movimento para pegá-la, olhei em volta para me certificar de que ninguém assistia à cena. O que eu tinha a perder? Finalmente me decidi e me inclinei para a frente.

– Ele está bem – confidenciei. – Estive com ele ontem e falei com o médico hoje cedo. Ele vai voltar amanhã.

O cisne pareceu pensar um pouco sobre as minhas palavras e, instantes depois, senti os pelos da minha nuca se eriçarem quando ele começou a comer.

No hospital, pensei que tivesse entrado no quarto errado.

Desde que eu conhecia Noah, não o vira assistir à televisão nem uma vez sequer. Embora ele tivesse um aparelho em casa, tinha sido mais por causa das crianças, quando elas eram pequenas. Na época em que entrei para a família ele praticamente já não era mais ligado. As noites eram passadas, em sua maior parte, na varanda, com alguém contando alguma história. Às vezes os filhos cantavam enquanto Noah tocava violão. Em outras ocasiões, eram apenas conversas embaladas pelo barulho dos grilos e das cigarras. Nas noites mais frias, Noah acendia a lareira e o programa era transferido para a sala. Havia também as vezes em que a família simplesmente se aninhava no sofá ou nas cadeiras de balanço para ler. Durante horas a fio, o único ruído que se ouvia era o das páginas sendo viradas quando todos, embora próximos uns dos outros, se refugiavam em mundos diferentes.

Era como uma volta ao passado, a uma época que valorizava acima de tudo os momentos em família, e eu aguardava esses encontros com ansiedade. Eles me lembravam das noites que eu tinha passado com meu pai, vendo-o fabricar seus barquinhos, e me faziam perceber que, ainda que a televisão fosse considerada uma válvula de escape, não proporcionava nenhuma calma ou tranquilidade. Noah sempre dava um jeito de evitá-la. Até essa manhã no hospital.

Quando abri a porta, fui tomado de assalto pelo barulho da TV. Noah estava encostado na cabeceira da cama, vidrado na tela. Na minha mão trazia os itens que eu tinha separado para levar para ele.

– Oi, Noah, tudo bem? – perguntei.

Em vez de dar sua resposta habitual, porém, ele se virou para mim com uma expressão de incredulidade no rosto.

– Venha cá. Você não vai acreditar no que está passando – disse ele, acenando para mim.

Entrei no quarto.

– O quê?

– Não sei – respondeu ele, ainda concentrado na tela. – Uma espécie de programa de variedades qualquer. Você nem imagina qual é o tema de hoje.

Na mesma hora pensei em uma série de programas de mau gosto, do tipo que sempre me fazia pensar em como seus produtores conseguiam dormir à noite. Dito e feito: era exatamente um desses que estava passando. Eu nem precisava saber qual era o tema do dia para adivinhar o que Noah tinha visto. Esses programas tinham quase todos as mesmas atrações repulsivas, abordadas da maneira mais sensacionalista possível por apresentadores cujo único objetivo era aparecer na TV, por mais degradante que isso pudesse ser.

– Por que está vendo isso?

– Eu nem sabia da existência dessa coisa – explicou ele. – Estava procurando o noticiário, aí veio um comercial e depois começou isso aí. E quando eu vi o que era não consegui resistir e fiquei assistindo. Foi como parar para ver um acidente na beira da estrada.

Sentei-me ao seu lado.

– É tão ruim assim?

– Digamos apenas que eu não gostaria de ser jovem hoje em dia. A sociedade está em franca decadência e fico feliz por não me restar mais tempo para vê-la desmoronar.

Dei um sorriso.

– Você está falando como um homem da sua idade falaria, Noah.

– Pode ser, mas isso não significa que eu esteja errado. – Ele balançou a cabeça e pegou o controle remoto. Instantes depois, o quarto ficou em silêncio.

Pus na sua frente os objetos que levara para ele.

– Pensei que estas coisas talvez pudessem ajudá-lo a passar o tempo. A menos, é claro, que prefira ver TV.

Sua expressão se suavizou ao ver o maço de cartas e o exemplar de *Folhas de relva*. Folheadas milhares de vezes, as páginas do livro pareciam quase deformadas. Ele correu o dedo pela capa surrada.

– Você é um homem bom, Wilson – elogiou ele. – Imagino que tenha ido ao lago.

– Quatro fatias de manhã – informei.

– Como ela estava hoje?

Remexi-me na cama, pensando em como responder.

– Acho que sente a sua falta – disse eu, por fim.

Ele assentiu, satisfeito. Sentando-se mais ereto na cama, perguntou:

– Quer dizer que Jane viajou com Anna?

– Ainda devem estar na estrada. Saíram há uma hora.

– E Leslie?

– Vai encontrá-las em Raleigh.

– Vai ser mesmo um dia e tanto – comentou ele. – O casamento, quero dizer. Como está indo a sua parte? Com a casa?

– Até agora tudo bem – afirmei. – Só espero que esteja tudo pronto na quinta-feira e estou quase certo de que vai estar.

– Qual é a programação para hoje?

Contei-lhe o que tinha planejado e, quando terminei, ele deu um assobio de admiração.

– Você está com a agenda cheia – observou.

– É, acho que sim – respondi. – Mas até agora dei sorte.

– Parece que deu, mesmo – concordou ele. – Tirando o meu tombo, naturalmente, que poderia ter estragado tudo.

– Não falei que até agora dei sorte?

Ele ergueu o queixo de leve.

– E o aniversário de casamento? – perguntou.

As muitas horas que eu levara me preparando para a data me vieram à cabeça feito um clarão – todos os telefonemas, as idas à caixa postal e a diversas lojas. Eu passara o tempo livre no escritório e meus horários de almoço me dedicando ao presente e pensara muito na melhor forma de dá-lo. Todos na empresa sabiam o que eu havia planejado, mas tinham jurado guardar segredo. Mais do que isso, me deram apoio total, porque não era algo que eu pudesse ter feito sozinho.

– Quinta à noite – falei. – Vai ser a nossa única oportunidade de ficar sozinhos. Hoje ela vai dormir fora, amanhã deve querer visitar você e na sexta Joseph e Leslie já vão ter chegado. Por motivos óbvios, é claro que sábado não é uma alternativa. – Fiz uma pausa. – Só espero que ela goste.

Ele sorriu.

– Eu não me preocuparia com isso. Nem que tivesse todo o dinheiro do mundo, você poderia ter escolhido um presente melhor.

– Tomara que você tenha razão.

– Eu tenho, sim. E não consigo imaginar um jeito melhor de começar o fim de semana.

A sinceridade na voz de meu sogro me aqueceu o coração e fiquei comovido por ele parecer gostar tanto de mim, apesar de sermos tão diferentes.

– Quem me deu a ideia foi você – lembrei a ele.

Noah fez que não com a cabeça.

– Nada disso – falou. – A ideia foi toda sua. O crédito pelos presentes do coração só pode ser atribuído a quem os oferece. – Para enfatizar o que dizia, ele deu um tapinha no próprio peito. – Allie iria adorar o que você fez – observou. – Ela era uma verdadeira manteiga derretida para essas coisas.

Juntei minhas mãos no colo.

– Queria que ela estivesse aqui neste fim de semana – disse eu.

Noah olhou de relance para o maço de cartas. Eu sabia que estava pensando em sua esposa e por um breve instante ele pareceu estranhamente mais jovem.

– Eu também – concordou.

⚜

Quando atravessei o estacionamento, o calor pareceu queimar as solas dos meus pés. Ao longe, os prédios davam a impressão de ser feitos de algum líquido e pude sentir a camisa se colando às minhas costas.

Uma vez dentro do carro, tomei o caminho das sinuosas estradinhas rurais que me eram tão conhecidas quanto as ruas de meu próprio bairro. A região de planícies próxima ao litoral tinha uma beleza austera e fui passando por fazendas e celeiros que pareciam quase abandonados. Filas de pinheiros separavam uma propriedade da outra e vi um trator se movendo ao longe, com uma nuvem de sujeira e pó se erguendo em seu encalço.

De alguns pontos da estrada era possível ver o rio Trent, cujas águas vagarosas se encrespavam sob a luz do sol. Carvalhos e ciprestes ocupavam suas margens, com suas raízes nodosas e seus troncos brancos que lançavam sombras retorcidas. Tufos de cipó pendiam dos galhos e, quando as fazendas foram aos poucos dando lugar à floresta, pensei que a infinidade de árvores que eu via através do para-brisa era a mesma que os soldados que lutaram na Guerra Civil Americana tinham avistado ao passarem marchando por ali.

Ao longe, vi um telhado de zinco refletir a luz do sol. Ao seu lado avistei a antiga casa de Noah e instantes depois eu chegava lá.

Do acesso de veículos margeado de árvores, olhei para a casa e pensei que ela parecia abandonada. Mais para o lado ficava o celeiro vermelho desbotado no qual Noah costumava guardar lenha e ferramentas; sua lateral agora exibia vários furos e o telhado de zinco estava todo enferrujado. A oficina em que ele passava a maior parte do dia era logo atrás da casa. As portas de vaivém pendiam tortas do batente e as janelas estavam pretas de tão sujas. Logo depois do celeiro, avistava-se o roseiral, cujo aspecto agora era desordenado como o das margens do rio. Reparei que o caseiro não tinha aparado a grama e que o gramado outrora plano parecia uma campina selvagem.

Estacionei ao lado da casa, detendo-me por alguns segundos para examiná-la. Por fim, peguei a chave no bolso, destranquei a porta e a abri com um empurrão. A luz do sol imediatamente alcançou o piso.

As janelas fechadas com tábuas deixavam o ambiente escuro e lembrei a mim mesmo que precisava ligar o gerador antes de ir embora. Quando meus olhos se acostumaram à penumbra, pude distinguir os detalhes da casa. Bem diante de mim ficava a escada que conduzia aos quartos. À esquerda, uma sala de estar comprida ia da frente da construção à varanda dos fundos. Pensei que era ali que deveríamos pôr as mesas do bufê, pois todos os convidados caberiam sem problemas naquele espaço.

O ambiente cheirava a poeira e vi um pouco de pó sobre os lençóis que cobriam os móveis. Eu teria que lembrar aos homens que os transportariam que cada uma daquelas peças era uma antiguidade que datava da época da construção do imóvel. A lareira era revestida de ladrilhos de cerâmica pintados à mão. Noah havia me contado que, quando tentara substituir os que se racharam, ficara aliviado ao descobrir que o fabricante original ainda existia. No canto, igualmente coberto por um lençol, havia um piano que fora tocado não apenas pelos filhos de Noah, mas também por seus netos.

De cada lado da lareira havia três janelas. Tentei imaginar que aparência a sala teria depois de arrumada, mas ali, em pé naquele aposento escuro, não consegui. Embora mentalmente eu já tivesse visualizado como queria que ficasse – e houvesse chegado até a descrever minhas ideias para Jane –, entrar na casa despertava lembranças que pareciam tornar impossível mudar seu aspecto.

Quantas noites eu e Jane havíamos passado ali na companhia de Noah e Allie? Eram numerosas demais para contar e, se eu me concentrasse, quase podia ouvir o som das risadas e das conversas descontraídas.

Acho que eu tinha ido até ali porque os acontecimentos daquela manhã aguçaram minha insistente sensação de saudade e desejo. Ainda podia sentir a maciez dos lábios de Jane sob os meus e o gosto do batom que ela usava. Será que as coisas entre nós estavam mesmo mudando? Eu queria desesperadamente pensar que sim, mas me perguntei se estaria apenas projetando em Jane meus próprios sentimentos. Minha única certeza era que, pela primeira vez em muito tempo, houvera um instante, um breve instante, em que ela parecera estar tão feliz comigo quanto eu estava com ela.

12

Passei o restante do dia ao telefone, no escritório de casa. Falei com a empresa de limpeza que trabalhava para nós e marcamos a faxina no casarão de Noah para quinta-feira. Liguei para o homem que lavava nossa varanda, que trabalhava com uma mangueira de alta pressão, e por volta do meio-dia ele passaria para dar uma geral na parte externa da casa. Um eletricista iria verificar se o gerador, as tomadas da casa e as luzes do roseiral ainda funcionavam. Entrei em contato com o pessoal que pintara os escritórios da minha empresa no ano anterior e eles prometeram mandar uma equipe para cuidar das paredes internas, bem como da cerca que contornava o roseiral. Aluguei tendas e mesas, cadeiras para a cerimônia, toalhas de mesa, copos e talheres, e tudo seria entregue na quinta de manhã. Alguns funcionários do restaurante passariam lá mais tarde para preparar tudo com bastante antecedência para o sábado. Nathan Little estava ansioso para iniciar o projeto paisagístico e, quando ligou, disse-me que as plantas que encomendara no começo da semana já estavam em seu caminhão. Também permitiu que seus empregados me ajudassem a carregar até o celeiro os móveis que não seriam usados. Por fim, cuidei dos arranjos necessários para as músicas tanto da cerimônia quanto da festa, e o piano seria afinado na quinta-feira.

As providências que eu precisava tomar em tempo recorde não foram tão complicadas quanto se poderia imaginar. Eu conhecia a maioria das pessoas que estava contratando e também tinha experiência nisso. Sob muitos aspectos, aquele corre-corre se assemelhava à obra que Jane e eu fizemos na primeira casa que compramos quando nos casamos. Era um velho imóvel com varanda que já tivera dias melhores e exigiu uma reforma completa... o que fora justamente o motivo de termos conseguido comprá-lo. Nós mesmos fizemos os primeiros reparos, mas logo precisamos acionar carpinteiros, bombeiros hidráulicos e eletricistas qualificados.

Enquanto isso tudo acontecia, ainda tivemos tempo de tentar começar uma família.

Quando nos casamos, éramos virgens. Eu tinha 26 anos e Jane, 23. Juntos, aprendemos a fazer amor de um jeito ao mesmo tempo inocente e apaixonado e aos poucos fomos descobrindo como dar prazer um ao outro. Por maior que fosse nosso cansaço, passávamos quase todas as noites nos braços um do outro.

Nunca tomamos cuidado para evitar uma gravidez. Eu achava que Jane logo ficaria grávida e até comecei a aumentar a poupança, a fim de me preparar para isso. Mas ela não engravidou no primeiro mês nem no segundo, nem no terceiro.

Por volta do sexto mês de casamento, Jane foi conversar com Allie e, nesse dia, quando cheguei do trabalho, ela me disse que precisava falar comigo. Mais uma vez me sentei ao seu lado no sofá e mais uma vez ela me pediu que fizesse algo por ela. Nessa ocasião, em vez de pedir que eu fosse à igreja, minha mulher me pediu que rezássemos juntos e eu obedeci. De alguma forma, sabia que era a coisa certa a fazer. Depois dessa noite, começamos a orar com regularidade, e quanto mais fazíamos isso, mais eu ansiava por esses momentos. No entanto, outros meses se passaram sem que Jane engravidasse. Não sei se ela algum dia ficou de fato preocupada com a própria fertilidade, mas tenho certeza de que isso não lhe saía da cabeça e até eu comecei a pensar no assunto. A essa altura, faltava um mês para comemorarmos nosso primeiro aniversário de casamento.

Embora eu tivesse planejado pegar vários orçamentos antes de concluir a obra em nossa casa, sabia que esse processo começara a deixar Jane esgotada. Nosso minúsculo apartamento estava abarrotado e a animação com a reforma tinha passado. Eu fizera a mim mesmo a promessa de levar Jane para morar em nossa casa antes de completarmos um ano de casados.

Com isso em mente, ironicamente fiz aquilo que tornaria a fazer três décadas depois: peguei o telefone, pedi favores a diversas pessoas e fiz o necessário para garantir que tudo ficasse pronto a tempo. Contratei profissionais, comecei a passar na casa na hora do almoço e depois do trabalho, a fim de acompanhar o progresso da obra, e acabei pagando bem mais do que havia programado. No entanto, fiquei maravilhado com a velocidade com que as coisas começaram a tomar forma. O entra e sai de operários era constante. O piso foi colocado e os armários, pias e eletrodomésticos, instalados. Enquanto o dia de nosso aniversário de casamento se aproximava no calendário, as luminárias foram trocadas e o papel de parede foi colado.

Na última semana antes da data, inventei várias desculpas para impedir Jane de ir à obra, pois é nesse ponto da reforma que uma casa deixa de ser uma casca vazia e se transforma em um lar. Queria que aquilo fosse uma surpresa da qual ela se lembrasse para sempre.

"Não existe nenhum motivo para irmos à casa hoje à noite", dizia eu. "Quando passei lá mais cedo, o mestre de obras nem estava." Ou então: "Tenho muito trabalho para fazer mais tarde e prefiro relaxar com você em casa."

Não sei se Jane acreditou nas minhas desculpas – e, em retrospecto, tenho certeza de que deve ter desconfiado de alguma coisa –, mas ela não insistia. Assim, no dia de nosso aniversário, depois de um romântico jantar no centro da cidade, em vez de voltar para nosso apartamento segui com o carro até a casa nova.

Já era tarde. A lua estava cheia e as cigarras haviam iniciado sua cantoria noturna, com sua melodia aguda dominando o ambiente. De fora, tudo parecia igual. Pilhas de entulho ainda ocupavam o quintal, latas de tinta se empilhavam junto à porta e a varanda estava encardida de tanto pó. Jane olhou para aquilo e se virou para mim com uma expressão intrigada.

– Só queria dar uma olhada em como andam as coisas – expliquei.

– Agora? – estranhou ela.

– Por que não?

– Bom, para começar, não tem luz lá dentro. Não vamos conseguir ver nada.

– Venha – falei, pegando uma lanterna que tinha posto debaixo do banco. – Não precisamos ficar muito tempo, se você não quiser.

Desci do carro e abri a porta para ela. Depois de conduzi-la com cuidado por entre os entulhos até a varanda, destranquei a porta.

Ainda no escuro, foi impossível não sentir o cheiro do carpete novo e, instantes depois, quando acendi a lanterna e a apontei para a sala e a cozinha, vi os olhos de Jane se arregalarem. A casa não estava totalmente pronta, é claro, mas mesmo olhando de onde estávamos, na soleira da porta, o que víamos deixava claro que já podíamos nos mudar.

Jane ficou paralisada. Estendi a mão para segurar a dela.

– Bem-vinda à sua casa – falei.

– Meu Deus, Wilson – disse ela com um arquejo.

– Feliz aniversário de casamento – sussurrei.

Quando ela se virou na minha direção, sua expressão era um misto de esperança e incompreensão.

– Mas como... quero dizer, na semana passada a obra não estava nem perto de...

– Eu queria que fosse surpresa. Mas venha cá... tenho mais uma coisa para mostrar.

Conduzi-a escada acima e a levei em direção à suíte principal. Quando abri a porta com um empurrão, apontei a lanterna para um ponto específico e saí do caminho para que Jane pudesse ver.

No quarto estava o único móvel que eu já havia comprado sozinho: uma cama de dossel antiga. Era parecida com a que havia na pousada de Beaufort em que tínhamos feito amor pela primeira vez, na noite de nossa lua de mel.

Jane não disse nada e de repente senti medo de ter feito algo errado.

– Não acredito que você fez isso – reagiu ela por fim. – Foi ideia sua, mesmo?

– Não gostou?

Ela sorriu.

– Eu adorei – confessou, baixinho. – Mas não consigo acreditar que você tenha pensado nisso tudo. É quase... é quase *romântico.*

Para ser sincero, eu não havia pensado na surpresa dessa forma. O fato muito simples era que precisávamos de uma cama decente e daquele modelo eu tinha certeza de que ela gostava. No entanto, ela disse isso como um elogio, então levantei uma das sobrancelhas como quem perguntasse: "O que mais você esperaria de mim?"

Ela se aproximou da cama e passou um dedo por uma de suas colunas. Instantes depois, sentou-se na borda e deu alguns tapinhas no colchão, como um convite.

– Precisamos conversar – falou.

Quando me juntei a ela, não pude evitar pensar nas outras vezes em que tinha ouvido esse mesmo anúncio. Achei que Jane fosse me pedir para fazer alguma outra coisa por ela, mas, quando me acomodei, ela se aproximou e me deu um beijo.

– Também tenho uma surpresa – disse ela. – E estava esperando o momento certo para contar.

– Que surpresa? – indaguei.

Ela hesitou por uma fração de segundo.

– Estou grávida.

No início, minha mente não registrou direito suas palavras, mas, assim que isso aconteceu, tive certeza de que a surpresa que ela me fizera fora ainda melhor do que a minha.

No final da tarde, quando o sol já baixava no horizonte e o calor do dia já diminuía, Jane telefonou. Depois de pedir notícias de Noah, contou-me que Anna ainda não tinha conseguido resolver nada em relação ao vestido e que ela não iria voltar para casa nessa noite. Embora eu tenha lhe garantido que já esperava por isso, pude ouvir uma nota de frustração na sua voz. Ela estava mais exasperada do que zangada e eu sorri, perguntando-me como é que Jane ainda podia ficar surpresa com o comportamento da nossa filha.

Desliguei o telefone e fui até Creekside alimentar o cisne com três fatias de pão de forma, depois dei uma passadinha no escritório a caminho de casa.

Quando estacionei na minha vaga habitual, vi o restaurante Chelsea mais acima na rua. Em frente a ele ficava um pequeno parque coberto de grama, onde todos os invernos era montada a aldeia do Papai Noel. Apesar de trabalhar no mesmo lugar havia 30 anos, eu ainda me surpreendia ao ver ecos da história dos primórdios da Carolina do Norte para onde quer que olhasse. O passado sempre teve um significado especial para mim e eu adorava poder visitar a primeira igreja católica do estado, ou passear pela primeira escola pública e ver como os colonos recebiam sua educação, ou então andar pelos jardins de Tryon Palace, antiga residência do governador da colônia, que hoje ostenta um dos jardins mais belos do sul dos Estados Unidos, tudo isso em apenas poucos quarteirões. Não sou o único a ter esse orgulho: a Sociedade Histórica de New Bern é uma das mais ativas do país e em quase todas as esquinas há plaquinhas que informam o importante papel desempenhado pela cidade nos primeiros anos de nosso país.

Meus sócios e eu somos proprietários do prédio em que fica o nosso escritório e, embora eu quisesse poder contar uma história interessante relacionada com seu passado, na verdade não há nenhuma. Erguida no final dos anos 1950, quando a funcionalidade era o único critério valorizado pelos arquitetos, a construção chega a ser tristonha. Dentro da estrutura de tijolos retangular de um andar só há salas para os quatro sócios e para os quatro advogados associados, três salas de reunião, uma sala de arquivo e uma recepção para os clientes.

Destranquei a porta da frente, ouvi o aviso de que o alarme iria disparar dali a menos de um minuto e teclei o código para desligá-lo. Depois de apagar a luz da recepção, fui em direção à minha sala.

Assim como as salas dos meus sócios, a minha tinha certo ar de formalidade que os clientes pareciam esperar de um escritório de advocacia: uma escrivaninha de carvalho escuro com uma luminária de bronze em cima, livros de direito arrumados em prateleiras nas paredes, um conjunto de cadeiras de couro confortáveis em frente à escrivaninha.

Em meu trabalho, sinto que já vi todos os tipos de casal que existem neste mundo. Embora a maioria me pareça perfeitamente normal, já presenciei alguns começarem a se engalfinhar como dois galos de briga e em determinada ocasião testemunhei uma mulher derramar café quente no colo do marido. Diversas vezes, mais do que imaginaria ser possível, ouvi homens perguntarem se tinham alguma obrigação legal de deixar algo para a esposa ou se poderiam tirá-la do testamento e deixar só a amante. Devo acrescentar que esses casais em geral se vestem bem e parecem clientes comuns ao se sentarem na minha frente, mas, quando enfim saem da sala, pego-me pensando o que deve acontecer com eles entre quatro paredes.

Em pé atrás da minha mesa, destranquei uma das gavetas. Peguei o presente de Jane e fiquei olhando para ele, perguntando-me como ela iria reagir ao recebê-lo. Achava que iria gostar. Mais do que isso, porém, queria que o reconhecesse como uma tentativa sincera – ainda que tardia – de me desculpar pelo homem que tinha sido durante a maior parte do nosso casamento.

No entanto, como eu a havia decepcionado incontáveis vezes, não podia evitar pensar na expressão em seu rosto naquela manhã, em pé junto ao carro. Jane parecia quase... sim, quase sonhadora. Ou teria sido apenas imaginação minha?

A resposta levou alguns instantes para chegar, mas de repente eu soube que não tinha sido apenas coisa da minha cabeça. Não: de alguma forma, o segredo do sucesso que eu tivera ao cortejá-la tanto tempo antes apareceu na minha frente. Embora eu ainda fosse o mesmo – um homem profundamente apaixonado pela esposa fazendo o possível para continuarem juntos –, tinha feito um pequeno mas significativo ajuste.

Na última semana, havia me concentrado em meus defeitos e dado o melhor de mim para corrigi-los. Ao longo desses dias, pensei *em Jane*. Dediquei-me a ajudá-la com as responsabilidades da família. Escutei com atenção tudo o que ela dizia e todas as nossas conversas pareciam uma novidade. Ri de suas piadas e a abracei enquanto ela chorava. Pedi desculpas por minhas falhas e lhe demonstrei o afeto de que ela necessitava e que merecia. Em outras palavras, fui o marido que ela sempre desejara, o homem que já fora um dia. E, como um antigo hábito redescoberto, agora entendia que isso era tudo o que precisava fazer para voltarmos a gostar da companhia um do outro.

13

Quando cheguei ao casarão de Noah na manhã seguinte, minhas sobrancelhas se ergueram de surpresa ao ver os caminhões cheios de mudas de plantas já estacionados no acesso para carros. Havia três veículos grandes abarrotados de pequenas árvores e arbustos e outro repleto de rolos de palha de pinheiro para cobrir os canteiros de flores, o espaço em volta das árvores e a parte que margeava a cerca. Uma caminhonete continha várias ferramentas e máquinas e três picapes estavam repletas de caixas de plantinhas floridas.

Em frente aos caminhões, operários se reuniam em grupos de cinco ou seis. Uma contagem rápida mostrou que havia quase 40 pessoas ali, não apenas as 30 que Little havia prometido, todas de calça jeans e boné de beisebol, apesar do calor. Quando desci do carro, Little veio sorrindo na minha direção.

– Que bom que você chegou – disse ele, pondo a mão no meu ombro. – Podemos começar?

Em minutos, cortadores de grama e ferramentas foram descarregados e o ar foi tomado pelo barulho de motores sendo ligados e desligados enquanto ziguezagueavam pelo terreno. Alguns jardineiros começaram a tirar dos veículos as plantas, os arbustos e as árvores, que iam empilhando em carrinhos de mão e levando para os locais determinados

Mas foi o roseiral que mais chamou a atenção, então fui atrás de Little quando ele seguiu para lá empunhando uma tesoura de poda, a fim de se juntar às dezenas de operários que já o aguardavam. Para mim, embelezar aquele jardim de rosas era o tipo de serviço em que é impossível saber o que fazer primeiro, mas Little simplesmente começou a podar a primeira roseira enquanto me descrevia o trabalho. Os outros se reuniram à sua volta, sussurrando entre si em espanhol enquanto observavam, antes de enfim se dispersar quando entenderam o que era para ser feito. Conforme as horas foram passando, as cores naturais das rosas iam sendo cuidadosamente expostas à medida que cada roseira era limpa e aparada. Little fazia questão de que o mínimo possível de botões se perdesse e isso exigia uma quantidade razoável de barbante para que os caules fossem puxados e amarrados, dobrados e girados até ficarem na posição certa.

Depois foi a vez do caramanchão. Após um breve descanso, Little começou a dar forma às rosas que o enfeitavam. Enquanto ele trabalhava, fui indicando onde ficariam as cadeiras dos convidados e meu amigo piscou para mim.

– Você queria o caminho até o altar margeado de marias-sem-vergonha, não é?

Quando assenti, ele levou dois dedos à boca e deu um assobio. Instantes depois, carrinhos de mão repletos de flores foram trazidos até o caramanchão. Duas horas mais tarde, pude admirar, maravilhado, um corredor esplendoroso o suficiente para ser fotografado por uma revista.

Ao longo da manhã, o resto do terreno começou a tomar forma. Depois que terminaram de aparar a grama e podar os arbustos, os jardineiros se dedicaram às estacas da cerca, às trilhas de cascalho e à casa em si. O eletricista chegou para ligar o gerador, verificar as tomadas e a iluminação do roseiral. Uma hora depois foi a vez dos pintores, seis homens vestidos com macacões sujos de tinta que saltaram de uma van surrada e ajudaram os jardineiros a guardar os móveis no celeiro. O homem que tinha ido limpar a casa por fora com a mangueira de alta pressão chegou em seu carro e estacionou ao lado do meu. Minutos após descarregar seu equipamento, o primeiro jato de água atingiu a parede externa e, lenta mas metodicamente, cada tábua foi perdendo o cinza e voltando a ser branca.

Como todas as equipes estavam ocupadas, fui até a oficina e peguei uma escada para remover as tábuas que fechavam as janelas. A tarefa fez a tarde passar depressa.

Às quatro horas, os jardineiros já guardavam as ferramentas nos caminhões e se preparavam para ir embora. O homem da mangueira de alta pressão e os pintores também estavam terminando o serviço. Eu conseguira remover a maior parte das tábuas. Restavam algumas no andar de cima, mas eu sabia que poderia retirá-las na manhã seguinte.

Quando terminei de guardar os pedaços de madeira no porão, tudo me pareceu estranhamente silencioso e fiquei admirando o que tinha sido feito.

Como todos os projetos ainda estavam em andamento, o casarão parecia pior do que na manhã anterior ao início dos preparativos. Havia equipamentos de paisagismo espalhados pelo jardim e vasos vazios tinham sido empilhados de qualquer maneira. Tanto dentro quanto fora da casa apenas metade das paredes havia sido retocada, o que me fazia pensar nos comerciais de sabão em pó em que uma marca promete deixar as roupas mais brancas do que as outras. Um monte de lixo de jardim erguia-se junto à cerca e, embora os corações externos do roseiral já estivessem prontos, os de dentro ainda pareciam abandonados.

Apesar disso, senti um estranho alívio. O dia tinha rendido bastante, não deixando dúvidas de que tudo seria concluído a tempo. Jane ficaria maravilhada. Eu sabia que nesse momento ela estava a caminho de casa. Quando me dirigia a meu carro, vi o pastor Harvey Wellington apoiado na cerca que separava a casa de Noah da casa dele. Diminuí o passo e hesitei apenas por alguns instantes antes de atravessar o quintal para ir falar com ele. Sua testa reluzia feito mogno encerado e seus óculos pendiam bem da ponta do nariz. Assim como as minhas, suas roupas indicavam que ele passara a maior parte do dia trabalhando ao ar livre. Quando me aproximei, ele balançou a cabeça em direção à casa.

– Preparando tudo para o fim de semana, ao que parece – comentou.

– Tentando – respondi.

– Pelo menos você tem gente suficiente trabalhando para isso. Isso daí hoje parecia um estacionamento. Quantas pessoas havia? Umas cinquenta?

– Por aí.

Ele deu um assobio enquanto nos cumprimentávamos com um aperto de mão.

– Vai custar uma nota, não é?

– Estou quase com medo de saber quanto – falei.

Ele riu.

– Mas quantos convidados o casamento vai ter?

– Uns cem, por aí.

– Com certeza vai ser uma festa e tanto – continuou ele. – Sei que Alma está ansiosa para ir. Ela ultimamente só fala nisso. Nós achamos ótimo você estar se esforçando tanto para a festa ser inesquecível.

– Era o mínimo que eu podia fazer.

Durante vários instantes, ele ficou me encarando sem dizer nada. Enquanto me observava, tive a estranha impressão de que, apesar de não nos conhecermos muito bem, ele me entendia bastante. Isso me deixou um pouco perturbado, mas acho que não deveria ter ficado surpreso. Como ele era pastor, as pessoas o procuravam com frequência para pedir conselhos e opiniões e pude sentir nele aquela amabilidade típica de alguém que aprendera a ouvir os problemas dos outros e a sentir empatia com a situação alheia. Acho que muita gente devia considerá-lo um amigo próximo.

Como se adivinhasse meus pensamentos, ele sorriu.

– Vai ser às oito, então?

– É, achamos que mais cedo estaria quente demais.

– Vai estar quente de qualquer jeito, mas acho que ninguém vai se importar com isso. – Ele acenou em direção à construção. – Que bom que vocês enfim estão tomando alguma providência em relação à casa. É um imóvel espetacular. Sempre foi.

– Eu sei.

Ele tirou os óculos e começou a limpar as lentes com a barra da camisa.

– Vou dizer uma coisa: foi muito triste ver como essa casa ficou nos últimos anos. Tudo de que ela precisava era alguém que se importasse com ela outra vez. – Ele tornou a pôr os óculos com um leve sorriso no rosto. – É engraçado, mas já reparou que, quanto mais especiais são as coisas, menos atenção as pessoas parecem dedicar a elas? Parece que acham que elas nunca vão mudar. Igualzinho a essa casa. Bastava um pouco de atenção e ela nunca teria ficado tão abandonada.

⚜

De volta em casa, vi que havia dois recados na secretária: um do Dr. Barnwell, dizendo que Noah tinha voltado para Creekside, e outro de Jane, avisando que iria me encontrar por volta das sete.

Quando cheguei à casa de repouso, a maior parte da família já tinha passado por lá e ido embora. No quarto de Noah, apenas Kate ainda estava ao seu lado e ela levou um dedo aos lábios em sinal de "silêncio" ao me ver entrar. Então se levantou da cadeira e veio me dar um abraço.

– Ele acabou de pegar no sono – sussurrou ela. – Devia estar exausto.

Olhei para Noah, surpreso. Desde que eu o conhecia, ele nunca fora de cochilar durante o dia.

– Ele está bem?

– Ficou um pouco mal-humorado enquanto tentávamos acomodá-lo de novo aqui, mas fora isso parecia bem. – Ela puxou a manga da minha camisa. – Mas me diga... como foram as coisas lá na casa hoje? Quero saber tudo.

Contei a ela sobre os avanços, observando sua expressão maravilhada ao tentar imaginar o que eu descrevia.

– Jane vai adorar – afirmou ela. – Ah, falando em Jane, ela ligou agora há pouco para saber como o papai estava.

– Elas conseguiram algum vestido?

– Ela mesma vai contar quando chegar, mas me pareceu bastante animada ao telefone. – Kate estendeu a mão para pegar a bolsa pendurada na cadeira. – É melhor eu ir andando. Já passei a tarde inteira aqui e Grayson está me esperando. – Ela me deu um beijo no rosto. – Cuide do papai, mas tente não acordá-lo, sim? Ele precisa dormir.

– Vou ficar bem quietinho – prometi.

Fui até a cadeira junto à janela e estava prestes a me sentar quando ouvi um sussurro rouco.

– Oi, Wilson. Obrigado por ter vindo.

Quando me virei na sua direção, Noah deu uma piscadela.

– Pensei que você estivesse dormindo.

– Que nada – disse ele. Começou a se sentar na cama. – Tive que fingir. Ela passou o dia inteiro me tratando como se eu fosse um bebê. Chegou a me seguir até o banheiro.

Eu ri.

– É justamente o que você queria, não é? Ser paparicado pela filha?

– Ah, é, exatamente o que eu precisava. Ninguém me tratou assim quando eu estava no hospital, nem de longe. Pela forma como ela se comporta, parece até que eu estou com um pé na cova.

– Bom, você hoje está em plena forma. Imagino que se sinta novinho em folha.

– Poderia estar melhor – disse ele, dando de ombros. – Mas também poderia estar pior. Se você quiser saber se estou bem da cabeça, pode ficar despreocupado.

– Não está tonto? Nem com dor de cabeça? Talvez você deva descansar mesmo assim. Se quiser um pouco de iogurte, é só falar que eu pego.

Ele sacudiu um dedo para mim.

– Não me venha com essa. Eu sou um homem paciente, mas não sou nenhum santo. E não estou para brincadeiras. Estou confinado há dias sem respirar nem um pouquinho de ar puro. – Ele fez um gesto em direção ao armário. – Pode me passar meu suéter?

Eu já sabia aonde ele queria ir.

– Ainda está bem quente lá fora – falei.

– Me dê o suéter e pronto – disse ele. – E se vier me oferecer ajuda para me vestir, saiba que eu sou capaz de lhe dar um soco na cara.

Alguns minutos depois, saímos do quarto levando o pão de forma. Enquanto ele avançava com seus passinhos arrastados, pude ver que começava a relaxar. Embora Creekside fosse ser sempre um lugar estranho para nós, Noah o via como um lar e obviamente se sentia à vontade ali. Ficou claro que os outros pacientes também tinham sentido a falta dele – diante de cada porta aberta, ele acenava e dizia algumas palavras aos amigos, prometendo à maioria voltar mais tarde para ler.

Noah não quis que eu segurasse seu braço, então fui caminhando a seu lado. Seu equilíbrio parecia um pouquinho abalado e foi só quando saímos do prédio que tive certeza de que ele conseguiria chegar lá sozinho. No entanto, no ritmo em que andava, demoramos um pouco para alcançar o lago e tive tempo de sobra para observar que a raiz tinha sido cortada. Perguntei-me se Kate teria avisado a um dos irmãos que cuidasse disso ou se eles próprios haviam se lembrado.

Fomos nos sentar em nossos lugares habituais e ficamos admirando a água, embora eu não tenha conseguido ver o cisne. Imaginei que ele estivesse escondido nas partes rasas e me recostei no banco. Noah começou a partir o pão em pedacinhos.

– Ouvi o que você contou a Kate sobre a casa – disse ele. – Como vão minhas rosas?

– Os jardineiros ainda não terminaram, mas você vai gostar do que fizeram até agora.

Ele foi empilhando os pedacinhos de pão no colo.

– Aquele roseiral significa muito para mim. Ele tem quase a sua idade.

– É mesmo?

– Os primeiros arbustos foram plantados em abril de 1951 – respondeu ele, balançando a cabeça. – É claro que tivemos de substituir a maioria ao longo do tempo, mas foi nesse ano que eu criei o projeto e comecei a trabalhar nele.

– Jane me contou que o roseiral foi uma surpresa sua para Allie, para mostrar quanto a amava.

Ele fez um muxoxo.

– Isso é apenas metade da história – contou ele. – Mas não me surpreende que Jane pense assim. Às vezes minhas filhas parecem achar que passei cada instante da vida paparicando Allie.

– E não passou? – indaguei, fingindo-me de chocado.

Ele riu.

– Claro que não. Tínhamos lá nossas brigas, como todo mundo, só que sabíamos fazer as pazes. Quanto ao roseiral, no entanto, elas têm razão em parte. Pelo menos no começo da história. – Ele deixou as fatias de pão de lado. – Comecei a plantar as rosas quando Allie engravidou de Jane. Ela estava com poucos meses, mas ficava enjoada o tempo todo. Imaginei que fosse passar em algumas semanas, mas que nada! Havia dias em que mal conseguia se levantar da cama e eu sabia que, quando chegasse o verão, iria se sentir ainda pior. Então quis dar a ela algo bonito que pudesse ver da janela. – Ele estreitou os olhos e encarou o sol. – Sabia que no início era apenas um coração, e não cinco?

Levantei as sobrancelhas.

– Não, não sabia.

– Depois que Jane nasceu, achei que o primeiro coração estava um pouco vazio e que eu precisava plantar outras roseiras para deixá-lo mais vistoso. Só que, como tive muito trabalho da primeira vez, fiquei adiando e quando finalmente comecei, Allie já engravidara outra vez. Ao ver o que eu estava fazendo, ela concluiu que era por causa do nosso segundo filho e me disse que aquilo era a coisa mais bonita que eu já tinha feito por ela. Depois disso, não tive como parar. Foi o que eu quis dizer quando falei que Jane e Kate têm razão em parte. O primeiro coração pode até ter sido um gesto romântico, mas o último mais parecia um suplício. Não só o plantio, a manutenção. Rosas dão muito trabalho. Quando jovens, elas brotam como se fossem uma árvore, mas é preciso podar toda hora para que fiquem do formato. Toda vez que as roseiras começavam a florescer, eu precisava usar a tesoura de poda para devolvê-las ao formato original e durante muito tempo parecia que o jardim nunca ficaria bonito. Além disso, eu me machucava. Aqueles espinhos furam mesmo. Passei vários anos com as mãos enfaixadas feito uma múmia.

Sorri.

– Mas aposto que Allie gostou.

– Ah, ela adorou. Pelo menos por algum tempo. Até me pedir para cortar tudo fora.

Primeiro achei que não tivesse escutado direito, mas a expressão de Noah não deixou dúvidas. Recordei a melancolia que às vezes sentia ao ver os quadros que Allie havia feito do jardim.

– Por quê?

Ele estreitou os olhos em direção ao sol antes de dar um suspiro.

– Por mais que ela amasse o roseiral, dizia que doía demais olhar para ele. Sempre que ela o via pela janela, começava a chorar e às vezes parecia que nunca iria parar.

Levei alguns segundos para entender por quê.

– Por causa de John – murmurei, referindo-me ao irmão de Jane que morrera de meningite aos 4 anos. Nem ela nem Noah falavam muito nele.

– Perder o menino quase a matou. – Ele fez uma pausa. – E quase me matou também. Ele era um garotinho tão doce... E estava bem naquela idade em que as crianças começam a descobrir o mundo, quando tudo é novo e emocionante. Ele vivia competindo com as crianças mais velhas. Não parava de correr atrás delas no quintal. E era muito saudável. Antes de ficar doente, nunca tivera sequer uma infecção de ouvido ou um resfriado mais forte. Por isso o choque foi tão grande. Em uma semana ele estava brincando no quintal e na semana seguinte estávamos no seu enterro. Depois que ele morreu, Allie mal conseguia comer ou dormir e, quando não estava chorando, ficava só vagando de um lado para outro, atordoada. Eu não sabia se ela um dia iria superar aquilo. Foi aí que me pediu para acabar com o roseiral.

Ele parou de falar. Eu não disse nada, pois sabia que não era possível ter uma ideia real da dor de perder um filho.

– E por que você não obedeceu?

– Pensei que ela só estivesse dizendo isso por causa da dor – sussurrou ele. – Não tive certeza se ela queria mesmo que eu destruísse o jardim ou se só tinha pedido porque a dor que sentia naquele dia estava insuportável. Então esperei. Pensei que se ela falasse mais uma vez então eu o faria. Ou sugeriria retirar apenas o coração de fora e manter os outros. Mas ela nunca mais tocou no assunto. E depois... Embora o roseiral estivesse na maioria dos quadros que pintava, Allie jamais sentiu a mesma coisa por ele. Depois que perdemos John, aquilo deixou de ser algo agradável para ela. Mesmo quando Kate se casou ali, seus sentimentos continuaram contraditórios.

– Seus filhos sabem por que são cinco corações?

– Talvez lá no fundo eles saibam, mas só se chegaram a essa conclusão sozinhos. Não era algo de que Allie ou eu gostássemos de falar. Depois que John morreu, era mais fácil pensar no roseiral como um presente só, não cinco. Então foi nisso que ele se transformou. Depois, quando os meninos ficaram mais velhos e finalmente começaram a fazer perguntas, Allie lhes disse apenas que eu o havia plantado para ela. De modo que, para eles, o jardim sempre foi um gesto romântico.

Com o canto do olho, vi o cisne deslizar na nossa direção. Era curioso o fato de o animal só ter aparecido agora e perguntei-me onde estivera antes. Pensei que Noah fosse logo lhe jogar um pedaço de pão, mas ele não o fez. Em vez disso, ficou apenas olhando a ave se aproximar. Quando ela estava a poucos metros de distância, pareceu hesitar por um breve instante, mas então, para minha surpresa, foi chegando mais perto da margem.

O cisne veio andando até onde estávamos e Noah estendeu a mão. A ave se deixou tocar e, enquanto meu sogro lhe falava baixinho, de repente me ocorreu que o cisne também tinha sentido saudade dele.

Noah lhe deu comida, e então eu vi, maravilhado, a ave se deitar a seus pés – exatamente como ele havia me contado que ela fizera antes.

Uma hora mais tarde, as nuvens começaram a aparecer. Densas, cheias de chuva, prometiam o tipo de pancada de verão que é comum no sul dos Estados Unidos: intensa durante uns 20 minutos, seguida por um céu que vai se limpando aos poucos. No lago, o cisne se afastava de nós e quando eu estava prestes a sugerir que entrássemos, ouvi a voz de Anna.

– Oi, vovô! Oi, pai! – disse ela. – Quando não os achamos no quarto, pensamos que deviam estar aqui.

Virei-me e dei de cara com uma Anna radiante se aproximando. Jane, parecendo cansada, vinha alguns passos atrás. Seu sorriso parecia forçado – eu sabia que aquele era o único lugar em que ela não gostava de encontrar o pai.

– Oi, querida – falei, levantando-me.

Anna me deu um abraço forte.

– Como foi tudo hoje? – perguntei. – Encontraram o vestido?

Ao me soltar, ela não conseguiu esconder a animação.

– Você vai amar – prometeu ela, e apertou meus braços. – É perfeito.

A essa altura, Jane já se juntara a nós. Soltei Anna e abracei minha mulher como se fazer isso tivesse se tornado natural outra vez. Seu corpo era macio, cálido, e sua presença, reconfortante.

– Venha cá – disse Noah a Anna. Ele deu alguns tapinhas no banco. – Conte-me o que tem feito para se preparar para o fim de semana.

Anna sentou-se e segurou a mão do avô.

– Tem sido tudo incrível – contou ela. – Nunca imaginei que fosse ser tão divertido... Acho que fomos a mais de dez lojas. E você precisava ter visto Leslie! Também achamos um vestido espetacular para ela.

Jane e eu ficamos um pouco de lado enquanto Anna contava ao avô as frenéticas atividades dos últimos dias. Enquanto ia narrando as sucessivas histórias, ela esbarrava em Noah de brincadeira ou então apertava sua mão. Apesar dos 60 anos de diferença entre os dois, era evidente quanto se sentiam à vontade um com o outro. Os avós muitas vezes têm relacionamentos especiais com os netos, mas Noah e Anna eram obviamente amigos e experimentei uma onda de orgulho paterno diante da jovem em que ela havia se transformado. Pela expressão suave de Jane, vi que ela sentia a mesma coisa e, embora não fizesse isso havia muitos anos, passei o braço em volta dela devagar.

Acho que eu não sabia muito bem o que esperar. Durante um segundo, Jane pareceu quase espantada, mas, quando ela relaxou no meu abraço, houve um instante em que tudo no mundo pareceu estar no seu devido lugar. Antigamente, sempre me faltavam palavras em momentos como esse. Talvez no fundo eu temesse que articular meus sentimentos em voz alta fosse de alguma forma diminuí-los. No entanto, percebi naquele instante como estava errado ao não expressar o que sentia e, levando os lábios até bem perto de sua orelha, sussurrei as palavras que nunca deveria ter guardado só para mim.

– Eu te amo, Jane, e sou o homem mais sortudo deste mundo por ter você.

Ela não disse nada, mas a forma como se encostou ainda mais em mim foi toda a resposta de que eu precisava.

⚜

As trovoadas começaram meia hora depois, um estrondo que parecia fazer o céu estremecer. Após acompanhar Noah até seu quarto, Jane e eu partimos para casa, separando-nos de Anna no estacionamento.

Ao passarmos pelo centro da cidade, olhei pelo para-brisa para o sol, que brilhava através das nuvens cada vez mais carregadas, lançando sombras e fazendo o rio cintilar como ouro. Jane estava em silêncio, olhando pela janela, e fiquei observando-a com o rabo do olho. Seus cabelos estavam arrumados atrás das orelhas e a blusa cor-de-rosa que ela usava fazia sua pele reluzir como a de uma criança. Em seu dedo brilhavam os anéis que ela usava havia quase três décadas: a aliança de noivado feita de brilhantes e a de casamento, de ouro.

Chegamos ao nosso bairro. Instantes depois, entramos com o carro no acesso da casa e Jane voltou à realidade com um sorriso cansado.

– Desculpe estar tão calada. Acho que estou esgotada.

– Tudo bem. Foi uma semana cheia.

Levei sua mala para dentro e a vi largar a bolsa em cima da mesa junto à porta.

– Quer um pouco de vinho? – perguntei.

Jane deu um bocejo e fez que não com a cabeça.

– Não, hoje não. Se beber, acho que vou pegar no sono. Mas adoraria um copo d'água.

Na cozinha, enchi dois copos com gelo e água da geladeira. Ela bebeu um grande gole, depois se recostou na bancada e apoiou uma das pernas nos armários atrás de si, em sua postura habitual.

– Meus pés estão me matando. Nós quase não paramos o dia inteiro. Anna viu uns 200 vestidos até encontrar um de que gostasse. E na verdade quem o tirou da arara foi Leslie. Acho que Anna já estava ficando desesperada... Ela deve ser uma das pessoas mais indecisas que eu já conheci.

– Como é o vestido?

– Ah, você tem que ver. Tem uma cauda tipo sereia e ficou lindo no corpo dela. Ainda tem que ser ajustado, mas Keith vai adorar.

– Aposto que ela ficou linda mesmo.

– Ficou, sim. – Sua expressão sonhadora me fez perceber que ela estava visualizando o vestido outra vez. – Eu até mostraria, mas Anna não quer que você o veja antes do dia. Quer fazer uma surpresa. – Ela fez uma pausa. – E por aqui, como foi tudo? E no casarão, as pessoas apareceram?

– Todo mundo – respondi, e contei-lhe tudo o que havia acontecido durante a manhã.

– Incrível – comentou ela, tornando a encher o copo com água. – Levando em conta que foi tudo feito tão na última hora, claro.

Da cozinha, olhei para as portas de correr de vidro que levavam à varanda. A luz lá fora já tinha diminuído sob as nuvens cada vez mais densas e as primeiras gotas de chuva começaram a bater no vidro, bem de leve. O rio estava cinza, ameaçador. Instantes depois, vimos um raio seguido pelo estrondo de um trovão e a chuva começou para valer. Ao ver a tempestade liberar sua fúria, Jane se virou para a porta de vidro.

– Você sabe se vai chover no sábado? – perguntou. Achei sua voz surpreendentemente calma. Imaginei que ela fosse estar mais nervosa. Lembrei-me de sua tranquilidade no carro e percebi que ela não tinha comentado nada sobre a presença de Noah no lago. Ao observá-la, tive a estranha sensação de que sua calma tinha algo a ver com Anna.

– Não deveria – respondi. – A previsão é de céu claro. Este deve ser o último temporal a passar por aqui.

Ficamos juntos vendo a chuva cair, sem dizer nada. Tirando o barulho da água, o silêncio era total. Os olhos de Jane tinham uma expressão perdida e um esboço de sorriso ameaçava surgir em seus lábios.

– É lindo, não é? – disse ela. – Ficar olhando a chuva? Costumávamos fazer isso lá na casa dos meus pais, lembra? Quando ficávamos sentados na varanda?

– Lembro, sim.

– Era bom, não era?

– Muito.

– Faz tempo que não fazemos isso.

– É mesmo.

Jane pareceu perdida em pensamentos e rezei para que aquela calma que ela acabara de reencontrar não cedesse lugar à costumeira tristeza que eu agora tanto temia. Mas sua expressão não mudou e dali a vários instantes ela olhou para mim.

– Aconteceu outra coisa hoje – falou, baixando os olhos para o copo.

– Ah, é?

Ela ergueu os olhos de novo e me encarou. Eles pareciam cintilar com lágrimas contidas.

– Eu não vou poder sentar com você no casamento.

– É mesmo?

– É – explicou ela. – Vou ficar lá na frente com Anna e Keith.

– Por quê?

Jane levou a mão ao copo.

– Porque Anna me convidou para ser madrinha. – A voz dela ficou levemente embargada. – Disse que eu era a pessoa mais próxima que ela tinha e que eu havia feito tanta coisa por ela e pelo casamento... – Ela piscou depressa e deu uma fungadinha. – Sei que é uma bobagem, mas fiquei tão espantada quando ela me convidou que quase não soube o que dizer. Isso não tinha nem passado pela minha cabeça. Ela pediu tão bonitinho... como se isso de fato fosse muito importante para ela.

Jane enxugou os olhos e senti um nó na garganta. Pedir ao pai que seja padrinho de casamento era bem típico no sul dos Estados Unidos, mas convidar a mãe para ser madrinha, não.

– Ah, querida – murmurei. – Que maravilha. Estou muito feliz por você.

Outro raio foi seguido por um trovão, mas nós quase não prestamos atenção em nenhum dos dois e ficamos na cozinha até bem depois de o temporal passar, compartilhando aquela alegria silenciosa.

⚜

Após a chuva parar por completo, Jane abriu as portas de correr e saiu para a varanda. A água ainda escorria das calhas e pelo parapeito e finas nuvens de vapor se erguiam do chão.

Quando saí atrás dela, senti as costas e os braços doloridos por causa do esforço do dia. Girei os ombros para trás, tentando relaxá-los.

– Já jantou? – perguntou Jane.

– Ainda não. Quer sair para comer alguma coisa?

Ela balançou a cabeça.

– Melhor não. Estou exausta.

– E se pedirmos algo para comemorar? Alguma coisa fácil? Algo... divertido.

– Tipo o quê?

– Que tal uma pizza?

Ela levou as mãos aos quadris.

– Nós não pedimos pizza desde que Leslie saiu de casa.

– Eu sei. Mas é uma boa ideia, não é?

– Sempre é. Só que toda vez você fica com indigestão depois.

– É verdade – admiti. – Mas hoje estou disposto a viver perigosamente.

– Não prefere que eu improvise alguma coisa? Deve ter algo no freezer.

– Por favor – insisti. – Faz anos que não dividimos uma pizza. Só nós dois, quero dizer. Podemos relaxar no sofá e comer direto da caixa... Como costumávamos fazer. Vai ser divertido.

Ela me olhou com um ar intrigado.

– Você quer fazer uma coisa... divertida.

Era mais uma afirmação que uma pergunta.

– Quero – falei.

– Você pede, ou peço eu? – perguntou ela por fim.

– Pode deixar comigo. De que sabor você quer?

Ela pensou por alguns instantes.

– Que tal uma portuguesa? – sugeriu.

– Por que não? – concordei.

A pizza levou meia hora para chegar. A essa altura, Jane já tinha trocado de roupa – vestira uma calça jeans com uma camiseta escura – e comemos como se fôssemos um casal de universitários no quarto do alojamento. Apesar de antes ela ter recusado uma taça de vinho, acabamos dividindo uma cerveja que encontrei na geladeira.

Enquanto comíamos, ela me contou mais detalhes sobre o dia. As três passaram a manhã procurando vestidos para Leslie e Jane, apesar dos protestos de Jane de que podia "comprar alguma coisa simples em qualquer loja e pronto". Anna fizera questão de que a mãe e a irmã escolhessem algo que adorassem e que pudessem usar de novo depois.

– Leslie achou um vestido muito elegante. Lindo, na altura do joelho... Ficou tão bom nela que Anna quis experimentar também, só para ver como ficava. – Jane deu um suspiro. – As meninas ficaram tão bonitas...

– São os seus genes – falei, muito sério.

Jane apenas riu e acenou para mim com uma das mãos, com a boca cheia de pizza.

Conforme a noite foi passando, o céu lá fora ficou anil e as nuvens iluminadas pelo luar adquiriram bordas prateadas. Quando terminamos de comer, ficamos sentados sem nos mexer, ouvindo o barulho do sino dos ventos sacudido pela brisa de verão. Jane recostou a cabeça no sofá e ficou me encarando com os olhos semicerrados. Seu olhar era estranhamente sedutor.

– Foi uma boa ideia – disse ela. – Eu estava com mais fome do que pensei.

– Você nem comeu tanto assim.

– Vou ter que me espremer dentro do vestido do casamento.

– Eu não me preocuparia muito – falei. – Você continua tão linda quanto no dia em que nos casamos.

Ao ver seu sorriso tenso, constatei que minhas palavras não tiveram exatamente o efeito que eu esperava. De repente, ela se virou para mim no sofá.

– Wilson, posso perguntar uma coisa?

– Claro.

– Quero que me diga a verdade.

– O que é?

Ela hesitou.

– É sobre o que aconteceu lá no lago hoje.

Pensei na hora que ela estivesse se referindo ao cisne, mas, antes que eu pudesse explicar que Noah me pedira que o levasse até lá – e que teria ido comigo ou sem mim –, ela continuou falando.

– O que você quis dizer com aquilo? – perguntou ela.

Franzi a testa, confuso.

– Não entendi muito bem a pergunta.

– Quando você disse que me amava e que era o homem mais sortudo deste mundo por me ter.

Durante alguns instantes de surpresa, eu apenas a encarei.

– Quis dizer exatamente isso – repeti, feito um bobo.

– Só isso?

– Só – assenti, sem conseguir esconder o desconforto. – Por quê?

– Estou tentando entender por que você disse isso – explicou ela, de forma direta. – Não é do seu feitio falar essas coisas do nada.

– Bom... é que me pareceu certo.

Ao ouvir minha resposta, ela ficou bastante séria. Erguendo os olhos para o teto, pareceu estar tomando coragem antes de tornar a olhar para mim.

– Você está tendo um caso? – perguntou ela.

Fiquei atônito.

– O quê?

– Você ouviu muito bem.

De repente me dei conta de que ela não estava brincando. Pude vê-la tentando interpretar minha expressão, preparando-se para avaliar a veracidade do que eu diria em seguida. Segurei sua mão entre as minhas.

– Não – falei, encarando-a bem nos olhos. – Não estou tendo um caso. Nunca tive e nunca terei. E jamais tive vontade de ter.

Depois de me observar com atenção por alguns instantes, ela assentiu.

– Está bem – falou.

– É sério – insisti.

Ela sorriu e apertou minha mão de leve.

– Eu acredito em você. Não achei que estivesse realmente tendo um caso, mas tinha de perguntar.

Fiquei olhando para ela, perplexo.

– Por que você pensaria uma coisa dessas?

– Por sua causa – confessou ela. – Pelo jeito como tem se comportado.

– Não entendi.

Ela me lançou um olhar claramente avaliador.

– Tá, vamos lá. Veja a situação com os meus olhos: primeiro você começa a fazer exercícios e a perder peso. Depois passa a cozinhar e a querer saber como foi o meu dia. Como se isso não bastasse, vem me ajudando de uma forma incrível durante a última semana... Na verdade, tem me ajudado em tudo nos últimos tempos. E agora fica dizendo essas coisas carinhosas que nunca disse antes. Primeiro achei que fosse uma fase, depois pensei que fosse por causa do casamento. Mas agora... bom, é como se você de repente tivesse virado outra pessoa. Pedir desculpas por não passar tempo suficiente em casa? Dizer sem mais nem menos que me ama? Me ouvir falar sobre roupas durante horas? E esse papo de vamos pedir uma pizza e *nos divertir*? Não me leve a mal, é tudo incrível, mas eu só queria ter certeza de que você não está agindo assim porque se sente culpado por alguma coisa. Ainda não entendi que bicho deu em você.

Balancei a cabeça.

– Não é que eu me sinta culpado. Bem, quer dizer, exceto por trabalhar demais. Por isso eu me sinto. Mas a forma como eu tenho agido ultimamente... é que...

Quando não completei a frase, Jane se inclinou na minha direção.

– É que o quê? – insistiu ela.

– Como disse na outra noite, eu não tenho sido o melhor dos maridos e... sei lá... acho que estou tentando mudar.

– Por quê?

"Porque eu quero que você volte a me amar", pensei, mas guardei essas palavras para mim mesmo.

– Porque você e nossos filhos são as pessoas mais importantes do mundo para mim... – respondi depois de alguns segundos. – Sempre foram... e eu perdi muitos anos agindo como se não fossem. Sei que não posso mudar o passado, mas o futuro eu posso. E também posso mudar a mim mesmo. Posso e vou.

Ela me encarou com os olhos semicerrados.

– Quer dizer que vai parar de trabalhar tanto?

Seu tom de voz era doce, mas cético, e doeu pensar no que eu havia me transformado.

– Se você me pedisse para me aposentar agora, eu obedeceria – afirmei.

Os olhos dela tornaram a adquirir aquele mesmo brilho sedutor.

– Está vendo? Você nem parece a mesma pessoa ultimamente.

Embora estivesse brincando – e eu não tivesse certeza se ela acreditava em mim –, eu sabia que Jane tinha gostado do que eu acabara de dizer.

– Agora é a minha vez de fazer uma pergunta – continuei.

– Tudo bem – concordou ela.

– Já que Anna vai dormir na casa dos pais de Keith, e como Leslie e Joseph só vão chegar na sexta, o que acha de fazermos algo especial amanhã à noite?

– Tipo o quê?

– Que tal... que tal você me deixar inventar alguma coisa e fazer uma surpresa?

Ela me presenteou com um sorriso encabulado.

– Você sabe que eu gosto de surpresas.

– É – falei. – Sei, sim.

– Eu adoraria – disse ela, sem tentar esconder a satisfação.

14

Na quinta-feira de manhã, cheguei cedo à casa de Noah, com a mala do carro abarrotada de coisas. Como na véspera, o terreno já estava lotado de carros e meu amigo Nathan Little acenou para mim do outro lado do quintal, sinalizando que falaria comigo em poucos minutos.

Estacionei na sombra e logo comecei a trabalhar. Subi uma escada e acabei de tirar as tábuas que tapavam as janelas, para que os lavadores pudessem ter total acesso com a mangueira de alta pressão.

Como no dia anterior, guardei as tábuas no porão. Estava fechando a porta quando uma equipe de faxina composta de cinco pessoas entrou casa adentro. Como os pintores já estavam trabalhando no térreo, pegaram baldes, esfregões, panos e detergentes e começaram a limpar a cozinha, a escada, os banheiros, as janelas e os quartos do segundo andar. O grupo era rápido e eficiente. As camas foram arrumadas com as cobertas e os lençóis novos que eu havia levado de casa. Enquanto isso, Nathan enfeitou cada cômodo da casa com flores frescas.

Em menos de uma hora, a caminhonete com os móveis alugados chegou e os funcionários começaram a descarregar cadeiras brancas dobráveis e a dispô-las em fileiras. Além disso, cavaram buracos junto ao caramanchão para enterrar vasos com glicínias já plantadas e entrelaçaram e amarraram a ele as flores roxas. A antiga desordem do roseiral deu lugar a cores vivas.

Apesar do céu claro previsto pela meteorologia, eu providenciara uma tenda, de modo que os convidados tivessem alguma sombra disponível. A estrutura branca foi erguida ao longo da manhã. Mais vasos de glicínias foram enterrados no chão e as flores foram enroladas em volta das estacas, entremeadas por cordões de luzinhas brancas.

A mangueira de alta pressão foi usada também para limpar o chafariz no meio do roseiral. Pouco depois do almoço, abri a torneira e ouvi a água cascatear pelos três andares do chafariz como uma delicada cachoeira.

O afinador do piano chegou e passou três horas trabalhando no instrumento, sem uso havia anos. Quando terminou, um conjunto de microfones especiais foi instalado para que a música chegasse até o local da cerimônia e o da festa. Mais alto-falantes e microfones permitiriam que o pastor fosse ouvido durante a celebração do casamento e garantiriam que a melodia atingisse todos os cantos da casa.

Mesas foram dispostas no salão principal – exceto na pista de dança, em frente à lareira – e cobertas por toalhas de linho. Velas novas e arranjos de mesa com flores surgiram como em um passe de mágica, de modo que, quando a equipe do bufê chegou, tudo o que precisou fazer foi dobrar os guardanapos de linho em forma de cisne e dar os toques finais nos lugares postos.

Lembrei a todos que eu queria que uma mesa à parte fosse montada na varanda, e em poucos minutos fui atendido.

O toque final foram arbustos de hibisco em vasos decorados com luzinhas brancas dispostos nos quatro cantos da sala.

No meio da tarde, o ritmo do trabalho já estava diminuindo. Os trabalhadores começaram a recolher suas coisas e a equipe de jardinagem entrou na etapa final da limpeza. Pela primeira vez depois que tudo aquilo começara, fiquei sozinho na casa. Senti-me bem. Apesar de frenéticas, as tarefas dos últimos dois dias haviam corrido bem e, embora os móveis tivessem sido retirados, o aspecto elegante da casa me lembrou os anos em que havia pessoas morando ali.

Ao ver os caminhões se afastarem da casa, soube que também deveria ir embora. Depois de ajustar os vestidos e comprar os sapatos naquela manhã, Jane e Anna tinham marcado manicure para a tarde.

Perguntei-me se Jane estaria pensando no convite que eu lhe fizera. Com toda aquela agitação, achei pouco provável e, conhecendo-me como ela conhecia, duvidei que esperasse uma grande surpresa, apesar do que eu dera a entender na noite anterior. Ao longo dos anos, eu fora bastante eficiente em manter as expectativas baixas, mas torci para que isso tornasse o que eu havia preparado ainda mais especial.

Ao olhar para a casa, dei-me conta de que os meses que passara planejando nosso aniversário de casamento estavam prestes a dar frutos. Guardar segredo para Jane não fora nada fácil, mas agora que a noite havia chegado percebi que a maior parte do que eu desejava para nós já tinha acontecido. Originalmente, eu pensara em meu presente como o símbolo de um recomeço. Agora ele parecia o final de uma jornada que eu vinha fazendo ao longo do último ano.

O terreno enfim ficou vazio e eu o percorri uma última vez antes de entrar no carro. A caminho de casa, passei no mercado, em seguida fiz algumas outras paradas para comprar o restante das coisas de que precisava. Quando cheguei, já eram quase cinco horas. Depois de alguns minutos, entrei no banho para tirar a sujeira acumulada durante o dia.

Como sabia que tinha pouco tempo, apressei-me na hora seguinte. Seguindo a lista que havia feito no escritório, comecei os preparativos para a noite que planejara, aquela na qual vinha pensando havia muitos meses. Uns depois dos outros, os objetos foram se encaixando no lugar. Eu tinha pedido que Anna me ligasse assim que a mãe a deixasse na casa dos pais de Keith, para me dar uma ideia da hora em que Jane chegaria. Ela fez o que combinamos e me alertou que minha mulher demoraria apenas 15 minutos. Depois de verificar que a casa estava perfeita, completei minha última tarefa, prendendo à porta da frente um bilhete que Jane não poderia deixar de ver.

"Bem-vinda à sua casa, meu amor. A surpresa está esperando lá dentro..."

Então entrei no carro e fui embora.

15

Quase três horas mais tarde, na casa de Noah, vi faróis se aproximando. Olhei para o relógio e constatei que ela chegava bem na hora.

Enquanto ajeitava meu paletó, pensei em como Jane estaria se sentindo. Embora eu não estivesse em casa quando ela chegara lá, tentei imaginá-la. Será que ela percebera que meu carro não estava lá? Com certeza reparara que eu tinha fechado as cortinas antes de sair – talvez tenha ficado parada no carro por alguns segundos, confusa ou até mesmo intrigada.

Imaginei-a com as mãos ocupadas ao sair do carro, segurando o vestido e os sapatos para o casamento. De toda forma, quando chegasse aos degraus da frente, não teria como não ver o bilhete na porta, e eu podia visualizar perfeitamente a expressão de curiosidade que deve ter atravessado seu semblante.

Como será que ela reagiu ao ler o que escrevi? Isso eu não podia saber. Talvez com um sorriso de espanto? Sua incerteza sem dúvida deve ter sido aumentada pelo fato de eu não estar em casa.

O que ela pode ter pensado ao destrancar a porta e deparar com a sala de estar às escuras, iluminada apenas pelo brilho fraco de velas e tomada pela voz melancólica de Billie Holiday saindo do aparelho de som? Quanto tempo teria levado para reparar nas pétalas de rosas espalhadas pelo chão, que começavam no saguão, seguiam pela sala e subiam a escada? Ou no segundo bilhete que eu havia pregado na balaustrada? Ele dizia:

Meu amor, a noite de hoje é sua. Mas para que ela vire realidade você tem que desempenhar um papel. Pense nisso como um jogo. Vou lhe dar uma lista de instruções e a sua função é fazer o que eu pedir.

A primeira tarefa é simples: por favor, apague as velas do andar de baixo e siga as pétalas de rosa até o quarto. Novas instruções estarão à sua espera lá em cima.

Será que ela soltou um arquejo de surpresa? Ou uma risada incrédula? Eu não podia saber ao certo, mas, conhecendo Jane, tinha certeza de que ela iria entrar na brincadeira. Quando chegou ao quarto, sua curiosidade deve ter sido instigada.

Lá dentro havia velas acesas em todas as superfícies e uma música suave de Chopin tocando bem baixinho. Em cima da cama, um buquê de 30 rosas com uma caixa cuidadosamente embrulhada para presente de cada lado, as duas com um cartão. O da esquerda dizia "Abra agora" e o da direita, "Abra às oito horas".

Imaginei-a andando devagar até a cama e levantando o buquê de rosas para sentir seu cheiro embriagante. Dentro do cartão da esquerda estava escrito:

Você teve um dia cheio, então pensei que pudesse querer relaxar antes do nosso encontro. Abra o presente que acompanha este cartão e leve o conteúdo até o banheiro. Novas instruções a esperam lá dentro.

Se ela olhasse por cima do ombro, veria mais velas acesas no banheiro. Dentro da caixa estavam óleos de banho, loções corporais e um roupão de seda novo.

Conhecendo Jane, imagino que tenha ficado tentada a abrir o cartão e o embrulho da direita também. Será que pensou em desobedecer às instruções? Terá alisado o papel do embrulho com o dedo e depois desistido? Desconfio que sim, mas depois deve ter suspirado e se encaminhado para o banheiro.

Sobre a penteadeira do banheiro, mais um bilhete:

Existe algo melhor que um longo banho de banheira depois de um dia cheio? Escolha o óleo que quiser, acrescente uma generosa dose de espuma e encha a banheira com água quente. Ao lado dela tem uma garrafa já aberta do seu vinho preferido, ainda geladinho. Sirva-se de uma taça. Depois tire a roupa, entre na banheira, encoste a cabeça e relaxe. Quando sair, seque-se com a toalha e passe uma das loções novas que comprei para você. Não se vista. Em vez disso, ponha o roupão novo e vá se sentar na cama para abrir o outro presente.

Na outra caixa havia um vestido de festa e sapatos pretos de salto alto, que eu comprara depois de conferir os tamanhos no armário dela. O cartão que acompanhava o presente que ela iria usar nesta noite era simples:

Você já está quase lá. Por favor, abra a caixa e vista o que lhe comprei. Se quiser, ponha os brincos que lhe dei de Natal em nosso primeiro ano de namoro. Quando estiver pronta, apague todas as velas, esvazie a banheira e desligue o som. Às 20h45, desça até a varanda da frente. Tranque a porta quando sair. Feche os olhos e fique em pé de costas para a rua. Espere alguns segundos e torne a se virar. Abra os olhos, pois a sua noite está prestes a começar...

Em frente à casa, à sua espera, estaria a limusine que eu havia contratado. O motorista, que teria nas mãos um terceiro presente, recebera instruções de dizer: "Sra. Lewis? Vou levá-la até seu marido agora. Ele quer que a senhora abra este presente assim que entrar no carro. Também deixou outra coisa para a senhora lá dentro."

Na caixa em suas mãos haveria um vidro de perfume acompanhado por um bilhete curto:

Escolhi esta fragrância especialmente para hoje. Quando entrar no carro, passe um pouco e abra o outro presente. O bilhete dentro dele lhe dirá o que fazer.

A última caixa conteria um lenço preto estreito. O cartão aninhado em suas dobras dizia:

Você agora vai ser conduzida até o lugar onde irei encontrá-la, mas quero que seja surpresa. Por favor, use este lenço para vendar os olhos e lembre-se: nada de espiar. A viagem levará menos de 15 minutos e o motorista vai esperar que você diga que está pronta para partir. Quando o carro parar, ele abrirá a porta para você. Fique com a venda nos olhos e peça a ele que a ajude a sair do carro.

Estarei esperando você.

16

Quando a limusine parou em frente à casa de Noah, dei um longo suspiro. O motorista desceu do carro e balançou a cabeça para me informar que tudo havia transcorrido conforme o combinado e eu, nervoso, assenti de volta para ele.

Havia passado as últimas duas horas dividido entre a empolgação e o pânico de que Jane pudesse ter achado aquilo tudo... bom, uma bobagem. Quando o motorista abriu a porta da limusine para ela, de repente senti um nó na garganta. Mesmo assim, cruzei os braços e me encostei no parapeito da varanda, esforçando-me ao máximo para parecer calmo. A lua brilhava, muito branca, e eu ouvia o canto dos grilos.

Jane desceu do carro quase em câmera lenta, ainda de olhos vendados.

Tudo o que consegui fazer foi observá-la. Sob o luar, vi o leve contorno de um sorriso em seu rosto e sua aparência era ao mesmo tempo exótica e elegante. Acenei para o motorista, dispensando-o.

Enquanto o carro se afastava, me aproximei devagar de Jane, reunindo coragem para falar com ela.

– Você está maravilhosa – murmurei em seu ouvido.

Ela se virou na minha direção e abriu ainda mais o sorriso.

– Obrigada – respondeu. Esperou que eu dissesse mais alguma coisa e, quando fiquei calado, passou o peso do corpo de uma perna para a outra. – Já posso tirar a venda?

Olhei em volta para me certificar de que tudo estava como eu queria.

– Pode – sussurrei.

Ela puxou de leve o lenço, que se soltou na mesma hora e caiu de seu rosto. Seus olhos levaram alguns instantes para ajustar o foco – primeiro pousaram em mim, depois na casa, depois de novo em mim. Assim como Jane, eu estava vestido à altura da ocasião: meu smoking era novo e fora feito sob medida. Como quem acorda de um sonho, ela piscou várias vezes.

– Pensei que você gostaria de ver como a casa vai ficar neste fim de semana – falei.

Ela foi se virando devagar para todos os lados. Mesmo de longe, o terreno parecia encantado. Sob o céu negro como tinta, a tenda branca reluzia e as luzes do jardim lançavam finas sombras que lembravam dedos e realçavam as cores dos botões de rosas. A água do chafariz cintilava sob o luar.

– Wilson... ficou incrível – gaguejou ela.

Segurei sua mão. Senti o cheiro do perfume novo que tinha comprado para ela e vi os pequenos brilhantes em suas orelhas. Um batom escuro acentuava seus lábios carnudos.

Quando ela se virou para mim, sua expressão era de pura incompreensão.

– Mas como? Você só teve dois dias!

– Eu prometi que ficaria sensacional – lembrei. – Como disse Noah, não é todo dia que temos um casamento por aqui.

Ela então pareceu reparar pela primeira vez na minha aparência e deu um passo para trás.

– Você está de smoking – observou ela.

– Comprei para o casamento, mas pensei que seria bom estrear antes.

Ela me avaliou de cima a baixo.

– Ficou... ficou lindo – constatou.

– Você parece surpresa.

– E estou mesmo – concordou ela depressa, e em seguida se explicou: – Quero dizer, não estou surpresa por você estar bonito, mas é que eu não esperava vê-lo desse jeito.

– Vou encarar isso como um elogio.

Jane riu.

– Venha – convidou ela, puxando-me pela mão – Quero ver de perto tudo o que você fez.

Eu tinha de reconhecer: a visão da casa era *mesmo* sensacional. Erguendo-se entre os carvalhos e ciprestes, o fino material da tenda branca reluzia sob a iluminação do jardim como se tivesse vida própria. As cadeiras haviam sido arrumadas em fileiras curvas, como diante de uma orquestra, seguindo o contorno do roseiral logo atrás. Estavam todas orientadas para o mesmo ponto e o caramanchão brilhava com as luzinhas e as folhagens coloridas. Além disso, para onde quer que olhássemos, havia flores e mais flores.

Jane começou a percorrer lentamente o corredor entre as cadeiras. Eu sabia que ela imaginava os convidados e Anna, visualizando a cena que veria de seu lugar junto ao caramanchão. Quando se virou para me olhar, estava atordoada.

– Nunca imaginei que pudesse ficar assim.

Pigarreei para limpar a garganta.

– Eles fizeram um ótimo trabalho, não foi?

Ela balançou a cabeça com um ar solene.

– Não – falou. – Eles não. *Você.*

Quando chegamos à primeira fileira de cadeiras, Jane soltou minha mão e foi até o caramanchão. Fiquei onde estava, vendo-a passar as mãos pelos relevos e tocar as fileiras de luzinhas. Seu olhar então se dirigiu ao roseiral.

– Está igualzinho ao que era antigamente – disse ela, maravilhada.

Enquanto Jane dava a volta no caramanchão, fiquei olhando o vestido que ela usava, reparando em como ele acentuava as curvas que eu conhecia tão bem. O que aquela mulher tinha, que me deixava assim, sem fôlego? Seria sua personalidade? A nossa vida em comum? Apesar de todos os anos transcorridos desde a primeira vez em que a vira, seu efeito sobre mim só se fortalecera.

Entramos no roseiral e demos a volta no coração de fora. Em pouco tempo, as luzes da tenda atrás de nós ficaram mais fracas. O chafariz borbulhava como uma nascente de montanha. Jane não disse nada, ficou apenas absorvendo o ambiente à sua volta, olhando de vez em quando por cima do ombro para ter certeza de que eu estava atrás dela. Mais à frente, onde apenas o teto da tenda era visível, Jane parou para admirar as roseiras e então, por fim, escolheu um botão e o colheu. Retirou os espinhos antes de se aproximar de mim e pôr a rosa na minha lapela. Depois de arrumar a flor até ficar satisfeita com o resultado, deu um leve tapinha no meu peito e ergueu os olhos.

– Fica mais elegante com uma flor na lapela – constatou ela.

– Obrigado.

– Já falei como você fica bonito assim todo chique?

– Acho que você usou a palavra lindo. Fique à vontade para repeti-la sempre que quiser.

Ela pôs a mão no meu braço.

– Obrigada pelo que fez aqui. Anna vai ficar de queixo caído.

– De nada.

Chegando mais perto, ela murmurou:

– E obrigada por esta noite, também. Foi... foi muito divertido lá em casa.

No passado, eu teria aproveitado a oportunidade para pressioná-la com perguntas e me certificar de que tinha feito tudo certo, mas em vez disso estendi a mão para segurar a sua.

– Tem mais uma coisa que eu quero que você veja – falei, simplesmente.

– Não me diga que escondeu uma carruagem com cavalos brancos no celeiro – brincou ela.

Fiz que não com a cabeça.

– Não, mas se você quiser eu posso tentar arranjar uma.

Ela riu. Quando chegou mais perto, o calor de seu corpo foi como um ímã. Seus olhos tinham uma expressão travessa.

– O que mais você queria me mostrar?

– Outra surpresa – disse eu.

– Não sei se o meu coração vai aguentar.

– Venha comigo.

Levei-a para longe do roseiral e juntos seguimos uma trilha de cascalho em direção à casa. Lá em cima, as estrelas piscavam no céu sem nuvens e a lua se refletia no rio atrás da casa. Galhos cheios de cipó estiravam suas garras retorcidas em todas as direções, parecendo dedos espectrais. O ar tinha o cheiro conhecido de pinheiros e de sal, um aroma típico da região. No silêncio, senti o polegar de Jane acariciar o meu.

Ela parecia não ter pressa alguma. Caminhamos devagar, absorvendo os sons da noite: os grilos e as cigarras, o farfalhar das folhas nas árvores, o cascalho estalando sob nossos pés.

Jane olhou na direção da casa. Cheia de árvores ao fundo, a construção tinha um ar atemporal e as colunas brancas da varanda lhe davam um aspecto quase luxuoso. O telhado de zinco havia escurecido com o tempo e parecia se misturar ao céu escuro, e através das janelas pude ver o brilho amarelado das velas.

Quando entramos, a corrente de ar repentina fez as velas tremeluzirem. Jane ficou parada na porta, admirando a sala. O piano limpo e encerado cintilava à luz suave e o piso de madeira onde Anna iria dançar com Keith, em frente à lareira, brilhava como se fosse novo. As mesas – com seus guardanapos brancos dobrados em forma de cisne e dispostos sobre as louças e os cristais lustrosos – lembravam fotografias de algum restaurante chique. Cálices de prata cintilavam em cima delas como enfeites de Natal. As mesas que margeavam a parede dos fundos, onde ficaria o bufê, pareciam desaparecer em meio às flores entremeadas aos suportes que apoiariam as travessas de comida.

– Ah, Wilson... – disse Jane com um arquejo.

– Vai estar um pouco diferente quando todo mundo chegar no sábado, mas eu queria que você visse antes como ficou.

Ela soltou minha mão e percorreu a sala, prestando atenção em cada detalhe.

Atendendo a seu pedido, fui até a cozinha, abri o vinho e servi duas taças. Quando ergui os olhos, vi Jane olhando fixamente para o piano, com o perfil destacado nas sombras lançadas pelas velas.

– Quem vai tocar? – perguntou ela.

Abri um sorriso.

– Se você fosse eu, quem teria contratado?

Ela me lançou um olhar esperançoso.

– John Peterson?

Assenti.

– Mas como? Ele não vai tocar no Chelsea?

– Você sabe que ele sempre teve um carinho especial por você e por Anna. O Chelsea vai sobreviver a uma noite sem ele.

Ela continuou olhando para o salão, admirada, enquanto se aproximava de mim.

– Só não entendo como você conseguiu fazer tudo isso tão rápido. Afinal, faz só alguns dias que eu estive aqui.

Entreguei-lhe uma das taças.

– Então você gostou?

– Se eu gostei? – Ela tomou um gole de vinho bem devagar. – Acho que nunca vi esta casa tão linda.

A luz das velas tremeluziu em seus olhos.

– Já está com fome? – perguntei.

Ela pareceu quase perplexa.

– Para ser sincera, nem pensei nisso. Acho que prefiro saborear este vinho e ficar por aqui mesmo.

– Não precisamos ir a lugar nenhum. Eu estava planejando jantar aqui.

– Mas como? Não tem nada na despensa.

– Espere e verá. – Fiz um gesto por cima do ombro. – Por que não relaxa e dá uma volta pela casa enquanto começo a aprontar tudo?

Afastei-me dela e fui até a cozinha, onde os preparativos para o elaborado jantar que eu planejara já tinham sido adiantados. O linguado recheado com carne de caranguejo encontrava-se pronto para assar, então acendi o forno na temperatura adequada para preaquecê-lo. Os ingredientes para o molho já estavam medidos e separados: era só pôr tudo na panela. A salada já estava temperada.

Enquanto eu fazia o jantar, erguia os olhos de vez em quando e via Jane andando devagar pelo salão. Embora todas as mesas fossem iguais, ela parava diante de cada uma imaginando o convidado especial que se sentaria ali. Ajeitava distraidamente os talheres e girava os vasos de flores, acabando quase sempre por devolvê-los à posição original. Sua atitude demonstrava uma satisfação que achei estranhamente comovente. Porém, pensando bem, nos últimos tempos tudo em Jane me comovia.

No silêncio que dominava a casa, pensei na sequência de acontecimentos que nos levara até ali. A experiência me ensinara que mesmo as lembranças mais preciosas enfraquecem com o passar do tempo, mas eu não queria esquecer um só instante da última semana que tínhamos passado juntos. E gostaria, é claro, que Jane se lembrasse de todos os momentos.

– Jane? – chamei. Ela se encontrava fora do meu campo de visão e supus que estivesse junto ao piano.

Ela surgiu em um dos cantos da sala. Mesmo de longe, seu rosto estava luminoso.

– Sim?

– Enquanto preparo o jantar, você me faria um favor?

– Claro. Quer uma ajuda aí na cozinha?

– Não. Esqueci meu avental lá em cima. Poderia ir buscar para mim? Está na cama do seu antigo quarto.

– Claro, pode deixar – disse ela.

Instantes depois, Jane desapareceu escada acima. De acordo com o que eu planejara, sabia que ela só tornaria a descer quando o jantar já estivesse quase pronto.

Enquanto lavava os aspargos, fiquei cantarolando sozinho, imaginando a sua reação ao descobrir o presente que a aguardava lá em cima.

– Feliz aniversário de casamento – sussurrei.

⚜

Enquanto a água fervia no fogão, pus o linguado no forno e saí para a varanda dos fundos. Os funcionários do bufê tinham montado uma mesa só para nós dois ali. Pensei em abrir o champanhe, mas resolvi esperar Jane. Respirei fundo e tentei arejar a mente.

Ela agora com certeza já tinha encontrado o presente em cima da cama. O álbum – costurado à mão e encadernado em couro, com letras em baixo-relevo – era lindíssimo, mas era o conteúdo que eu esperava que a deixasse realmente emocionada. Aquela era a surpresa que eu fizera com a ajuda de tanta gente em comemoração aos nossos 30 anos de casados. Como tudo o que ela havia recebido nesta noite, vinha acompanhada de um bilhete. Era a carta que eu tentara lhe escrever antes mas não conseguira, o tipo que Noah sugerira que eu redigisse. Embora eu antes considerasse isso algo totalmente impossível de fazer, as revelações do ano anterior, e sobretudo da semana anterior, emprestaram às minhas palavras uma graça especial.

Ao terminar de escrever, eu reli a carta uma vez, depois outra. O conteúdo ainda estava tão fresco na minha mente quanto nas páginas que Jane agora segurava na mão.

Meu amor,

É tarde da noite. Estou sentado em frente à minha escrivaninha e, a não ser pelas batidas do relógio de pé, a casa está silenciosa. Você dorme no andar de cima. Apesar de ansiar pelo calor do seu corpo contra o meu, algo insiste para que eu escreva esta carta, embora não saiba muito bem por onde começar. Tampouco sei exatamente o que dizer, mas cheguei à conclusão de que, depois de tanto tempo, isso é algo que preciso fazer, não apenas por você, mas também por mim. Após três décadas, é o mínimo que posso lhe dar.

Faz mesmo tantos anos? Sei que sim, mas o simples fato de pensar nisso me deixa assombrado. Afinal, algumas coisas continuam iguais. De manhã, por exemplo, meu primeiro pensamento ao acordar – como sempre – é você. Muitas vezes fico deitado de lado só admirando você, vendo seus cabelos espalhados sobre o travesseiro, um de seus braços acima da cabeça e seu peito subindo e descendo de forma suave. Às vezes, quando você está sonhando, chego mais perto, na esperança de que isso talvez me permita entrar nos seus sonhos. No final das contas, foi assim que eu sempre me senti em relação a você. Durante todo o nosso casamento, você foi um sonho para mim e nunca vou me esquecer de como me senti um homem de sorte desde aquela primeira vez que andamos juntos na chuva.

Lembro-me desse dia com frequência. É uma imagem que nunca me abandonou e pego-me pensando nela sempre que vejo algum raio cruzar o céu. Nessas horas, parece que estamos começando tudo outra vez e chego a sentir as batidas disparadas do meu coração de rapaz, de um homem que de repente vislumbrou o próprio futuro e não conseguiu mais imaginar a vida sem você.

Quase todas as lembranças que me vêm à mente provocam essa mesma sensação. Quando penso no Natal, eu a vejo sentada debaixo da árvore, feliz, entregando os presentes das crianças. Ao pensar em noites de verão, sinto o toque da sua mão na minha enquanto caminhamos sob as estrelas. Até mesmo no trabalho, não raro me pego olhando para o relógio e imaginando o que você estará fazendo naquele exato instante. São coisas simples – posso visualizar seu rosto meio sujo de terra quando você está no jardim, ou o jeito como você se encosta na bancada, passando a mão pelos cabelos enquanto fala ao telefone. Acho que o que estou tentando dizer é que você esteve presente em tudo o que eu já fiz na vida e, olhando para trás, sei que deveria ter lhe dito mais vezes quanto você sempre significou para mim.

Sinto muito por não ter feito isso, assim como lamento cada ocasião em que a decepcionei. Gostaria de poder mudar o passado, mas ambos sabemos que isso é impossível. No entanto, comecei a acreditar que, ainda que o ontem seja inalterável, podemos vê-lo de outra forma, e é aí que entra o álbum.

Nele você vai encontrar muitas, muitas fotos. Algumas são cópias das que temos em nossa coleção, mas a maioria não. Pedi a nossos amigos e parentes todos os retratos que eles tinham de nós dois e, durante o ano que passou, os recebi dos quatro cantos do país. Você vai ver um que Kate tirou no batizado de Leslie e outro de um piquenique do meu trabalho 25 anos atrás, tirado por Joshua Tundle. Noah me deu uma fotografia de nós dois em um dia chuvoso de Ação de Graças quando você estava grávida de Joseph e, se olhar com atenção, verá que o lugar em que percebi pela primeira vez que estava apaixonado por você aparece ao fundo. Nossos filhos também contribuíram.

À medida que cada foto chegava, eu tentava relembrar a ocasião em que ela fora feita. No início, minha memória era como a imagem em si – breve, isolada –, mas descobri que se fechasse os olhos e me concentrasse o tempo começava a andar para trás. E eu sempre me lembrava em que estava pensando no instante do clique.

Essa, portanto, é a outra parte do álbum. Na página ao lado de cada fato, escrevi as coisas de que me recordo em relação àquele momento ou, mais especificamente, a você.

Batizei o álbum de "As coisas que eu deveria ter dito".

Certo dia eu lhe fiz uma promessa nos degraus em frente ao cartório e, como seu marido há 30 anos, está na hora de enfim fazer outra: a partir de agora, vou me tornar o homem que sempre deveria ter sido. Serei mais romântico e aproveitarei ao máximo o tempo que ainda temos juntos. Em cada um desses preciosos momentos, espero conseguir fazer ou dizer algo que a faça entender que eu jamais poderia ter amado qualquer outra mulher como amo você.

Com todo o amor do mundo,
Wilson

Ao ouvir os passos de Jane, ergui os olhos. Ela estava em pé no alto da escada e a luz do corredor atrás ocultava seus traços. Sua mão se estendeu para segurar o corrimão e ela começou a descer os degraus.

A luz das velas iluminou minha mulher aos poucos: primeiro as pernas, depois a cintura e enfim o rosto. Ela parou no meio da escada e me encarou, e mesmo do outro lado da sala pude ver suas lágrimas.

– Feliz aniversário de casamento – falei, e ouvi minha voz ecoar pelo recinto. Sem tirar os olhos de mim, Jane terminou a descida. Com um sorriso delicado, atravessou a sala na minha direção e eu de repente soube exatamente o que tinha que fazer.

Abri os braços e a puxei para junto de mim. Seu corpo estava quente, macio, e senti seu rosto molhado encostar no meu. E ali, na casa de Noah, dois dias antes de completarmos 30 anos de casados, abracei-a bem forte, desejando com todas as minhas forças que o tempo parasse para sempre.

Passamos muito tempo abraçados antes de Jane finalmente recuar. Ainda com os braços à minha volta, ela me olhou nos olhos. Suas faces úmidas brilhavam à luz difusa das velas.

– Obrigada – sussurrou ela.

Apertei-a de leve.

– Venha cá. Quero lhe mostrar algo – falei.

Conduzi-a pela sala em direção aos fundos da casa. Abri a porta de trás e saímos para a varanda.

Apesar do brilho da lua, eu conseguia distinguir acima de nós o arco da Via Láctea, parecendo uma fileira de pedras preciosas. Ao sul, Vênus tinha surgido no céu. A temperatura esfriara um pouco e, ao sabor da brisa, senti o suave cheiro do perfume de Jane.

– Pensei que seria agradável jantarmos aqui fora. Além do mais, não queria desarrumar nenhuma das mesas do salão.

Ela passou o braço pelo meu e examinou a mesa à nossa frente.

– Wilson, que coisa maravilhosa!

Afastei-me com relutância para acender as velas e pegar o champanhe.

– Aceita uma taça?

No início não sabia ao certo se ela havia me escutado. Jane estava com os olhos perdidos acima do rio e seu vestido esvoaçava de leve com a brisa.

– Com todo o prazer.

Tirei a garrafa do balde de gelo, segurei a rolha com firmeza e girei. O champanhe se abriu com um estalo. Depois de servir duas taças, esperei a espuma baixar e as completei. Jane se aproximou.

– Há quanto tempo você estava planejando isso? – perguntou ela.

– Desde o ano passado. Era o mínimo que eu podia fazer depois do meu esquecimento.

Ela balançou a cabeça e segurou meu rosto, que ficou de frente para o seu.

– Eu nunca poderia ter sonhado com algo mais maravilhoso do que isto. – Ela hesitou. – Sério, quando encontrei o álbum, a carta, todos aqueles bilhetes... Foi a coisa mais incrível que você já fez para mim.

Comecei a repetir que era o mínimo que eu podia fazer, mas ela me interrompeu.

– Estou falando a verdade – disse ela, baixinho. – Não consigo nem expressar quanto isso significa para mim. – Então, com uma piscadela marota, ela mexeu na minha lapela. – Você fica lindo de morrer com este smoking.

Dei uma risadinha abafada, sentindo a tensão começar a diminuir, então cobri sua mão com a minha e a apertei de leve.

– Dito isso, detesto ter que abandonar você...

– Mas?

– Mas preciso ir ver o jantar.

Ela assentiu. Sensual, linda.

– Quer alguma ajuda?

– Não. Está quase pronto.

– Então posso ficar aqui? Está tão tranquilo...

– Claro, pode ficar.

Na cozinha, vi que os aspargos cozidos no vapor já tinham esfriado, então acendi uma das bocas do fogão para tornar a aquecê-los. O molho tinha ficado um pouco grosso, mas quando o mexi pareceu ainda estar no ponto. Então voltei minha atenção para o peixe e abri o forno para ver se estava pronto. Só precisava de mais alguns minutos.

O rádio da cozinha tocava uma música da época dos grandes grupos de jazz. Eu estava levantando a mão para trocar de estação quando ouvi a voz de Jane atrás de mim.

– Deixe onde está – pediu ela.

Ergui os olhos.

– Pensei que você fosse ficar lá fora aproveitando a noite.

– Eu ia, mas não é a mesma coisa sem você – disse ela. Então se encostou na bancada e ficou na sua postura habitual. – Você também pediu essa música especialmente para hoje? – perguntou, brincando.

– Já tem um tempo que o programa começou. Acho que é o tema especial deles para esta noite.

– Ele certamente evoca lembranças – comentou ela. – Papai vivia escutando jazz. – Ela correu a mão devagar pelos cabelos, perdida em recordações. – Sabia que ele e mamãe costumavam dançar na cozinha? Uma hora estavam lavando a louça e, no minuto seguinte, estavam abraçados, bailando. Na primeira vez em que os vi assim, acho que eu tinha uns 6 anos e não dei a menor importância. Quando fiquei um pouco mais velha, Kate e eu sempre ríamos ao vê-los fazerem isso. Apontávamos para eles dando risadinhas, mas eles riam também e continuavam dançando como se só eles existissem no mundo.

– Eu nunca soube disso.

– A última vez que os vi dançando foi cerca de uma semana antes de se mudarem para Creekside, quando dei uma passada para conferir como eles estavam. Vi os dois pela janela da cozinha quando estacionava e simplesmente comecei a chorar. Sabia que era a última vez que os veria aqui e tive a sensação de que o meu coração estava se partindo ao meio. – Ela fez uma pausa, ainda perdida em pensamentos. Então balançou a cabeça. – Desculpe. Sou mesmo uma estraga-prazeres, não é?

– Não tem problema nenhum – afirmei. – Eles fazem parte das nossas vidas e esta é a sua casa. Para ser sincero, eu ficaria chocado se você não pensasse nos seus pais. Além do mais, é um jeito maravilhoso de se lembrar deles.

Ela pareceu passar alguns segundos refletindo sobre as minhas palavras. No silêncio, tirei o linguado do forno e o pus em cima do fogão.

– Wilson? – murmurou Jane.

Virei-me para ela.

– Quando você disse na carta que de agora em diante tentaria ser mais romântico, estava falando sério?

– Estava.

– Isso significa que posso esperar mais noites como esta?

– Se for seu desejo, sim.

– Só que agora vai ser mais difícil me surpreender. Você vai ter que inventar alguma coisa nova.

– Não acho que vá ser tão difícil quanto você pensa.

– Ah, não?

– Eu provavelmente seria capaz de inventar alguma coisa agora mesmo, se precisasse.

– Tipo o quê?

Encarei seus olhos atentos e de repente estava determinado a não fracassar. Depois de uma breve hesitação, estendi a mão para apagar o fogo e pus os aspargos de lado. Jane me seguia com os olhos, curiosa. Ajeitei o paletó antes de atravessar a cozinha e lhe estender a mão.

– Quer dançar?

Jane enrubesceu enquanto segurava minha mão e passava o outro braço em volta das minhas costas. Puxando-a com firmeza de encontro a mim, senti seu corpo se colar ao meu. Começamos a girar em círculos lentos enquanto a música tomava conta da cozinha à nossa volta. Senti o cheiro do xampu de lavanda que ela havia usado e senti suas pernas roçarem nas minhas.

– Como você é linda... – sussurrei, e Jane reagiu alisando as costas da minha mão com o polegar.

Quando a música terminou, continuamos abraçados até começar outra e seguimos dançando devagar, embriagados por aqueles movimentos sutis. Quando Jane recuou para me olhar, exibia um sorriso carinhoso e ergueu uma das mãos até meu rosto. Seu toque foi suave. Como quem reaprende um hábito antigo, inclinei-me em direção a ela e nossos rostos se aproximaram.

O beijo foi quase um sopro e pusemos nele tudo o que estávamos sentindo, tudo o que desejávamos. Eu a abracei e tornei a beijá-la. Pude sentir seu desejo e o meu também. Enterrei a mão nos seus cabelos e ela gemeu baixinho, um som ao mesmo tempo conhecido e que me percorreu como um choque elétrico, um som novo e antigo, um milagre perfeito.

Sem dizer nada, recuei um pouco e fiquei só olhando para ela antes de conduzi-la para fora da cozinha. Senti seu polegar alisar as costas da minha mão enquanto passávamos entre as mesas, apagando as velas uma após outra.

Na escuridão acolhedora, guiei-a até o andar de cima. Quando chegamos ao seu antigo quarto de solteira, o luar entrava pela janela e ficamos abraçados, banhados pela luz leitosa e pelas sombras. Beijamo-nos outra vez, e outra, e Jane acariciou meu peito enquanto eu estendia a mão para o zíper nas costas de seu vestido. Ela suspirou baixinho quando comecei a abri-lo.

Meus lábios percorreram seu rosto e seu pescoço e senti o sabor da curva de seu ombro. Jane puxou meu paletó e o deixou cair no chão, junto ao seu vestido. Sua pele estava quente quando nos deitamos na cama.

Fizemos amor devagar, com delicadeza, e a paixão que sentíamos um pelo outro foi uma descoberta embriagante, fascinante de tão nova. Eu quis que aquilo durasse para sempre e tornei a beijá-la diversas vezes enquanto sussurrava palavras de amor. Depois ficamos deitados juntinhos, exaustos. Enquanto ela adormecia ao meu lado, acariciei sua pele com as pontas dos dedos, tentando conservar a perfeição inabalável desse instante.

Logo depois da meia-noite, Jane acordou e me pegou olhando para ela. No escuro, quase não pude distinguir sua expressão travessa, como se ela estivesse ao mesmo tempo escandalizada e encantada com o que havia acabado de acontecer.

– Jane? – falei.

– Sim?

– Quero saber uma coisa.

Ela sorriu satisfeita, à espera do que eu ia dizer.

Hesitei e por fim respirei fundo antes de falar.

– Se tivesse que fazer tudo outra vez e soubesse como as coisas iriam ser entre nós, você se casaria comigo de novo?

Ela passou um longo tempo em silêncio, pensando com cuidado na pergunta. Então, dando um tapinha no meu peito, ergueu os olhos para mim com uma expressão suave.

– Sim – respondeu apenas. – Casaria.

Essas eram as palavras que eu mais ansiava por ouvir e puxei-a mais para perto. Beijei seus cabelos e seu pescoço, desejando que aquele instante fosse eterno.

– Eu te amo mais do que tudo no mundo – declarei.

Ela deu um beijo no meu peito.

– Eu sei – afirmou. – E eu também te amo.

17

Quando a luz da manhã começou a entrar pela janela, acordamos abraçados e fizemos amor mais uma vez antes de começarmos a nos preparar para o longo dia que teríamos pela frente.

Depois do café, percorremos a casa, fazendo alguns últimos ajustes para o casamento. Trocamos as velas dos castiçais, tiramos a mesa da varanda e a guardamos junto com as cadeiras no celeiro e, um pouco desapontados, jogamos no lixo o jantar que eu tinha feito.

Quando tudo estava do jeito que queríamos, voltamos para casa. Leslie apareceria por volta das quatro da tarde; Joseph tinha conseguido um voo mais cedo e chegaria lá pelas cinco horas. Havia um recado de Anna na secretária eletrônica dizendo que iria com o noivo cuidar dos últimos preparativos, ou seja: certificar-se de que o vestido estava pronto e de que nenhuma das pessoas contratadas cancelaria na última hora. Ela também prometeu pegar o vestido de Jane e levá-lo quando fosse jantar em nossa casa mais tarde, com Keith.

Na cozinha, Jane e eu começamos a fazer um ensopado de carne, que deixaríamos cozinhando em fogo brando pelo resto da tarde. Enquanto isso, conversamos sobre a logística do casamento, mas de vez em quando o sorriso discreto de Jane me revelava que ela estava se lembrando da noite anterior.

Sabendo que tudo só ficaria ainda mais agitado conforme o dia avançasse, pegamos o carro e fomos até o centro para um almocinho tranquilo, só nós dois. Compramos dois sanduíches na delicatéssen da rua Pollock e fomos a pé até a igreja episcopal, onde comemos à sombra das magnólias que enfeitavam o jardim.

Depois do almoço, caminhamos de mãos dadas até Union Point e ficamos admirando o rio Neuse. A água estava calma, repleta de barcos de todos os tipos, e as crianças aproveitavam os últimos dias de verão antes da volta às aulas. Pela primeira vez em uma semana, Jane parecia totalmente relaxada e, quando passei o braço à sua volta, tive a estranha sensação de que éramos um casal que estava apenas começando sua jornada. Esse foi o dia mais perfeito que passamos juntos em muitos anos e fiquei saboreando essa sensação até voltarmos para casa e escutarmos o recado na secretária eletrônica.

Era Kate, que ligara para falar sobre Noah.

"É melhor vocês virem para cá", dizia o recado. "Não sei o que fazer."

⚜

Quando chegamos a Creekside, Kate estava em pé no corredor.

– Ele não quer falar sobre o assunto – disse minha cunhada, nervosa. – Agora está lá, olhando o lago pela janela. Chegou a me dar um fora quando tentei falar com ele, dizendo que, como eu não acreditava, não iria entender. Não parava de repetir que queria ficar sozinho e acabou me enxotando do quarto.

– Mas fisicamente ele está bem? – indagou Jane.

– Acho que sim. Não quis almoçar e ficou até bravo na hora de comer. Mas, tirando isso, parece bem. Só que está realmente chateado. Na última vez em que coloquei a cabeça dentro do quarto, ele chegou a gritar que eu fosse embora.

Olhei para a porta fechada. Desde que o conhecia, eu nunca tinha ouvido Noah levantar a voz.

Aflita, Kate torcia sua echarpe de seda nas mãos.

– Ele não quis falar com Jeff nem com David... Eles acabaram de sair daqui. Acho que ficaram magoados com o comportamento do papai.

– E ele também não quer falar comigo? – perguntou Jane.

– Não – respondeu Kate, dando de ombros para enfatizar sua impotência. – E não sei se vai falar com alguém. A única pessoa que eu acho que ele talvez receba é você. – Ela olhou para mim com uma expressão cética.

Assenti. Embora eu receasse que Jane fosse ficar chateada – como quando Noah pedira para falar comigo no hospital –, ela apertou minha mão de forma encorajadora e ergueu os olhos para mim.

– Acho melhor você ir lá ver como ele está.

– É, também acho.

– Eu espero aqui com Kate. Veja se consegue fazê-lo comer alguma coisa.

– Pode deixar.

Fui até a porta do quarto de Noah, bati duas vezes e a empurrei para abrir uma fresta.

– Noah? Sou eu, Wilson. Posso entrar?

Sentado na cadeira junto à janela, meu sogro não respondeu. Esperei alguns instantes antes de entrar no quarto. Vi uma bandeja de comida sobre a cama e, depois que fechei a porta, disse:

– Kate e Jane acharam que talvez você falasse comigo.

Vi seus ombros se levantarem quando ele deu um longo suspiro e depois tornarem a baixar. Com os cabelos brancos a escorrer por cima da gola do suéter, ele parecia muito pequeno sentado na cadeira de balanço.

– Elas estão lá fora?

Sua voz saiu tão baixa que eu mal escutei.

– Estão.

Noah não disse mais nada. Em meio ao silêncio, atravessei o quarto e fui me sentar na cama. Embora ele tenha se recusado a olhar para mim, pude ver de perfil as rugas de tensão em seu rosto.

– Gostaria que você me contasse o que aconteceu – pedi, hesitante.

Ele olhou pela janela.

– Ela foi embora – falou. – Quando fui lá hoje de manhã, ela não estava.

Entendi na mesma hora a quem ele se referia.

– Talvez ela estivesse em outra parte do lago ou então não soubesse que você estava lá – sugeri.

– Ela foi embora – repetiu ele com uma voz sem emoção. – Eu soube assim que acordei. Não me pergunte como, mas eu já sabia. Senti que isso tinha acontecido e quando comecei a me dirigir para o lago a sensação foi ficando cada vez mais forte. Mas eu não quis acreditar e passei uma hora chamando-a. Só que ela não apareceu. – Com uma careta, ele se empertigou na cadeira e continuou a olhar pela janela. – Finalmente, acabei desistindo.

Lá fora, o lago cintilava ao sol.

– Quer voltar para ver se ela está lá agora?

– Não vai estar.

– Como você sabe?

– Sabendo – respondeu ele. – Assim como soube que tinha ido embora hoje de manhã.

Abri a boca para responder, mas depois mudei de ideia. De nada adiantava discutir. Noah já tinha uma opinião formada. Além do mais, algo dentro de mim tinha certeza de que ele estava certo.

– Ela vai voltar – afirmei, tentando soar convincente.

– Talvez sim – disse ele. – Talvez não. Não sei o que vai acontecer.

– Ela vai sentir muito a sua falta e não vai querer ficar longe.

– Então, por que foi embora, para começo de conversa? – indagou ele. – Não faz sentido! – Meu sogro bateu com a mão saudável no braço da cadeira antes de balançar a cabeça. – Queria que eles entendessem.

– Eles quem?

– Meus filhos. As enfermeiras. Até o Dr. Barnwell.

– Entendessem que o cisne é Allie, você quer dizer?

Pela primeira vez, ele olhou na minha direção.

– Não. Entendessem que eu sou o Noah. Que continuo a ser o homem que sempre fui.

Não entendi direito o que ele estava querendo dizer, mas tive o bom senso de ficar calado e esperar que se explicasse.

– Você deveria tê-los visto hoje. Todos eles. E daí que eu não queria conversar sobre o assunto? Ninguém acredita em mim, mesmo, e eu não estava disposto a tentar convencê-los de que sei do que estou falando. Eles só teriam discutido comigo, como sempre fazem. E daí que eu não quis almoçar? Ora, até parece que eu quis me jogar pela janela! Estou chateado e tenho esse direito. Quando fico chateado, eu não como. Fui assim a vida inteira, mas agora eles ficam agindo como se as minhas faculdades mentais tivessem se deteriorado mais um pouco. Kate veio tentar me dar comida na boca e fingir que nada tinha acontecido. Dá para acreditar? Aí Jeff e David apareceram e explicaram o sumiço dizendo que ela deve ter ido procurar comida, ignorando inteiramente o fato de que eu a alimento duas vezes por dia. Nenhum deles parece ligar para o que pode ter acontecido com ela.

Enquanto eu me esforçava para entender a situação, de repente percebi que a raiva de Noah tinha outro motivo que não a forma como seus filhos haviam reagido.

– O que está realmente incomodando você? – questionei com delicadeza. – Eles terem agido como se ela fosse apenas um cisne? – Fiz uma pausa. – Eles sempre pensaram assim e você sabe disso. E nunca se deixou abalar por esse fato.

– Eles não estão nem aí.

– Pelo contrário, eles se importam até demais – discordei.

Ele se virou para o outro lado, teimoso.

– É que eu não entendo – repetiu ele. – Por que ela iria embora?

Quando ouvi isso, de repente me dei conta de que ele não estava bravo com os filhos. Tampouco reagia ao fato de o cisne ter sumido. Não: era algo mais profundo, algo que eu não sabia se ele admitiria nem para si mesmo.

Em vez de pressioná-lo, eu não disse nada, e ficamos sentados em silêncio. Enquanto aguardava, vi-o mexer as mãos no colo.

– Como foi com Jane ontem à noite? – perguntou ele depois de algum tempo, do nada.

Ao ouvir a pergunta – e apesar de tudo o que tínhamos conversado –, tive um vislumbre de Noah dançando com Allie na cozinha da casa.

– Melhor do que eu pensei que seria – respondi.

– E ela gostou do álbum?

– Adorou.

– Que bom – disse ele. Pela primeira vez desde que eu havia aparecido, Noah sorriu, mas o sorriso sumiu tão depressa quanto surgira.

– Tenho certeza de que ela quer falar com você – afirmei. – E Kate ainda está lá fora também.

– Eu sei – informou ele com um ar derrotado. – Pode deixá-las entrar.

– Tem certeza?

Quando ele assentiu, estiquei o braço e toquei seu joelho.

– Você vai ficar bem?

– Vou.

– Quer que eu peça a elas para não falarem sobre o cisne?

Ele pensou na minha pergunta por um breve instante antes de balançar a cabeça.

– Tanto faz.

– Preciso pedir a você que pegue leve com elas?

Ele me lançou um olhar sofrido.

– Não estou muito para brincadeiras hoje, mas prometo que não vou mais gritar. E não se preocupe: não vou fazer nada que deixe Jane chateada. Não quero que ela fique se preocupando comigo quando deveria estar pensando no dia de amanhã.

Levantei-me da cama e pus a mão em seu ombro antes de me virar para sair.

Noah, agora eu sabia, estava bravo consigo mesmo. Havia passado os quatro anos anteriores pensando que o cisne fosse Allie – precisara acreditar que ela encontraria um jeito de voltar para ele –, mas o sumiço inexplicável da ave abalara profundamente a sua fé.

Enquanto saía de seu quarto, quase pude ouvi-lo se perguntar: *E se meus filhos estavam com a razão desde o início?*

⚜

No corredor, guardei essa informação para mim mesmo. Disse-lhes, porém, que talvez fosse melhor as duas apenas deixarem Noah falar e reagirem com a maior naturalidade possível ao que ele diria.

Tanto Kate quanto Jane assentiram e Jane abriu caminho para entrar no quarto. Noah olhou na nossa direção. As duas pararam, esperando que ele as convidasse a chegar mais perto, sem saber o que esperar.

– Oi, papai – cumprimentou Jane.

Ele forçou um sorriso.

– Oi, querida.

– Está tudo bem?

Ele olhou para Jane e para mim, depois para a comida que tinha esfriado sobre a cama.

– Estou ficando com um pouco de fome, mas fora isso estou bem. Kate, será que você poderia...?

– Claro, papai – disse ela, dando um passo à frente. – Vou arrumar alguma coisa para você comer. Que tal uma sopa? Ou um sanduíche de presunto?

– Um sanduíche, boa ideia. E quem sabe uma xícara de chá com bastante açúcar?

– Vou lá buscar para você – informou Kate. – Quer um pedaço de bolo de chocolate também? Ouvi dizer que está fresquinho.

– Claro – concordou ele. – Obrigado. E... desculpe-me por ter agido daquele jeito mais cedo. Eu estava chateado, mas não tinha por que descontar em você.

Kate deu um sorriso rápido.

– Não faz mal, papai.

Embora ainda estivesse obviamente preocupada, minha cunhada me lançou um olhar de alívio. Assim que ela saiu, Noah gesticulou em direção à cama.

– Sentem-se – convidou ele, em voz baixa. – Fiquem à vontade.

Quando atravessei o quarto, olhei para Noah e me perguntei o que estaria acontecendo. De alguma forma, desconfiei de que ele tivesse pedido para Kate sair porque quisesse falar apenas com Jane e comigo.

Minha mulher se sentou na cama. Quando me acomodei ao seu lado, ela segurou minha mão.

– Sinto muito pelo cisne, papai – começou ela.

– Obrigado – retrucou ele. Pela sua fisionomia, entendi que ele não se estenderia no assunto. – Wilson me contou sobre a casa – falou, em vez disso. – Ouvi dizer que está linda de morrer.

A expressão de Jane se abrandou.

– Parece uma casa de conto de fadas, papai. Está ainda mais bonita do que no dia do casamento de Kate. – Ela fez uma pausa. – Pensamos que Wilson poderia passar aqui para pegar você por volta das cinco. Sei que é cedo, mas assim você poderá aproveitar mais. Faz algum tempo que não vai lá.

– Está ótimo – concordou ele. – Vai ser bom ver o velho casarão outra vez.

Ele olhou para Jane, depois para mim, então de novo para Jane. Pela primeira vez pareceu perceber que estávamos de mãos dadas e sorriu.

– Tenho algo para vocês dois – disse ele. – E, se não se importarem, gostaria de lhes dar antes que Kate volte. Ela talvez não entenda.

– O que é? – quis saber Jane.

– Poderiam me ajudar a me levantar? – pediu Noah. – Está na gaveta da escrivaninha e fica difícil me levantar depois que passo muito tempo sentado.

Levantei-me e estendi a mão para segurar seu braço. Ele se pôs de pé e, com um andar cuidadoso, foi até o outro lado do quarto. Abriu a gaveta, pegou um presente e voltou para a cadeira. O trajeto pareceu deixá-lo cansado e ele fez uma careta quando tornou a se sentar.

– Pedi que uma das enfermeiras embrulhasse – contou ele, estendendo-nos o pacote.

Era um objeto pequeno e retangular, envolto por um papel laminado vermelho. Na mesma hora entendi o que era. Jane também pareceu saber, porque, assim como eu, ela não esticou a mão para pegá-lo.

– Tomem – pediu ele.

Jane hesitou antes de finalmente aceitar. Alisou o papel com a mão, em seguida ergueu os olhos.

– Mas... papai... – começou ela.

– Abra – insistiu ele.

Jane soltou a fita adesiva e desfez o embrulho. Reconhecemos na mesma hora o livro surrado. Identificamos também o buraco feito à bala no canto superior direito, o projétil que fora disparado contra meu sogro durante a Segunda Guerra Mundial. Era o exemplar de *Folhas de relva*, o livro que eu levara para ele no hospital, aquele sem o qual eu não conseguia imaginá-lo.

– Feliz aniversário de casamento – disse ele.

Jane segurou o livro como se estivesse com medo de que ele se quebrasse. Olhou para mim, depois tornou a fitar o pai.

– Não podemos aceitar – afirmou ela com uma voz suave, soando tão emocionada quanto eu estava me sentindo.

– Podem, sim – decretou ele.

– Mas... por quê?

Ele nos encarou.

– Vocês sabiam que eu lia esse livro todos os dias enquanto esperava a sua mãe depois daquele verão em que éramos ainda crianças e ela foi embora? De certa forma, era como se eu estivesse lendo os poemas para ela. E depois de casados nós costumávamos lê-los na varanda, exatamente como eu havia imaginado que faríamos. Acho que lemos cada poema umas mil vezes ao longo dos anos. Às vezes, quando eu lia em voz alta, via a boca da sua mãe se mexendo junto com a minha. Ela chegou a saber recitar todos os poemas de cor.

Ele olhou pela janela e de repente percebi que pensava no cisne outra vez.

– Não consigo mais ler – prosseguiu Noah. – Simplesmente não sou mais capaz de distinguir as palavras, mas acho estranho pensar que ninguém nunca mais lerá esse livro. Não quero que seja uma relíquia, algo para ficar apenas guardado na estante, como uma espécie de homenagem a Allie e a mim. Sei que vocês não gostam tanto de Whitman quanto eu, mas são os únicos da família além de mim que já leram sua obra inteira. E quem sabe não vão querer ler de novo?

Jane baixou os olhos para o livro.

– Eu vou ler – prometeu ela.

– Eu também – completei.

– Eu sei – disse ele, olhando para um de nós de cada vez. – Foi por isso que eu quis dá-lo de presente a vocês.

Depois do almoço, pareceu que Noah precisava descansar, então Jane e eu voltamos para casa.

Anna e Keith chegaram à tarde e minutos depois Leslie encostou o carro em frente à nossa casa. Fomos todos para a cozinha e ficamos conversando e fazendo graça uns com os outros, como nos velhos tempos. Jane e eu contamos sobre o cisne, mas não nos estendemos no assunto. Em vez disso, já que o sábado estava chegando, nos dividimos em dois carros e fomos até a casa de Noah. Como Jane na véspera, Anna, Keith e Leslie ficaram maravilhados. Passaram uma hora inteirinha de queixo caído, passeando pelo jardim e pelo interior da casa. Quando eu estava em pé no salão junto à escada, Jane se aproximou, radiante, e parou ao meu lado. Lançou olhares para mim, balançou a cabeça em direção à escada e deu uma piscadela. Eu ri. Quando Leslie perguntou qual era a graça, Jane bancou a inocente.

– É uma coisa entre mim e seu pai. Uma brincadeira só nossa.

A caminho de casa, passei no aeroporto para pegar Joseph. Ele me cumprimentou com seu "Oi, papai" de sempre e depois – apesar de tudo o que estava acontecendo – acrescentou apenas:

– Você emagreceu.

Depois de pegar sua bagagem, foi comigo a Creekside para buscar Noah. Como sempre, Joseph se mostrou reticente na minha presença, mas assim que viu o avô sua animação aumentou consideravelmente. Noah também ficou contente ao ver que meu filho estava comigo. Os dois se acomodaram no banco de trás do carro e ficaram conversando cada vez mais empolgados ao longo do caminho até em casa, onde foram cobertos de abraços assim que passaram pela porta. Em pouco tempo Noah já estava sentado no sofá com Leslie de um lado e Joseph do outro, contando histórias e ouvindo as deles, enquanto Anna e Jane batiam papo na cozinha. Os barulhos da casa de repente me pareceram familiares outra vez e peguei-me pensando que as coisas deveriam ser sempre assim.

O jantar foi pontuado de risadas enquanto Anna e Jane contavam os detalhes da corrida maluca da semana anterior e, quando a animação começou a diminuir, Anna pediu a palavra.

A mesa inteira se calou para que ela pudesse falar.

– Queria fazer um brinde a mamãe e papai – disse ela, erguendo o copo. – Sem vocês dois, nada disso teria sido possível. Vai ser o casamento mais maravilhoso que qualquer um poderia querer.

⚜

Quando Noah se cansou, levei-o de volta a Creekside. Os corredores estavam vazios em nossa caminhada até seu quarto.

– Obrigado mais uma vez pelo livro – falei, parando na porta. – Foi o presente mais especial que você poderia ter nos dado.

Os seus olhos, que estavam ficando cinzentos por causa da catarata, pareceram enxergar bem lá no fundo de mim.

– De nada.

Pigarreei.

– Talvez ela apareça amanhã de manhã – torci.

Ele assentiu, sabendo que minha intenção era boa.

– Talvez – repetiu.

⚜

Quando cheguei de volta à minha casa, Joseph, Leslie e Anna ainda estavam sentados ao redor da mesa. Keith tinha ido para casa minutos antes. Perguntei por Jane e os três gesticularam em direção à varanda. Abri a porta de correr e vi minha mulher apoiada no parapeito. Fui ao seu encontro e passamos vários minutos aproveitando o ar fresco do verão, em silêncio.

– Ele estava bem quando você o deixou? – perguntou Jane, enfim.

– Na medida do possível, sim. Mas parecia cansado no final.

– Você acha que ele gostou de hoje?

– Sem dúvida – respondi. – Ele adora ficar com os meninos.

Ela olhou para a sala de jantar através da porta de vidro. Leslie gesticulava com as mãos, obviamente contando uma história engraçada, enquanto Anna e Joseph se curvavam de tanto rir. Mesmo ali de fora dava para ouvir suas gargalhadas.

– Ver os três assim me traz lembranças – disse ela. – Eu queria que Joseph morasse mais perto. Sei que as meninas sentem falta dele. Já faz quase uma hora que estão rindo assim.

– Por que não está lá com eles?

– Estava até agora há pouco. Quando vi os faróis do seu carro, saí de fininho.

– Por quê?

– Porque eu queria ficar sozinha com você – confessou ela, dando-me um encontrão de brincadeira. – Queria dar seu presente de aniversário de casamento e, como você mesmo disse, talvez amanhã o dia seja agitado demais. – Ela deslizou um cartão na minha direção. – Sei que parece pouco, mas não era o tipo de presente que eu podia embrulhar. Você vai entender quando vir o que é.

Curioso, abri o cartão e vi o vale lá dentro.

– Aulas de culinária? – indaguei com um sorriso.

– Em Charleston – explicou ela, chegando mais perto de mim. Apontou para o vale e continuou: – Parece que esse curso é ótimo. Está vendo aqui? Você vai passar um fim de semana no hotel Mondori Inn com o chef de lá, que é considerado um dos melhores do país. Sei que você já está se saindo muito bem por conta própria, mas pensei que poderia se divertir tentando aprender umas coisas novas. Acho que eles ensinam a usar uma faca de trinchar, a ver quando a frigideira está na temperatura certa para saltear e até a enfeitar os pratos para servir. Você conhece Helen, não conhece? Do coral da igreja? Ela disse que foi um dos fins de semana mais perfeitos da vida dela.

Dei-lhe um abraço rápido.

– Obrigado – falei. – Quando vai ser?

– Setembro e outubro, no primeiro e no terceiro fim de semana de cada mês. Você pode ver como está sua agenda antes de confirmar presença. Aí é só ligar.

Examinei o vale, tentando imaginar como seriam as aulas. Preocupada com meu silêncio, Jane falou, insegura:

– Se não tiver gostado, posso trocar por outra coisa.

– Não, é perfeito – garanti a ela. Então, franzindo a testa, completei: – Só tem uma coisa.

– O quê?

Passei o braço em torno de sua cintura.

– Eu gostaria mais das aulas se você estivesse lá. Vamos transformar isso em um fim de semana romântico. Charleston é linda nessa época do ano e podemos nos divertir bastante lá.

– Está falando sério? – indagou ela.

Puxando-a para perto de mim, olhei-a bem nos olhos.

– Não consigo pensar em mais nada que eu preferisse fazer. Se você não for, vou ficar com tanta saudade que não vou nem aproveitar.

– A saudade aumenta o amor – brincou ela.

– Não acho que isso seja possível – comentei, agora mais sério. – Você não faz ideia de quanto eu te amo.

– Ah, faço sim – retrucou ela.

Com o rabo do olho, vi nossos filhos nos observando quando me curvei para beijá-la e senti o contato de seus lábios com os meus se prolongar. Antigamente, isso talvez tivesse me deixado com vergonha. Agora, porém, não tinha a menor importância.

18

No sábado de manhã, acordei menos nervoso do que imaginava que estaria.

Anna apareceu depois que todos já tinham acordado e nos surpreendeu com sua tranquilidade ao tomar café conosco. Depois fomos todos relaxar na varanda dos fundos, onde o tempo passou quase em câmera lenta. Talvez estivéssemos nos preparando discretamente para a agitação que aconteceria à tarde.

Mais de uma vez, peguei Leslie e Joseph observando Jane e a mim, parecendo fascinados ao verem os cutucões que dávamos um no outro de brincadeira ou o jeito como ríamos do que o outro falava. Enquanto Leslie parecia encantada – com um orgulho quase maternal –, a expressão de Joseph era mais difícil de decifrar. Eu não sabia dizer se ele estava feliz por nós dois ou se imaginava quanto tempo essa nova fase poderia durar.

Talvez suas reações fossem naturais. Ao contrário de Anna, nenhum dos dois tinha convivido muito conosco recentemente e sem dúvida se lembravam da forma como havíamos nos tratado da última vez em que nos viram juntos. De fato, quando Joseph foi passar o Natal em nossa casa, Jane e eu mal estávamos nos falando. E é claro que ele ainda se lembrava da visita da mãe no ano anterior.

Perguntei-me se Jane reparara nessa atenção intrigada dos filhos. Se sim, não deu importância. Pelo contrário: encantou Leslie e Joseph com histórias sobre os preparativos para o casamento, sem conseguir esconder a satisfação por tudo ter dado tão certo. Leslie fez uma centena de perguntas e cada revelação romântica quase a fazia desmaiar. Já Joseph parecia preferir escutar em silêncio. Anna interferia na conversa de vez em quando, geralmente para responder a alguma pergunta. Ela estava sentada ao meu lado no sofá e, quando Jane se levantou para encher mais uma vez o bule de café, olhou para a mãe por cima do ombro. Então segurou minha mão, chegou bem perto da minha orelha e sussurrou apenas:

– Mal posso esperar por hoje à noite.

Jane, Leslie e Anna tinham hora marcada no salão à uma da tarde e tagarelavam como três colegiais quando saíram de casa. John Peterson e Henry MacDonald tinham ligado de manhã para saber se eu poderia encontrá-los na casa de Noah. Peterson gostaria de verificar a afinação do piano e MacDonald queria dar uma boa olhada na cozinha e no resto da decoração para garantir que não haveria nenhum problema durante o jantar. Ambos prometeram ser rápidos, mas como eu precisaria passar lá de qualquer maneira para deixar algo a pedido de Leslie, disse a eles que não tinha pressa.

Bem na hora em que eu saía, ouvi Joseph entrar na sala atrás de mim.

– Papai, posso ir com você?

– Claro – respondi.

Meu filho ficou olhando pela janela do carro e quase não falou durante o trajeto até a casa de Noah. Fazia muitos anos que não ia lá e pareceu estar apenas absorvendo a paisagem conforme avançávamos pelas estradas cheias de curvas margeadas de árvores. Embora sem dúvida Nova York fosse uma cidade empolgante – que Joseph agora considerava seu lar –, pude perceber que ele havia esquecido como aquela região era bonita.

Diminuí a velocidade, subi o acesso até a casa e estacionei no lugar de sempre. Quando saltamos do carro, Joseph passou alguns instantes parado, apenas olhando para a construção, que brilhava sob a luz forte do verão. Em poucas horas, Anna, Leslie e Jane estariam no segundo andar se vestindo para a cerimônia. Tínhamos decidido que o cortejo sairia da casa. Ergui os olhos para as janelas e tentei, em vão, imaginar aqueles últimos instantes antes do casamento, quando todos os convidados estariam sentados esperando a noiva chegar.

Quando me forcei a acordar desse devaneio, Joseph tinha se afastado do carro e seguia em direção à tenda. Caminhava com as mãos nos bolsos, deixando o olhar passear pelo terreno. Na entrada da tenda, parou e se virou para trás, na minha direção, esperando que eu fosse ao seu encontro.

Em silêncio, passamos pela tenda e pelo roseiral, depois entramos na casa. Ainda que Joseph não parecesse visivelmente animado, pude sentir que estava tão impressionado quanto Leslie e Anna tinham ficado. No final do passeio, fez algumas perguntas sobre a logística dos preparativos – quem, o quê, como –, mas, quando o dono do bufê apareceu e subiu o acesso à casa de carro, já tinha tornado a se calar.

– Então, o que você achou? – perguntei.

Ele não respondeu na hora, porém um leve sorriso apareceu em seus lábios enquanto ele corria os olhos pelo terreno mais uma vez.

– Para ser franco, não estou acreditando que você conseguiu – reconheceu ele por fim.

Acompanhei seu olhar e tive um clarão mental de como a casa estava poucos dias antes.

– Incrível, não é? – comentei, distraído.

Ao ouvir minha resposta, Joseph balançou a cabeça.

– Não estou falando só disto aqui – disse ele, indicando o jardim à nossa volta. – Estou me referindo à mamãe. – Ele fez uma pausa para se certificar de que eu estava escutando. – No ano passado, quando ela foi me visitar, eu nunca a tinha visto tão chateada – continuou ele. – Ela desceu do avião chorando. Sabia disso?

A cara que eu fiz respondeu por mim.

Meu filho enfiou as mãos nos bolsos e baixou os olhos para o chão, evitando me encarar.

– Ela disse que não queria que você a visse daquele jeito, então tinha tentado se controlar. Mas no avião... acho que não conseguiu mais. – Ele hesitou. – Bom, imagine só: eu ali esperando minha mãe no aeroporto e ela desce do avião com cara de quem acaba de vir de um enterro. Sei que lido com a dor todos os dias no meu trabalho, mas quando quem está sofrendo é nossa própria mãe...

Ele não terminou a frase e tive o bom senso de não dizer nada.

– Na primeira noite, ela me fez ficar acordado até meia-noite. Não parava de falar sobre o que estava acontecendo entre vocês e de chorar por causa disso. Tenho que admitir que senti raiva de você. Não só por ter esquecido o aniversário de casamento, mas por tudo. Era como se você sempre tivesse considerado a família algo que os outros esperavam que você tivesse, sem nunca se dedicar de verdade a ela. No final das contas, acabei dizendo a ela que, se ainda estava infeliz depois de tantos anos, talvez fosse melhor ficar sozinha.

Eu não soube o que responder.

– Mamãe é uma mulher incrível, papai, e eu estava cansado de vê-la magoada – prosseguiu ele. – Ela foi melhorando nos dias seguintes. Bom, pelo menos um pouco. Mas ainda estava muito apreensiva com a ideia de voltar para casa. Sempre que falávamos nisso, ela ficava com uma cara muito triste, então acabei convidando-a para continuar em Nova York comigo. Por algum tempo, pensei que ela fosse aceitar, mas no fim ela acabou dizendo que não conseguia. Alegou que você precisava dela.

Senti um nó na garganta.

– Quando você me contou o que queria fazer para os seus 30 anos de casados, a primeira coisa que pensei foi que não queria me envolver. Não estava nem muito animado para vir neste fim de semana. Mas ontem à noite... – Ele balançou a cabeça e deu um suspiro. – Você tinha que ter ouvido o que mamãe disse quando você foi levar o vovô em casa. Ela não conseguia parar de falar em você. Ficava repetindo como você tem sido incrível e como estão se dando bem ultimamente. E depois, quando vi o jeito como vocês se beijaram lá na varanda...

Ele me encarou com uma expressão que beirava a incredulidade e pareceu estar me vendo pela primeira vez.

– Você conseguiu, papai. Não sei como, mas conseguiu. Acho que nunca vi a mamãe mais feliz na vida.

⚜

Peterson e MacDonald chegaram pontualmente e, conforme o prometido, não demoraram muito. Guardei no andar de cima o que Leslie tinha esquecido no porta-malas do carro e, a caminho de casa, Joseph e eu passamos em uma loja de aluguel de roupas para pegar o smoking de Noah e o dele. Como meu filho precisava resolver um assunto antes da cerimônia, deixei-o em casa e depois me dirigi a Creekside.

Noah estava sentado na cadeira do quarto e a luz do crepúsculo entrava pela janela. Quando ele se virou para me cumprimentar, na mesma hora entendi que o cisne não tinha voltado. Parei na soleira da porta.

– Oi, Noah – falei.

– Oi, Wilson – respondeu ele com um sussurro. Estava com uma aparência cansada, como se as rugas de seu rosto tivessem ficado mais fundas da noite para o dia.

– Tudo bem? – perguntei.

– Poderia estar melhor. Mas também poderia estar pior.

Como para me tranquilizar, ele forçou um sorriso.

– Está pronto para ir?

– Estou, sim – disse ele, balançando a cabeça.

No caminho, Noah não comentou nada sobre o cisne. Ficou apenas olhando pela janela, como Joseph tinha feito, e eu o deixei em paz com os próprios pensamentos. Mesmo assim, conforme nos aproximávamos da casa, fui ficando mais ansioso. Mal podia esperar até que ele visse o que tínhamos feito e acho que torcia para que meu sogro ficasse tão impressionado quanto os outros.

Estranhamente, porém, ele não esboçou qualquer reação quando saltamos do carro. Olhou em volta e por fim deu de ombros.

– Pensei que você tivesse dito que mandou arrumar a casa – começou ele.

Fiquei confuso, pensando se tinha escutado direito.

– E mandei.

– Onde?

– Por toda parte – falei. – Venha, vou lhe mostrar o roseiral.

Ele fez que não com a cabeça.

– Estou vendo daqui. Está como sempre foi.

– Agora, talvez, mas você deveria ter visto na semana passada – argumentei, quase na defensiva. – Estava totalmente desordenado. E a casa...

Ele me interrompeu com um sorriso travesso.

– Enganei você – brincou, com uma piscadela. – Agora venha, mostre-me tudo o que fez.

⚜

Demos a volta pela casa e pelos limites da propriedade antes de nos sentarmos no balanço da varanda. Ainda tínhamos uma hora antes de irmos nos arrumar. Joseph já chegou pronto e logo depois dele apareceram Anna, Leslie e Jane, vindas direto do salão de beleza. Minhas filhas estavam animadíssimas quando desceram do carro. Foram andando na frente de Jane e logo desapareceram em direção ao andar de cima, com os vestidos pendurados no braço.

Jane parou diante de mim, e seus olhos brilhavam ao ver as meninas subirem a escada.

– Não se esqueça – disse ela. – Keith não pode ver Anna antes da cerimônia, então não o deixe subir.

– Fique tranquila – prometi.

– Na verdade, não deixe ninguém subir. É para ser surpresa.

Ergui as mãos e cruzei os dedos indicadores.

– Juro proteger essa escada com minha própria vida – falei.

– Isso vale para você também.

– Já tinha imaginado.

Ela relanceou os olhos para a escada vazia.

– Está nervoso?

– Um pouco.

– Eu também. É difícil acreditar que nossa menininha cresceu tanto e vai realmente se casar.

Embora animada, sua voz tinha um quê de melancolia e eu me aproximei para lhe dar um beijo no rosto. Ela sorriu.

– Escute, tenho que ir ver a Anna. Ela precisa de ajuda para pôr o vestido. Parece que o modelo é bastante justo. E também tenho que acabar de me arrumar.

– Eu sei – afirmei. – Vejo você daqui a pouco.

⚜

Ao longo da hora seguinte, chegaram o fotógrafo, John Peterson e os profissionais do bufê. Todos começaram a cuidar da sua parte com eficiência. O bolo foi entregue e colocado sobre o suporte, o florista veio com o buquê e com as flores para prender nas lapelas e nos pulsos das mulheres e por fim, um pouco antes do horário marcado para os convidados começarem a chegar, o pastor apareceu para ensaiar comigo a ordem do cortejo.

Aos poucos, o quintal começou a se encher de carros. Noah e eu ficamos na varanda cumprimentando a maior parte dos convidados antes de direcioná-los para a tenda, onde Joseph e Keith acompanhavam as damas até seus lugares. John Peterson já estava ao piano, preenchendo o ar cálido daquele início de noite com a música suave de Bach. Em pouco tempo todos já estavam acomodados, inclusive o pastor.

Quando o sol começou a se pôr, a tenda adquiriu um brilho sobrenatural. Velas tremeluziam sobre as mesas e os funcionários do bufê foram para os fundos da casa, a fim de organizar a comida.

Pela primeira vez, o casamento passou a me parecer real. Comecei a andar de um lado para outro, tentando me acalmar. A cerimônia teria início dali a menos de 15 minutos e imaginei que minha mulher e minhas filhas estivessem com tudo sob controle. Tentei me convencer de que desceriam apenas na última hora, mas, da porta da frente, não conseguia parar de espiar a escada a cada instante. Sentado no balanço da varanda, Noah olhava para mim com cara de quem estava achando graça.

– Você parece um daqueles patinhos de barraca de tiro – disse ele. – Sabe do que estou falando? Aqueles que ficam andando de um lado para outro enquanto as pessoas tentam acertá-los e ganhar o prêmio?

Olhei para ele.

– Está assim na cara, é?

– Acho que você já deve ter feito um buraco no piso da varanda.

Quando resolvi que talvez fosse melhor me sentar, ouvi passos descendo a escada.

Noah ergueu a mão para avisar que ficaria onde estava e, respirando fundo, entrei no saguão. Jane descia a escada bem devagar, deslizando uma das mãos pelo corrimão, e tudo o que consegui fazer foi ficar ali parado olhando para ela.

De cabelos presos, ela estava incrivelmente elegante. O vestido de cetim cor de pêssego realçava seu corpo de forma convidativa e seus lábios luziam, rosados. Ela usava a quantidade exata de sombra para acentuar seus olhos escuros e, ao ver a expressão em meu rosto, parou por um instante, saboreando meu olhar de admiração.

– Você está... maravilhosa – consegui articular.

– Obrigada – respondeu ela baixinho.

Jane então atravessou o saguão na minha direção. Quando chegou perto, pude sentir o cheiro de seu perfume novo, mas, quando me abaixei para lhe dar um beijo, ela se afastou.

– Não – proibiu ela, rindo. – Vai borrar meu batom.

– Está falando sério?

– Estou – confirmou, enxotando minhas mãos esticadas. – Você pode me beijar mais tarde, prometo. Quando eu começar a chorar, minha maquiagem vai borrar mesmo.

– E a Anna?

Ela balançou a cabeça em direção à escada.

– Está pronta, mas queria falar com Leslie em particular antes de descer. Uma última conversa entre irmãs, imagino. – Ela deu um sorriso sonhador. – Mal posso esperar para você ver como ela está. Acho que nunca vi uma noiva mais linda. Está tudo pronto?

– Assim que receber o aviso, John vai começar a marcha nupcial.

Jane assentiu, parecendo nervosa.

– Onde está o papai?

– Exatamente onde deveria estar – tranquilizei-a. – Não se preocupe, vai ser tudo perfeito. Agora só resta esperar.

Ela tornou a assentir.

– Que horas são?

Olhei de relance para o relógio.

– Oito – respondi, e, bem na hora em que Jane estava prestes a perguntar se deveria ir chamar Anna, uma porta se abriu com um rangido no segundo andar. Ambos olhamos para cima ao mesmo tempo.

Leslie foi a primeira a aparecer e, assim como Jane, estava muito bonita. Sua pele exibia o frescor da juventude e ela desceu os degraus saltitando, com uma alegria que mal conseguia conter. Seu vestido também era cor de pêssego, só que, ao contrário do de Jane, não tinha mangas e deixava à mostra seus músculos bronzeados enquanto ela segurava o corrimão.

– Ela está vindo – disse minha filha, ofegante. – Vai descer daqui a um segundo.

Joseph entrou pela porta atrás de nós e foi se postar ao lado da irmã. Jane estendeu o braço para segurar o meu e, surpreso, percebi que minhas mãos tremiam. Constatei que tudo se resumia àquele instante. Quando ouvimos a porta se abrir de novo lá em cima, Jane deu um sorriso de menina.

– Lá vem ela – sussurrou.

Sim, Anna estava vindo, mas mesmo nesse momento eu só conseguia pensar em Jane. Vendo-a em pé ali ao meu lado, entendi que nunca a tinha amado mais. Minha boca de repente ficou seca.

Quando Anna apareceu, os olhos de Jane se arregalaram. Por um segundo apenas, ela pareceu paralisada, incapaz de falar. Ao ver a expressão no rosto da mãe, Anna desceu a escada tão depressa quanto Leslie, com um braço escondido atrás das costas.

O vestido que ela usava não era o mesmo que Jane a vira pôr minutos antes. Em vez dele, ela vestia um modelo que eu tinha levado para a casa naquela manhã – havia pendurado pessoalmente a roupa envolta em plástico em um dos armários vazios –, exatamente igual ao que Leslie estava usando.

Antes de Jane conseguir reunir forças para dizer algo, Anna foi até ela e mostrou o que tinha escondido atrás das costas.

– Acho que é você quem deve pôr isto aqui – falou ela, simplesmente.

Quando Jane viu o véu de noiva que Anna segurava, piscou bem depressa, sem conseguir acreditar no que via.

– O que está acontecendo aqui? – indagou ela. – Por que você trocou de vestido?

– Porque eu não vou me casar – respondeu Anna com um sorriso tranquilo. – Pelo menos, não hoje.

– Que história é essa? – quis saber Jane. – É claro que você vai se casar...

Anna fez que não com a cabeça.

– Este nunca foi o meu casamento, mãe. Desde o começo era o *seu* casamento. – Ela fez uma pausa. – Por que acha que deixei você escolher tudo?

Jane parecia não conseguir compreender o que nossa filha dizia. Em vez de falar, ficou olhando alternadamente para Anna, Joseph e Leslie, examinando seus rostos sorridentes em busca de respostas, antes de enfim se virar para mim.

Segurei a mão dela e levei-a aos lábios. Um ano de preparativos, um ano de segredo, tudo para culminar naquele instante. Beijei seus dedos de leve antes de olhá-la bem nos olhos.

– Você disse que se casaria comigo de novo, não disse?

Por alguns segundos, pareceu que estávamos sozinhos naquela casa. Enquanto Jane me encarava, relembrei todas as providências que tomara em segredo ao longo do ano anterior – férias no momento certo, o fotógrafo e o bufê que "por acaso" estavam disponíveis, convidados livres no fim de semana, funcionários dispostos a "liberar a agenda" para preparar a casa em poucos dias.

Foram necessários alguns momentos, mas por fim um ar de compreensão começou a tomar conta do semblante de Jane. E quando ela entendeu o que estava acontecendo – e o que significava realmente aquele fim de semana –, cravou os olhos nos meus, assombrada e incrédula.

– Meu casamento? – Sua voz saiu baixa, quase ofegante.

Assenti.

– O casamento que eu deveria ter dado a você muito tempo atrás.

Embora Jane quisesse saber todos os detalhes ali mesmo, estendi a mão para pegar o véu que Anna ainda segurava.

– Eu conto tudo durante a festa – prometi, prendendo o enfeite com cuidado em sua cabeça. – Mas agora os convidados estão esperando. Joseph e eu precisamos estar lá na frente, então tenho que ir. Não esqueça o buquê.

Jane tinha um olhar de súplica.

– Mas... espere...

– Não posso ficar, não posso mesmo – insisti, com delicadeza. – Eu não posso ver você antes da cerimônia, lembra? – Sorri. – Mas vamos nos encontrar daqui a alguns minutos, tá?

Senti os olhos dos convidados fixos em mim enquanto Joseph e eu caminhávamos em direção ao caramanchão. Instantes depois, estávamos em pé ao lado de Harvey Wellington, o pastor que eu convidara para celebrar o casamento.

– Está com as alianças, não está? – perguntei a Joseph.

Ele deu umas batidinhas no bolso da lapela.

– Estão aqui, papai. Fui buscar hoje, como você pediu.

Ao longe, o sol já havia mergulhado atrás da copa das árvores e o céu aos poucos tinha ficado azul-escuro. Meus olhos percorreram os convidados ali presentes e, ao ouvir seus sussurros abafados, fui tomado por uma onda de gratidão. Kate, David e Jeff estavam sentados com seus cônjuges nas filas da frente, com Keith logo atrás, e depois deles pude ver os amigos que Jane e eu tínhamos havia tanto tempo. Eu devia a cada um deles meu agradecimento por ter tornado aquilo possível. Alguns tinham mandado fotos para o álbum, outros me ajudaram a encontrar as pessoas certas para ajudar com os preparativos. No entanto, minha gratidão ia além dessas questões. No mundo em que vivemos hoje, parece impossível guardar qualquer segredo, mas todos os que estavam ali não apenas tinham feito isso, como também haviam comparecido, cheios de animação, para comemorar aquele momento especial de nossas vidas.

Mais do que ninguém, eu queria agradecer a Anna. Nada teria sido possível sem a sua disposição de participar, e não deve ter sido nada fácil para ela. Minha filha tivera de prestar atenção em cada palavra que dizia e manter a mãe ocupada o tempo todo. Foi bastante complicado para Keith, também, e peguei-me pensando que um dia ele de fato daria um belo genro. Quando ele e Anna decidissem se casar, prometi a mim mesmo que teriam exatamente o tipo de casamento que quisessem, fosse qual fosse o custo.

Leslie também ajudara muitíssimo. Foi ela que convenceu Jane a passar a noite em Greensboro e foi ela que comprou o vestido de Anna e o levou para casa. Mais do que isso, minha caçula contribuiu com várias ideias para tornar o casamento o mais lindo possível. Com seu amor pelos filmes românticos, demonstrou um talento natural para organizar tudo: contratar Harvey Wellington e John Peterson fora ideia sua, por exemplo.

E havia Joseph, claro. Quando eu lhe dissera o que pretendia fazer, ele se mostrara o menos animado de meus três filhos, mas acho que eu já deveria esperar por isso. O que não esperava era o peso de sua mão sobre meu ombro quando estávamos em pé sob o caramanchão esperando Jane chegar.

– Papai? – sussurrou ele.

– Sim?

Meu filho sorriu.

– Só quero que você saiba que estou honrado por você ter me chamado para ser seu padrinho.

Senti um nó na garganta ao ouvir as suas palavras.

– Obrigado. – Isso foi tudo que consegui dizer.

⚜

O casamento foi exatamente como eu esperava. Nunca vou me esquecer do burburinho abafado de animação dos convidados, nem da forma como todos esticaram o pescoço para ver minhas filhas passarem pelo corredor entre as cadeiras. Vou sempre me lembrar de como as minhas mãos começaram a tremer quando ouvi os primeiros acordes da marcha nupcial e de como Jane estava radiante ao ser conduzida pelo pai.

Com o véu diante do rosto, ela era uma noiva linda e parecia muito jovem. Segurando delicadamente um buquê de tulipas e rosas em miniatura, parecia deslizar no caminho até o altar. Ao seu lado, Noah exibia um prazer evidente e era o retrato de um pai orgulhoso.

Junto ao altar, ele e Jane pararam e Noah ergueu o véu da filha devagar. Depois de lhe dar um beijo no rosto, sussurrou alguma coisa em seu ouvido e foi ocupar seu lugar na primeira fila, ao lado de Kate. Atrás deles, pude ver algumas mulheres já enxugando as lágrimas com lenços.

Harvey iniciou a cerimônia com uma prece de agradecimento. Depois de nos pedir que ficássemos um de frente para o outro, falou de amor e de renovação, e do esforço que isso exigia. Jane passou o tempo todo apertando minha mão com força, sem tirar os olhos dos meus.

Quando chegou o momento, pedi as alianças a Joseph. Para Jane eu tinha comprado um anel de brilhantes e para mim, uma cópia da aliança que sempre usei, que parecia brilhar com a esperança de dias melhores no futuro.

Renovamos os votos feitos tanto tempo antes e pusemos as alianças no dedo um do outro. Na hora de beijar a noiva, eu o fiz ao som de vivas, assobios e palmas e debaixo de uma chuva de flashes.

⚜

A festa se estendeu até meia-noite. A comida estava uma delícia e John Peterson se mostrou inspirado ao piano. Cada um de nossos três filhos propôs um brinde – e eu fiz o meu, agradecendo a todos o que tinham feito por nós. Jane não parava de sorrir.

Depois do jantar, afastamos algumas mesas e Jane e eu passamos horas dançando. Nos instantes que levava para recuperar o fôlego, ela me soterrava com as perguntas que haviam me atormentado durante a maior parte do meu tempo naquela última semana.

– E se alguém tivesse deixado escapar alguma coisa?

– Mas ninguém deixou – respondi eu.

– E se tivesse deixado?

– Sei lá. Acho que eu esperava que, se alguém desse com a língua nos dentes, você pensaria que tinha entendido errado. Ou que não fosse acreditar que eu era louco o bastante para fazer algo assim.

– Você precisou confiar em várias pessoas.

– Eu sei – concordei. – E que bom que elas se mostraram dignas dessa confiança.

– Também acho. Esta é a noite mais fantástica da minha vida. – Ela olhou em volta e pareceu hesitar. – Obrigada, Wilson. Por cada detalhe.

Passei o braço ao seu redor.

– Disponha.

⚜

Todo convidado que ia embora apertava minha mão e dava um abraço em Jane antes de sair. Quando Peterson finalmente fechou a tampa do piano, Jane lhe agradeceu efusivamente e ele lhe deu um beijo no rosto.

– Eu não teria perdido esta festa por nada no mundo – falou o músico.

Harvey Wellington e a mulher foram quase os últimos a ir embora, e Jane e eu os acompanhamos até a varanda. Quando Jane agradeceu a Harvey por ele ter celebrado a cerimônia, o pastor balançou a cabeça.

– Não precisa agradecer. Não há nada mais maravilhoso que participar de algo assim. Casamento é isso.

Minha mulher sorriu.

– Eu ligo para vocês, para combinarmos um jantar.

– Vai ser um prazer.

Reunidos em volta de uma das mesas, nossos filhos conversavam em voz baixa sobre a noite, mas fora isso a casa estava em silêncio. Jane foi se juntar a eles e, em pé atrás dela, corri os olhos pelo salão e percebi que Noah tinha saído de fininho.

Ele passara a maior parte da noite estranhamente calado e pensei que talvez tivesse ido para a varanda dos fundos, a fim de ficar sozinho. Encontrara-o ali mais cedo e, para falar a verdade, estava um pouco preocupado com ele. O dia tinha sido cheio e, como estava ficando tarde, eu pretendia lhe perguntar se ele já queria voltar a Creekside. No entanto, quando saí para a varanda, não o vi.

Estava quase retornando à casa, para dar uma olhada nos quartos, quando distingui uma silhueta solitária em pé ao longe, na margem do rio. Jamais saberei como consegui vê-lo ali, porque com seu smoking ele parecia mesclado à escuridão, mas talvez tenha vislumbrado de relance as costas de suas mãos se movendo no escuro.

Fiquei pensando se deveria ou não chamá-lo e acabei decidindo que não. Por algum motivo, tive a sensação de que ele não queria que mais ninguém soubesse que estava ali. No entanto, por curiosidade, hesitei apenas alguns segundos antes de começar a descer os degraus. Fui andando na sua direção.

Lá em cima, no céu, as estrelas exibiam todo o seu brilho e o ar fresco tinha o cheiro de terra típico da região. Meus sapatos produziam um leve ruído no cascalho. No ponto em que pisei a grama, o terreno começava a descer, primeiro de forma gradual, depois em um declive mais acentuado. Era difícil manter o equilíbrio em meio à vegetação cada vez mais densa. Enquanto afastava os galhos do rosto, não conseguia entender por que – ou como – Noah tinha ido até ali.

Em pé de costas para mim, meu sogro murmurava alguma coisa quando me aproximei. A cadência suave de sua voz era inconfundível. Primeiro pensei que ele estivesse falando comigo, mas de repente percebi que ele nem mesmo reparara na minha presença.

– Noah? – chamei baixinho.

Ele se virou, espantado, e ficou me encarando. Levou alguns instantes para me reconhecer no escuro, mas aos poucos sua expressão se amenizou. Diante dele, tive a estranha sensação de tê-lo surpreendido fazendo algo errado.

– Não ouvi você chegar. O que está fazendo aqui?

Dei um sorriso enigmático.

– Estava prestes a lhe fazer a mesma pergunta.

Em vez de responder, ele balançou a cabeça em direção à casa.

– Foi uma festa e tanto. Você se superou mesmo. Acho que Jane não parou de sorrir a noite inteira.

– Obrigado. – Hesitei. – Você se divertiu?

– Muito – garantiu ele.

Ficamos calados por alguns instantes.

– Está se sentindo bem? – indaguei, enfim.

– Poderia estar melhor – disse ele. – Mas também poderia estar pior.

– Tem certeza?

– Tenho certeza – afirmou ele. – Talvez em resposta à minha expressão curiosa, ele emendou: – A noite está linda. Pensei que seria bom aproveitá-la um pouco.

– Aqui?

Ele assentiu.

– Por quê? – questionei.

Acho que eu deveria ter adivinhado o motivo que o fizera descer até a margem do rio, mas na hora não me ocorreu.

– Eu sabia que ela não tinha me abandonado – explicou ele. – E queria falar com ela.

– Com ela quem?

Mas Noah pareceu não escutar minha pergunta. Em vez disso, balançou a cabeça em direção ao rio.

– Acho que ela veio para o casamento.

Com essas palavras, de repente entendi o que ele me dizia e olhei para a água, mas não vi nada e meu coração murchou. Tomado por uma súbita sensação de impotência, fiquei pensando se os médicos no fim das contas teriam razão. Talvez meu sogro estivesse mesmo tendo alucinações – ou quem sabe a noite tivesse sido excessivamente emocionante para ele. Quando abri a boca a fim de tentar convencê-lo a voltar para dentro, porém, senti as palavras entalarem na minha garganta.

Surgida não se sabe de onde, a ave apareceu deslizando pelo regato enluarado. Naquela paisagem selvagem, era um animal magnífico. Suas penas reluziam, quase prateadas, e fechei os olhos na esperança de que aquela imagem sumisse da minha mente. No entanto, quando tornei a abri-los, o cisne estava ali, nadando em círculos na nossa frente, e na mesma hora comecei a sorrir. Noah tinha razão. Embora eu não soubesse por que ou como a ave tinha chegado até ali, não me restava qualquer dúvida de que fosse ela. Só podia ser. Eu já vira aquele cisne uma centena de vezes e, mesmo de longe, não tive como não reparar na manchinha preta no meio de seu peito, logo acima do coração.

Epílogo

Em pé na varanda, com o outono já adiantado, sinto o ar gelado da noite me revigorar enquanto relembro a festa de nosso casamento. Ainda sou capaz de recordar cada detalhe, da mesma forma como me lembro de tudo o que ocorreu durante o ano do aniversário de casamento que esqueci.

Parece estranho pensar que isso tudo já passou. Os preparativos dominaram minha mente por tanto tempo e visualizei o casamento tantas vezes, que eventualmente tenho a sensação de ter perdido contato com um velho amigo, alguém com quem passei a me sentir muito à vontade. Ao rememorar esses momentos, porém, percebi que agora tenho a resposta às perguntas que certo dia me fiz nesta mesma varanda.

Sim, concluí: é possível um homem mudar de verdade.

Os eventos desse ano me ensinaram diversas coisas sobre mim mesmo, além de algumas verdades universais. Aprendi que, apesar de ser fácil magoar quem amamos, é bem difícil fechar essas feridas. Mas o processo de cura dessas mágoas me proporcionou a experiência mais rica que já tive na vida, levando-me a acreditar que, embora eu tenha estabelecido expectativas altas demais para ser alcançadas em um único dia, menosprezei o que seria capaz de fazer ao longo de um ano. Acima de tudo aprendi que é possível que duas pessoas se apaixonem outra vez, mesmo quando existe entre elas uma vida inteira de decepções.

Não sei muito bem o que pensar em relação ao cisne e ao que vi naquela noite e devo admitir que ser romântico ainda não é fácil para mim. Reinventar a mim mesmo é uma luta diária e às vezes me pergunto se vai ser assim para sempre. Mas não importa, porque trago dentro do peito as lições que Noah me ensinou sobre o amor e sobre como manter acesa a sua chama. Mesmo que eu nunca venha a me tornar um verdadeiro romântico, como meu sogro, isso não significa que algum dia eu vá parar de tentar.

Uma longa jornada

Aos 91 anos, com problemas de saúde e sozinho no mundo, Ira Levinson sofre um terrível acidente de carro. Enquanto luta para se manter consciente, a imagem de Ruth, sua amada esposa que morreu há nove anos, surge diante dele. Ira se agarra a isso e relembra diversos momentos de sua longa vida em comum.

Perto dali, Sophia Danko, uma jovem estudante de história da arte, vai a um rodeio. Lá, é assediada pelo ex-namorado e acaba sendo salva por Luke Collins, o caubói que acabou de vencer a competição.

Aos poucos, Sophia começa a descobrir um novo mundo e percebe que Luke talvez tenha o poder de reescrever o futuro que ela havia planejado. Isso se o terrível segredo que ele guarda não puser tudo a perder.

Ira e Ruth. Luke e Sophia. Dois casais de gerações diferentes que o destino cuidará de unir, mostrando que, para além do desespero, da dificuldade e da morte, a força do amor sempre nos guia nesta longa jornada que é a vida.

O melhor de mim

Na primavera de 1984, os estudantes Amanda Collier e Dawson Cole se apaixonaram perdidamente. Embora vivessem em mundos muito diferentes, o amor que sentiam um pelo outro parecia forte o bastante para desafiar todas as convenções de Oriental, a pequena cidade em que moravam.

Nascido em uma família de criminosos, Dawson acreditava que seu sentimento por Amanda lhe daria a força necessária para fugir do destino sombrio que parecia traçado para ele. Ela sonhava entrar para uma universidade de renome, via no namorado um porto seguro para toda a sua paixão e seu espírito livre. Infelizmente, quando o verão do último ano de escola chegou ao fim, a realidade os separou de maneira cruel e implacável.

Vinte e cinco anos depois, eles estão de volta a Oriental para o velório de Tuck Hostetler, o homem que um dia abrigou Dawson, acobertou o namoro do casal e acabou se tornando o melhor amigo dos dois.

Seguindo as instruções de cartas deixadas por Tuck, o casal redescobrirá sentimentos sufocados há décadas. Após tanto tempo afastados, Amanda e Dawson irão perceber que não tiveram a vida que esperavam e que nunca conseguiram esquecer o primeiro amor. Um único fim de semana juntos e talvez seus destinos mudem para sempre.

O guardião

Quarenta dias após a morte de seu marido, Julie Barenson recebe uma encomenda deixada por ele: um filhote de cachorro dinamarquês e um bilhete no qual Jim promete que sempre cuidará dela.

Quatro anos mais tarde, Julie enfim está pronta para voltar a amar, mas seus primeiros encontros não são nada promissores. Até que surge Richard Franklin, um belo e sofisticado engenheiro que a trata como uma rainha.

Julie está animada, mas, por alguma razão, não consegue compartilhar isso com Mike Harris, seu melhor amigo. Ele, por sua vez, é incapaz de esconder o ciúme que sente dela.

Quando percebe que seu desconforto diante de Mike é causado por um sentimento mais forte que amizade, Julie se vê dividida entre esses dois homens. Ela tem que tomar uma decisão. Só não pode imaginar que, em vez de lhe trazer felicidade, essa escolha colocará sua vida em perigo.

Uma curva na estrada

A vida do subxerife Miles Ryan parecia ter chegado ao fim no dia em que sua esposa morreu. Missy tinha sido seu primeiro amor, a namorada de escola que se tornara a companheira de todos os momentos. Uma noite Missy saiu para correr e não voltou. Tinha sido atropelada numa rua perto de casa.

As investigações da polícia nada revelaram. Para Miles, esse fato é duplamente doloroso: além de enfrentar o sofrimento de perder a esposa, ele se culpa por não ter descoberto o motorista que a atropelou e fugiu sem prestar socorro.

Dois anos depois, ele ainda anseia levar o criminoso à justiça. É quando conhece Sarah Andrews. Professora de seu filho, Jonah, ela se mudou de Baltimore para New Bern na expectativa de refazer sua vida após o divórcio. Sarah logo percebe a tristeza nos olhos do aluno e, em seguida, nos do pai dele.

Sarah e Miles começam a se aproximar e, em pouco tempo, estão rindo juntos e apaixonados. Mas nenhum dos dois tem ideia de que um segredo os une e os obrigará a tomar uma decisão difícil, que pode mudar suas vidas para sempre.

À primeira vista

Jeremy Marsh tinha três certezas: jamais se mudaria de Nova York, não se apaixonaria novamente e nunca teria filhos.

Mas agora ele está prestes a se casar com Lexie Darnell e aguarda a chegada da primeira filha, enquanto conduz a reforma de sua nova casa na pequena cidade de Boone Creek, na Carolina do Norte.

Em meio a tantas mudanças, Jeremy luta para reencontrar o equilíbrio pessoal e profissional ao lado da mulher que o fez mudar todos os seus planos. Quando tudo parece estar entrando nos eixos, Jeremy recebe um misterioso e-mail que dá início a uma série de acontecimentos que irão testar a força dessa paixão.

Atormentado pela ideia de estar sendo traído, vivendo uma crise criativa que o impede de trabalhar e angustiado com a gestação complicada de Lexie, ele não poderia imaginar que o pior – e o melhor – ainda estava por vir.

CONHEÇA OUTROS TÍTULOS DA EDITORA ARQUEIRO

Queda de gigantes e *Inverno do mundo*, de Ken Follett

Não conte a ninguém, Desaparecido para sempre, Confie em mim, Cilada e *Fique comigo*, de Harlan Coben

A cabana e *A travessia*, de William P. Young

A farsa, A vingança e *A traição*, de Christopher Reich

Água para elefantes, de Sara Gruen

Inferno, O símbolo perdido, O Código Da Vinci, Anjos e demônios, Ponto de impacto e *Fortaleza digital*, de Dan Brown

Uma Longa Jornada, O melhor de mim, O guardião, Uma curva na estrada, O casamento e *À primeira vista*, de Nicholas Sparks

Julieta, de Anne Fortier

O guardião de memórias, de Kim Edwards

O guia do mochileiro das galáxias; O restaurante no fim do universo; A vida, o universo e tudo mais; Até mais, e obrigado pelos peixes! e *Praticamente inofensiva*, de Douglas Adams

O nome do vento e *O temor do sábio*, de Patrick Rothfuss

A passagem e *Os doze*, de Justin Cronin

A revolta de Atlas, de Ayn Rand

A conspiração franciscana, de John Sack

INFORMAÇÕES SOBRE A ARQUEIRO

Para saber mais sobre os títulos e autores
da EDITORA ARQUEIRO,
visite o site www.editoraarqueiro.com.br
e curta as nossas redes sociais.
Além de informações sobre os próximos lançamentos,
você terá acesso a conteúdos exclusivos e poderá participar
de promoções e sorteios.

www.editoraarqueiro.com.br

facebook.com/editora.arqueiro

twitter.com/editoraarqueiro

instagram.com/editoraarqueiro

skoob.com.br/editoraarqueiro

Se quiser receber informações por e-mail,
basta se cadastrar diretamente no nosso site
ou enviar uma mensagem para
atendimento@editoraarqueiro.com.br

Editora Arqueiro
Rua Funchal, 538 – conjuntos 52 e 54 – Vila Olímpia
04551-060 – São Paulo – SP
Tel.: (11) 3868-4492 – Fax: (11) 3862-5818
E-mail: atendimento@editoraarqueiro.com.br